致敬所有共同富裕之路上的奋斗者、美好生活的创造者

外卖小哥生存现状
调查报告

中国外卖

杨丽萍　著

浙江人民出版社

图书在版编目（CIP）数据

中国外卖 / 杨丽萍著．— 杭州 ：浙江人民出版社，2022.7（2023.10 重印）

ISBN 978-7-213-10571-5

Ⅰ．①中… Ⅱ．①杨… Ⅲ．①报告文学－中国－当代 Ⅳ．①I25

中国版本图书馆 CIP 数据核字（2022）第 059329 号

中国外卖

杨丽萍　著

出版发行：浙江人民出版社（杭州市体育场路347号　邮编　310006）

市场部电话：(0571)85061682　85176516

责任编辑：钱　丛　　营销编辑：陈雯怡　陈芊如

责任印务：刘彭年　　责任校对：戴文英　何培玉

封面设计：张永文

电脑制版：杭州大漠照排印刷有限公司

印　　刷：杭州钱江彩色印务有限公司

开　　本：710毫米×1000毫米　1/16　　印　　张：17.5

字　　数：241千字　　插　　页：2

版　　次：2022年7月第1版　　印　　次：2023年10月第3次印刷

书　　号：ISBN 978-7-213-10571-5

定　　价：58.00元

目 录

第二章
外卖箱上的征婚广告

第三章
一起漂泊的感受

第四章
多想城里有个家

第五章
一根“亲情扁担”

第六章
外卖“兄弟连”

第七章
活着与尊严

第八章
“封城”中的“摆渡人”

第九章
顶破“天花板”

引　言

外卖，这一古老业态，可溯至宋代。张择端在传世名画《清明上河图》上给我们留下了外卖小哥的形象——腰扎围裙，一手端碗，一手握筷，步行送餐，据说那时食店已提供“逐时施行索唤”“就门供卖”的外卖服务。

外卖，又是互联网下勃兴的业态，尤其近几年呈井喷式发展，据智研咨询数据显示：2021 年中国外卖市场交易规模预计达 9340 亿元，“截至 2021 年 6 月，我国网上外卖用户规模达 4.69 亿”[1]。

有媒体称，中国有 700 多万名外卖小哥，在美团获得收入的外卖小哥有 399 万人，饿了么“月活跃骑手”有 115 万人，还有点我达[2]、到家美食会、必胜客、宅急送、大众点评……

和习近平称赞的快递小哥、环卫工人一样，外卖小哥也是“美好生活的创造者、守护者”。不论大雨瓢泼，还是大雪漫天，只要网上下单，半小时左右他们就把热乎乎的餐食送到我们手上。

2020 年 3 月，美国《时代周刊》的封面人物是一位骑着电动车，身穿鹅黄色美团外卖工装，头顶黄色头盔，戴口罩的外卖小哥。2020 年新

[1] 数据来自 2021 年 8 月 27 日中国互联网络信息中心（CNNIC）发布的第 48 次《中国互联网发展状况统计报告》。

[2] 点我达：一家即时物流平台，为用户提供直接从门到门的物品送达服务。

冠肺炎疫情暴发，武汉等多个城市“封城”，数亿人居家隔离，是外卖小哥冒险为隔离医护人员和隔离的民众搭建一条补给线。据饿了么服务居民大盘数据，2020年疫情期间，中国一个在岗骑手平均每日可减少居民出行约25次。

外卖小哥被称为“亲密的陌生人”。他们到底是一群什么人？根据《新服务催生新就业，新就业反哺新乡村——阿里巴巴本地生活骑手就业扶贫报告》和《2020年饿了么蓝骑士调研报告》画像：九成以上为男性，八成来自农村，安徽、河南、四川为骑手输出大省，籍贯来源排在前五的县城中，有60%为国家级贫困县。2019年7月以来，共有28.3万贫困户骑手在饿了么平台工作。根据美团的《2019年外卖骑手就业扶贫报告》和《2020年上半年骑手就业报告》画像，他们近半数为“90后”，大专及大专以上学历（包括网络大学、电大等成人继续教育学历）占比为24.7%，35.2%在工厂当过工人，31.4%创过业或做过小生意，将近四成是兼职的，有25.7万人曾为建档立卡贫困人口，其中25.3万人实现脱贫，脱贫比例高达98.4%。

统计数字的外卖小哥画像过于粗放、模糊，看不到面孔与表情，不知他们在城里生活还好吗？他们的爱情婚姻家庭生活怎样？在跑单中有何甜酸苦辣？对自己的生存状态是否满意？

带着这一系列疑问，我在两年多的时间里采访了近百位外卖小哥……

第一章
没有选择的选择

它绝不是什么金光大道，
而是一条走出贫困的羊肠小路、
逃离困厄的小舢板。

1 “单神”的诞生

他看过许多电影，记忆中有这么一句台词：“穷就是你的错。”为不让N代的“错”延续下去，他一天跑七八十单，行三万多步，把自己打造成了“单神”。

接近下午4点，我拨通楚学宝电话。

我是通过饿了么平台找到他的。我想采访来自贫困地区的外卖小哥，他们给我提供了一份名单，并附有提示：“如电话采访，建议避开骑士工作高峰时间段（10：45—13：45；17：00—19：30）；建议不要过早在晨间采访，骑士前晚配送夜宵订单可能还在休息。”

据《新服务催生新就业，新就业反哺新乡村——阿里巴巴本地生活骑手就业扶贫报告》显示：“2019年7月至2020年12月期间，在饿了么平台有工作记录的外卖骑手共380余万人。经比对，此间共有283392名建档立卡贫困户在饿了么平台做过骑手、取得过收入，占同期全部骑手的比重为7.5%，占全国建档立卡贫困户人口的比重约为0.4%。从年龄结构看，近半数的贫困户骑手年龄在26—35岁之间……”

2020年年初以来，我已采访近百位小哥，对他们的工作和生活规律已有所了解。最开始采访时，我有几次上午9点多钟拨打对方电话，他们像被从睡梦中叫醒，声音慵懒，蒙头蒙脑，有点儿不快，甚至于恼火。后来，我就选择在下午两三点钟，或三四点钟打电话，这是他们午休后，晚高峰还没来临的时段。

话筒那边传来楚学宝的声音，有着皖北农民的质朴和外卖小哥的快捷。他说，站长跟他打过招呼，说第二天，也就是2021年8月3日上午9点接受我的采访。挂断电话，他加了我的微信，发来定位：杭州市萧山区市心中路123号。

接着，他又发来："地铁杭发厂下。"接受采访的外卖小哥大都约在他们跑单附近的地铁口或站点见。

几分钟后，他又发来短信："1516717××××，这是我站长的电话。如果明天再（在）跑单，没接到你的电话，或没看到信息，你也可以先联系他，有的时候我跑单在忙。"

据平台提供的资料显示：楚学宝，31岁，安徽蒙城人，初中文化。外号"单神"，吃苦耐劳，每天都是最早到达站点，最晚结束下班，每个月都以单量最多蝉联站点"单王"宝座！

可见，他不是在跑单，就是在去跑单的路上。

8月3日上午9点，细雨蒙蒙，街道人稀，外卖小哥的电动车不时从身边闪过。赶到约定地点时大门紧闭，我拨打楚学宝电话，他说他还在跑单，让我顺道往前走，到旺角城大润发商场。商场位于旺角城的一层，后门聚集的十来辆外卖电动车犹如栖落枝头、随时要飞的鸟儿，有点随意，一个晒得褪色的蓝雨棚下，七八个外卖小哥在分拣打包，各忙各的，把沉重的、装满商品的塑料袋放进外卖箱，将装不下的塑料袋拴在后货架上。雨急了，小哥把雨衣抖开披上，像鸟似的迅疾而去。

我穿过雨棚进入仓储，小哥送的货都是从那里吐送出来的，几位身穿短袖工装的女工正拉着塑料货箱，穿过堆放在货架上的一箱箱农夫山泉矿泉水、青蛙王子牌婴儿洗衣液、冷酸灵牙膏、汤大师酸酸辣辣叉烧豚骨面……左手边有一间十来平方米的房间，是站长的工作室，也是小哥们休息的地方。我和穿着深蓝 T 恤、牛仔裤的站长韩昂聊了将近一个小时，楚学宝才送单回来。

我把他邀请到旁边的星巴克，择一僻静角落，与他面对面坐下来。我端详一下，他个子不高，长得敦实，梳着分头，头发墨黑，眼睛不大，眉毛短粗，国字形的脸晒成古铜色，一看就是个老实厚道、踏实肯干的小伙子。我点两杯咖啡，他瞄一眼小票 56 元，惊讶地说："喔，这么贵啊。"

楚学宝是 2019 年加入外卖小哥行列的，那年 28 岁。他来自安徽蒙城县农村。

据《2018 年外卖骑手群体洞察报告》显示：47% 骑手来自中部地区，35% 来自东部地区，18% 来自西部地区。其中，安徽省是骑手输出大本营，全国 13% 的骑手都来自这里，其次是河南与四川，占比均在 10% 上下。

蒙城县是省级贫困县，2018 年"摘帽"。楚学宝家的贫困至少有几十年，也许有上百年。贫困村的最大特点就是光棍多，男人讨不到老婆，往往被称为"光棍村"。

楚学宝的老爸在 40 来岁时才有了媳妇。楚学宝的老妈是贵州人，苗族，嫁过来那年才 20 多岁。

楚学宝小时候，老爸就像他现在这样很少在家。老妈不仅勤劳，还很能吃苦，一边陪伴他成长，一边种地。她种了很多地，人家的撂荒地，她都种上了。也许汲取了他老爸 40 来岁才成家的教训，楚学宝 20 岁那年，老妈就给他张罗对象。最后亲戚做媒，他和同镇邻村的张宁宁认识了。她家也不比楚学宝家富裕到哪儿去，她的老爸幸亏有姐妹，换亲才把她老妈娶回家。张宁宁老妈生有三个孩子，她还有两个哥哥。也许因为家里穷，她的一个哥哥做了上门女婿。

他们认识几个月，楚学宝就把老爸老妈攒下的三万元钱作为彩礼送过去，把她娶过了门。那是 2011 年，蒙城的彩礼已经很高了，三万元近乎忽略不计。提起此事，楚学宝说："两三万元的彩礼，那时候是比较少的，我也拿不出来多少。”

张宁宁说：“人家都要彩礼，我奶奶说（让他们家）再加点儿钱，也没有（加），现在都是20万了。我那时候没要钱，三万块钱再买点东西，家具都是自己买的，不挣钱，还要赔钱。现在20多万都娶不到媳妇，还要有车有房。”

结婚后，楚学宝就跟着老婆去广东汕头打工。老婆进了一家服装厂。楚学宝过去也在服装厂干过，干的是后道，也就是最后一道工序——大烫（熨烫）和打包。那家偏偏不需要干后道的，他只得拜老婆为师，学做服装。穿线让他很为难，手捏着线怎么都穿不过针孔，把线头剪了又剪，还是穿不进去，搞得他心烦意乱，满头大汗。

“这不是男人干的活儿，我不干了。”他有点泄气。

的确如此，服装厂的流水线上大都是女工。

“你不干这个能干啥？”老婆生气了，接着说，“做服装没那么简单，你就学好了。”

“好好好。”见老婆生气了，楚学宝只得硬着头皮干下去。从上午9点半干到晚上10点半，月收入只有800元。除去吃喝，剩不下多少钱。

一年后，老婆怀孕了。久坐和噪声过大都不利于胎儿发育，她就不上班了。楚学宝做缝纫活还不是很熟练，赚钱不多。后来听说在浙江打工比广东赚得多，他把老婆送回老家，自己去了浙江萧山，跟亲戚一起进了一家服装厂。他们是包活，他负责锁边，收入有几千元，还算可以。在服装流水线上，他从20多岁干到30多岁，愣是把腰坐坏了，晚上痛得睡不着觉，躺在床上乱翻动。服装厂的老板娘人很好，带他去医院检查，被诊断为腰椎间盘突出症。

“怎么能治好？”他问医生。

“不要久坐，适当活动。”

他一听就傻了，他每天要在机台旁从上午8点坐到晚上九十点钟，有时加班还要坐到半夜十一二点。那是流水线，工序一环套一环，他要是停工了，下边几道就没法干了。他“要适当活动”十分钟，那就会耽误别人少赚十分钟的钱。

宿舍在车间上边，为保持流水线顺畅运转，他自己晚上下去加班，提前干出一些，好在他干的是头道工序，这样白天就可以“适当活动”。这样还是不行，晚上痛得睡不着觉，白天就打不起精神，效率低下。

他实在干不下去了，不论自己想与不想都得改行了。他想重新找工作，可是能干的工作极少，要么是久站，要么是久坐，收入还很少。他在服装流水线赚的不算多，也不算少，每月 8000 多元，换个赚五六千元的工作，老婆孩子的生活就要降一两个档次。2017 年，老婆又生下第二个孩子，是个儿子。儿女双全了，他一想到这一家四口的饭碗端在自己手上，要是病倒了，饭碗端不牢了，老婆孩子吃什么喝什么，就更睡不着觉了。

穷留给他的记忆刻骨铭心。他看过许多电影，记忆中有这么一句台词：“穷就是你的错。”每当想起这句台词，他就会想起自己童年的那次“错”。一天，有个村干部气势汹汹冲进家来：“是不是你把老鼠扔到我家水缸的？”

那个村干部发现自家水缸有一只死老鼠，被水泡得很大。不知它是什么时候被扔进水缸的，家里吃了多少天泡有死老鼠的水。不过，有一点他清楚，这是楚学宝干的。那年楚学宝才六七岁，还没上学。

“不是我干的。”他胆怯地争辩着，往老爸身后躲。

在外打工的老爸刚好回家。没想到老爸转身把他抓住，劈头盖脸就是一通暴打。

“对不起，我帮你们把那缸水倒掉，再挑满。”老爸低声下气地对那个村干部说。

那时村里没有自来水，吃水都要到村里那口井里去挑。数日后，那个村干部家的儿子道出实情，那只老鼠顺着电线上爬，一不小心掉下来，水缸没有盖，它掉进去淹死了。

楚学宝白挨一顿打，家里穷，被欺负了，也不敢吱声。

读书时，别人家孩子都背书包上学，他拎着一个装大米的编织袋，遭到同学的耻笑。

班里其他同学都有书包，他没有。他盼望着在城里打工的老爸给他带回个书包。老爸回来了，没有书包。妈妈拆件旧衣服，借别人家缝纫机给他缝了个书包，其实那不过是个布兜子。他想有个书包，一个真正的书包，哪怕是破的、旧的也行。有的同学家长也像他老爸那样买不起书包，却从城里搞到一个别人不要的旧书包。他从小学一年级盼到五年级，也没有背上真正的书包。老爸让他很失望，他却没埋怨过，知道他老爸比同学的老爸年纪大，挣钱少。初二时，他想老爸赚得少，家里贫穷，不如早点儿赚钱，就弃学了。

楚学宝生怕童年之“错”延续到儿女身上，赚钱很搏命。他是家里的顶梁柱，不能病倒，要赚钱养家。2019 年的一天，他在 58 同城上看到一则外卖招工广告，收入 8000—10000 元，上不封顶。他抱着试试的想法找到这个站点，站长韩昂接待的他。

“这个行业累不累？”他知道自己的腰不行，怕吃不消。

“那要看你怎么干。你要肯吃苦，工资还是可以的。”站长说。

他第二天就过来报到上工了，送的第一单是一箱牛奶，距离不是很远，原来打工的那家服装厂就在这一片，街巷也比较熟悉，他感到很轻松。他感觉外卖这活儿真的挺好，骑着电动车左看看，右看看，像逛街似的。在服装厂，他只能面对墙壁，耳朵灌满马达声，枯燥无味，眼睛总是情不自禁地瞟向窗外，想看看外边发生了什么。在服装生产流水线上，他精神还得高度紧张，像机器中的一个齿轮。得跟上齿轮的转动，还要确保质量，不得有任何差池。他出错了，别人的劳动就会归零。送外卖是自己的事，出错就一人担着，不拖累他人。

晚上就不轻松了，什么都看不清，导航又靠不住，导航到一道大门，那是消防门，终年锁着，进不去；好不容易转进小区，楼栋号不知是哪个“大神”排的，找到 27 栋，也找得到 29 栋，就是不见 28 栋。他在那转悠好几圈，无奈只好跑到门口问保安。保安随手一指，他在那个方向又转悠了十几分钟，还是没找到。只好给客户打电话，“你好，我问一下你的具体位置，我是进来了，可是怎么也找不到。”那客户人真的很好，跑下楼，收了货。

第一天，楚学宝跑了十单，老外卖员至少跑四五十单，多的七八十单。

“他们是怎么跑的，我怎么一到晚上哪儿都找不到。”他跟站长请教。

“刚开始做外卖都这样，找不到很正常，你要有耐心，熟悉就好了，会像他们那样不看导航。”

“他们怎么跑的，一天跑那么多单，挣那么多钱？”

“他们比你干得久，路线比你熟，你想挣得跟他们一样，那是不可能的。你哪儿不懂，可以问他们，他们会告诉你的。”站长说。

一天，大雨如注，楚学宝湿淋淋地跑单回来，见站点的雨棚里堆满了货，爆单了。站点的小哥一个都不见了，全跑出去了。站长用充满期待的目光看着他说，你能带多少就带多少，尽可能多带。楚学宝知道这是关键时候，自己要挺身而出。他把那些大大小小的箱子往自己的电动车上搬。

采访外卖小哥前，我也像许多人那样分不清快递与外卖，后来又误以为外卖就是送餐、送饮品，其实远不止这些，“‘外卖’这一概念的外延在疫情后不断拓宽。外卖小哥从送餐、送奶茶，扩展到送菜、送药、送各种各样的生活必需品，以生鲜、商超为代表的零售业务得以飞速发展。伴随着用户在疫情中逐渐养成的零售消费习惯，水果及医药健康类非餐饮外卖业务占比正在不断扩大，外卖已开始逐步撕掉‘餐食’的标签。”[1]楚学宝干的正属于外卖的商超业务。

楚学宝载满货物，摇摇晃晃上路了。他的电动车像货拉拉似的驮七个小箱，三个大箱！过减速带时，车前轮跳一下，箱子就跟着“啪”的一颠，接着后轮又跳一下，箱子又“啪”的一下。他如履薄冰，要是摔倒了，把货物摔坏了还得赔。他又不能太慢，超时要罚款。按规定货物要在一小时内送到，他那趟跑了两个半小时。

“你好！我是大润发配送，你要的蛋炒饭已经凉了，这个订单还要吗？”

[1] 来自中国饭店协会联合饿了么发布的《2020—2021年中国外卖行业发展研究报告》。

那是最后一单，他给客户电话。

“只要能送过来，我就要。”

这位客户真的很好，没为难他，把蛋炒饭、烧鸡，还有其他东西收下了。

楚学宝回到站点，接到客户的电话，说少了培根。他翻箱找了一遍，找到了，原来是掉到夹缝里了。他又跑了一趟，送去了。在商超做外卖跟在餐馆送餐、星巴克送咖啡不同，后者都是商家打好包，一个订单一包，商超有生鲜、蔬菜，还有像蛋炒饭那样的热食，有的客户下单买二三十种，有热的，有冷冻的，还有需要冷藏保鲜的。热的要放在有红色标记的物流箱里，冷冻的要放在蓝色标记的物流箱里，蔬菜、水果等需要保鲜的要单放。送到地方后，要把客户订的货物从不同箱子找出来，一不小心就会遗漏。

楚学宝有点儿心灰意冷，不想干了。干外卖风里来雨里去，还要扛着沉重货物上五楼、六楼。有位客户买了六袋大米，每袋五公斤，他一手提两袋，脖子上还挂了两袋，呼哧带喘地爬上五楼。这些都不怕，出来赚钱就得吃苦，可是一天这么搏命才跑十几单，赚百八十元钱，还不到在流水线挣的一半，这让他难以接受。三四千元哪里养活得了一家六口人？老爸年近七旬，患肺气肿，时不时还要住院。

他把想法跟站长说了。

“你遭受这么一点挫折就不想干了？要不然这样，再给你找个师傅跟一下，你看他是怎么跑的。”

刚入职时，他跟一位师傅跑过，主要是熟悉路线。跟第二位师傅跑单时，他发现这位师傅基本不动那些冷冻的或热的小箱，大箱的货物要整理一下，按订单隔离开来，到地方拿起就走。

“你不这样的话，箱子太多，是带不走的。这样的话你还有可能多接一两单，多一单就多一份钱嘛。”师傅告诉他。

没想到做外卖还有这么多窍门。从那以后，楚学宝时常跟每天跑六七十单的“大神”请教：“你有没有什么诀窍？”有时，他还请他们吃饭，让他们看一下他的单，帮忙分析怎样提高单量。

他渐渐掌握了打包技巧和跑单窍门，接到订单后，先在百度地图查准位置，避免多走冤枉路。他发现每个小区的门口都有一个鸟瞰图，标明哪栋楼在哪个位置。他把它拍下来，再有那小区的订单就可以先看一下鸟瞰图，知道客户在哪个位置，从哪个门进去会近一点。他建议站点的小哥把所到小区的鸟瞰图拍下，发到微信群，还建议大家分享跑单经验，发现捷径，有哪些小路可穿过，比如有的小区从地下车库穿行会更便捷。他还学会了跟保安沟通，有的小区很大，不让电动车进入，他到过一个东西长 500 多米的小区，如接两单，一单在东头，一单在西头，步行要走一公里多，不仅消耗体力，也耗时间，会导致后边的订单超时。他跟保安商量了一下，他们就允许他骑电动车进去了，很快就送完了。

第二个月，楚学宝的跑单量开始逐渐上升，赚了 8000 多元。改行时，他想只要不久坐或久站或弯腰干重活就行。送外卖他有过顾虑，怕弯腰提重，还担心扛重物爬楼梯，导致腰椎间盘突出病情加重。有一次，他感到疲惫不堪，浑身酸痛，实在支撑不住，就休息了两天。

“凡是在商超下单的，大多是年纪大的人，住没电梯的房子，要爬五楼、六楼，买东西自己拎不动。”楚学宝说。

外卖中最累的就是做商超的，有时客户一次下单就是二三十个品种，有桶装水、粮油、酱醋；有的客户下一次单就是四五桶水，每桶五升，四桶水就 20 公斤，老房子没有电梯，楚学宝要把这么重的东西扛上五楼、六楼，甚至七楼。三伏天空手上楼都气喘吁吁，汗流浃背，他们肩上扛着，腋里夹着，手上拎着一桶桶水爬楼梯。

“（累得）吃饭吃不下，老想喝水。每天光喝水都将近二三十块钱，像冰红茶那个东西是不喝的，要喝功能饮料。饭真的吃不下，胃都在翻，点一份外卖能吃两顿，中午一顿，晚上一顿。爬楼梯有时候像中暑似的冒虚汗，四肢无力，恶心，我都是扶着楼梯扶手爬上去的……”

有人干不动了，或觉得太累了，跳槽走了，去送餐、送饮品了。送餐的收入不比送商超低，有的甚至更高些。楚学宝也走过一次，他不是怕累，是想找一个更有发展前景的平台。可是，他是“单神”啊，商超外卖难以找到像他这么踏实肯干的小哥。走了没两天，站长就把他找回来了。

“你回来帮一下忙。”站长说。

楚学宝想这边站点可能单多得送不过来了，于是就回来了。他在另一个站点干两天，线路不熟，还在摸索，“单神”的能量还没得以淋漓尽致地发挥。

“你在我这里已经很熟悉，没必要再去别处了。”站长说。

“行，反正我也在外边体验过了。”

从那以后，他再没想离开过。站点对他也很关照和器重。

“这个大润发超市我是干习惯了。我觉得怎么习惯就怎么来弄。站里有人可能受到什么诱惑，对我说到其他站点去干可能比这里赚得更多点儿，我就说算了，我还是踏踏实实干我的。”他说。

他再没因劳累休息过。他发现跑单虽然疲惫，却能睡着觉了，不像过去凌晨 4 点多就被痛醒，躺在床上辗转反侧。现在，他每天要被闹钟唤醒。

“有人问我，你每天跑那么多单不累吗？不休息一下？我没有休息，已经习惯了，每天那个点起床上班。”

站点有的小哥给自己定额，每天跑够 45 单就不跑了；有的小哥天气太热不跑，雨下大了不跑，心情不好也不跑。楚学宝是全天候，不论天气多么炎热，雨下得多么大，有单就跑。他没有嗜好，也没有什么业余生活，一门心思跑单。

“7 点半上班，我 7 点醒了，刷牙洗脸，7 点半准时会到的。”楚学宝说。

他是个做事用心、专心，有责任心的男人，做服装时就这样，早起刷牙洗脸，有时吃个面包，有时什么也不吃就打卡上工，在凳子上一坐就是一天。中午躺一下，伸伸腰，然后又坐那儿了，坐到深夜，吃点儿零食就躺下睡了。他渐渐习惯于坐着了，没事也不去逛街，或运动，顶多坐那看看手机。他“养”得又白又胖，看上去很好，实际却很虚弱，患有腰椎间盘突出、肾结石。

他说：“以前我在萧山住过院，就是因为结石，把我痛醒了，然后我直不起来腰……”

据诊断：双肾大小正常，结石，末端结石。

做外卖后，他的腰椎间盘突出症好了，肾结石也没了，什么时候好的、没的，也不知道，太神奇了。刚开始做外卖时，他感到累，天天走路，有时还要小跑，支付宝显示，每天要走三万多步。

“我感觉都不止。每天不停地在小区穿梭，你想一下，我每天送七八十单，接近四五十单要走。”[1]

他知足地说：“人家是花钱锻炼，我们是锻炼赚钱，挺好的。”

我们聊到中午 12 点多，这个 1991 年出生、刚刚在老家县城买了房子的外卖小哥，却没有一丝喜悦。他的讲述平缓、平静，却字字敲击着我的心灵。

我说：我们去吃点东西吧，你下午还要跑单。

楚学宝把我领到一间快餐店，他点了一份 15 元的鸭腿饭，我给自己叫了一份面条。他吃得很慢，我让他多吃点。他说，跑单跑得吃不下。

[1] 这里是指有时一位客户同时下两三个单，送到同一个地址。

2 夫妻俩的外卖路

深夜 12 点多，暴雨停歇，负债几十万元的她创下进站以来最高纪录——50 单，冲进站点的前十名，当上了组长。

刘海燕是在家附近的公交车站接到良菊的。

真是人如其名，这是一个清淡如菊的女孩，一袭黑裙裹着苗条的身子，斜背着金属链的黑色坤包，右手拉着天蓝色拉杆箱，左手拎着红纸袋，里边装着一口炒锅，戴着蓝色医用口罩，眉眼笑着："海燕姐，我投奔你来了。"

"哎哟，你还带锅来的，那得租个能煮饭的房子。"

戴着眼镜，穿着鹅黄色美团 T 恤的刘海燕打量着良菊，感到惋惜，她才 20 多岁，生得又这么漂亮，不该送外卖。

良菊坦率地解释说："家里有欠债，做外卖钱来得快些。"

深圳写字楼林立，人口稠密，外卖量大，单价又高，是个金矿。刘海燕是附近布吉美团专送[1]站点的组长，近来不断有外地人背包罗伞[2]地跑来找她要做外卖。

[1] 专送：通过设立站点，组织起一支外卖配送队伍，实行统一管理，一般服务于站点周边三到五公里内的商圈。

[2] 背包罗伞：北方方言口语，形容携带的东西多且杂乱。

良菊是从“外卖刘海燕”的视频号摸过来的。用她的话说，她是四川一座“十八线”小城的瑜伽教练，疫情暴发后练瑜伽的人少了，月收入跌到两三千元，只得另谋出路。

这天是 2020 年 7 月 14 日，大暑的前一周，皇历说适合开市、纳财和出行。

刘海燕把良菊领进城中村，这里是刘海燕的“发祥地”。深圳最高的建筑是平安金融中心，高 592.5 米，竣工后也就不往上蹿了，可是深圳的房价和房租则不然，像只甲壳虫似的沿着曲里拐弯的曲线一个劲儿地往上爬，似乎永远也爬不到顶。

城中村属于深圳的“棚户区”，楼房像原始丛林似的密集，参差不齐，矮的四五层，高的八九层，属农民自建房。对城中村的农民来说，房子就是他们的田地，把“田”分割成五六平方米、七八平方米或十来平方米一间租出去，月租金 400—900 元。房客都是外来务工者，刘海燕他们站点的外卖小哥都住在这里。

站点里有 40 多位外卖小哥像良菊这样投奔刘海燕来的。接待多了后，刘海燕见面就用东北话问：“差钱不？”对不差钱的，接下来，她会掏出小本子问：“你要住什么价位的，公寓型的、经济型的，还是家电齐全的？”小本子上记的信息是从街上的小广告上抄下来的。中午只有两个小时的休息时间，她得速战速决。

差钱的，她直接送到站点宿舍。逼仄的两室一厅，摆放着三张高低床，住着六个大男人。多数外卖小哥会选择租房，不住站点宿舍，每月可领 400 元补贴。跑单多、收入高的小哥会选择条件稍好的房间。别的钱可省，房租不能省，睡不好觉，干不好活儿。

站里有五个女性，不过还要算上这个拎着炒锅的良菊。据美团研究院 2018 年发布的《2018 年外卖骑手群体研究报告》，在外卖员中，女性占比仅 10%。良菊来了，站点“达标”了。站点没有女生宿舍，良菊差不差钱都得租房。刘海燕领她看了几间房子，有 900 元的空调房，良菊没舍得租，租下 700 元没空调的。这间房之前要 800 元，由于疫情有许多打工仔回家了，房租也就降了下来。这房子光线差点儿，除了床、桌子和风扇，所剩无几。不过有洗手间，可以洗澡。

刘海燕也住这个村。八年前，她像良菊一样为了还债，跑到深圳来赚钱。她不是一人来的，跟她一起来的还有丈夫和九岁的女儿。她和春哥是媒人介绍的，相亲那天，他话儿不多，有点儿闷，她却一下子就喜欢上了他。他之前谈过恋爱，黄了。她想，他还没从上一段感情中走出来，相信自己能把他那颗凉透的心焐热乎了。

他俩都是黑龙江的农民，属于没种过地的那种。结婚后总得干点儿啥，干啥呢？她脑瓜好使，眼珠一转："听说养猪赚钱！"他听她的，那就养猪，于是搞了个养猪场。

猪总跟她叫唤，春哥却跟她没什么话说，除非两口子打架，他不仅动口还动手，那颗心没焐热，还把她的心搞凉了。七年之痒，她提出离婚。他这下傻了，告饶了："这个家没你不行，我改。"

他不打她了，横行霸道的猪瘟却来了，猪不叫了，一头接着一头地打蔫蹬腿儿，死掉了。她总算知道为啥老人总说，"家财万贯，带毛的不算"。可惜晚了，上百头猪一下子都踢荡[1]了，他们欠下几十万元的外债。

2012 年，他们"空着俩爪子"来到了深圳。女儿上学要钱，打工要交押金，"你说难，人家都不信，这么年轻为什么吃不上饭？不敢跟老家的亲戚朋友借钱，养猪时都借遍了，赔钱赔得亲戚朋友都跟着倒了霉。"交不上押金就进不了厂，进不了厂就挣不到钱，他们掉进了死循环。

往事不堪回首，感冒发烧舍不得买药，在东北几元一盒的药，在深圳卖六七十元。实在撑不住了，咬牙买一盒还舍不得吃，让服一片的，她把药片掰

[1] 踢荡：意为挥霍、糟蹋。

开，服半片，留半片。一礼拜才花 14 元，那得咋花？买菜赶散市时，专挑卖不掉的、要扔的烂菜，或扒堆的处理菜买。“咱东北农村出来的饭量又大，根本吃不饱。”采访时，刘海燕说。

好不容易借了点儿钱，先把女儿送进学校，再穷也不能穷教育，再苦也不能苦孩子。后来，他们夫妻进厂了，她在日资电子厂，工头说的粤语像蚊子哼哼，听不清，也听不懂。她像火中取栗的那只猴子似的捡高温零配件，捡得两手红肿打战……

2015 年，夫妻俩改做京东快递，收入还不错，两人加一起收入过万元。可是，京东时常要送电冰箱、空调、洗衣机，干了一年半，她的腿就累坏了，两腿扛重件爬楼梯就打战，一条腿还红肿，行走艰难，医生让休息，干快递做的就是跑腿的活儿，哪里休息得了？

他们转做外卖众包[1]。两者的差别是做快递一月挣一万元很难，做外卖只要肯付出辛苦就能做到；外卖送的大件或重件少，不过时间卡得死，像老鼠过街似的满街跑，比快递危险。做众包的好处是时间自由，想干就干，累了可以不接单。两年下来，他们没赚多少钱。刘海燕改做美团外卖专送，让春哥留在众包。

一天，刘海燕正要回家时，天骤降暴雨，系统爆单。站长急切地说：“夜班跑不过来，白班电动车有电的留下！”跑了 11 个小时，车撑得住，人也撑不住啊。雨天跑单补助高，可是危险系数也大，多数小哥不愿意跑，毕竟生命只有一次。刘海燕的车还有电，这是春哥的功劳。她一回家他就给她的电动车检查、保养。春哥喜欢拨弄那玩意儿，也会捅咕[2]，总让她的电动车保持最佳状态。

夜班忙不过来，能帮就帮好了，再说还有钱赚。家里欠的债没还完，这几

---

[1] 众包：外卖员利用空余时间自由接单，自主选择想要配送的订单，自由选择当下希望配送的区域，没有固定站点。充分利用社会化运力资源，属于共享经济的一种形态。

[2] 捅咕：捣鼓。如他没事就爱捅咕那个小收音机。

年连老家都没脸回。

“一个女骑手在暴雨之夜驰援夜班兄弟！”站长感动了，在系统播报道。

“女的怎么能送外卖？”“上帝”一开门，见门口站着个女的，雨水顺着雨衣往下淌。

她一手拎着袋子，一手托着底部递过去，很有仪式感。这既表达了对客人的尊重，也表现了敬业精神。即便超时，或有失误，“上帝”都会原谅。

深夜12点多，暴雨停歇。刘海燕创下进站以来最高纪录——50单，赚了400多元钱。站长说她讲义气，关键时刻顶得上。在站里二三百位外卖小哥中，她的业绩冲进前十，当上了组长。

她的月收入少则七八千元，多则过万元。跑众包的春哥多则五六千元，少则四五千元。他清楚赚得多就要多辛苦，懂得心疼媳妇了，晚上把饭烧好，让她吃口现成的；她送啤酒、粮油等重件，申请外援时，他就急忙赶过来。

外卖让他们变得恩爱，路上相遇，打个招呼，会心一笑。

7月26日，太阳洒下的哪是阳光，犹如泼下岩浆。

刘海燕上午11点开始接单，跑到下午1点多钟歇口气，瞄眼手机，送了15单，这业绩既不算好，也不算孬[1]。两天前，中午下大雨，她送了17单。

中午饭口一过，手机像追过兔子的小狗，趴在地上，耷拉着舌头，变老实了，安静了。刘海燕站在清水河边的布吉海鲜市场外面，汗水在美团鹅黄色半袖T恤和同色防晒服下悄然积聚、流淌。她摘下黑框眼镜，把一次性的粉色口罩拉到下巴，露出真容，湿乎乎、精巧的五官，鼻梁被眼镜压出两道深印。她生得白皙、丰腴，既怕热，也怕晒。

手机骤响，传来良菊的哽咽：“海燕姐，我走不回去了。”

刘海燕接单时，良菊也接了两单，她俩摆摆手，各奔东西。良菊上工才11天，还没过“超时”“差评”的坎。站点的人都认为这个看上去娇

[1] 孬：方言，坏，不好的意思。

滴滴的女孩儿最多干一周，还有人说，她明明拼得起颜值，干吗拼体力送外卖？

站点的外卖小哥像走马灯似的这个来那个走，刘海燕带的徒弟大多也吃不了这份辛苦走掉了。站点规定谁招进一个新人奖励1000元，不过招进的新人得干满两个月。带新人像带娃似的操劳，谁都不愿意带。“东北人都是活雷锋”，这话在刘海燕身上得到验证，她认为同是天涯沦落人，能帮一把就帮一把，况且自己还是组长，就当为站点做贡献行不？

有人说，她吃一百个豆不嫌腥[1]，三个月前有个小伙子找她，要做外卖，入职没几天，她就把他叫回家“谈话”了。

“站长是不是不让我做了？”小伙子挺敏感，海燕还没开口呢，就一脸铁青，叽叽歪歪。

“你坐下坐下。”

她坐在小桌旁，上边摆着东北人爱吃的沾酱菜和凉拌菜。

站长找过她，说这个小哥不行，要辞退。他是刘海燕招来的，解铃还须系铃人，这屁股就得她揩。他心绪黯然地摘下头盔，瘫坐在椅子上。

“站长把你的信息发给我了，你晚上6点48分取的货，7点42分还没送到。一公里还不到，将近一个小时都没送到，人家客户还能要吗？”她的声调有点儿高。

“你听我讲，他还要一杯柠檬茶。他（商家）没有绑在一起，搞得我送了两次。”

“搞得你超时了，是吧？”

刘海燕给新手建了一个群，让他们遇到问题进群里咨询。他说，当时只顾打电话了，没在群里说。

“你又租房子又买电动车的，站长答应再给你一次机会。昨天‘微笑行

[1] 吃一百个豆不嫌腥：方言，意思是上当受骗不记教训。

动’[1]，你没穿工装，没拿安全卡。今天上午，你有一单，没接单。晚上你又来一单，客户不要了，要退款……”

刘海燕气呼呼地吃了一口凉拌菜，难怪老外卖员宁可多跑单都不带新人。

大家都认为她很擅长带新人，哪个被罚款了，她帮着分析错在哪儿。深圳有的小区超大，不仅有好几个门，里面还分几个“苑”，每个“苑”还有一道门，新人不是找不到门进不去，就是进去出不来。刘海燕画了张图存在手机上，谁迷路了就发给谁。

“这人脑子不灵活。”采访时提起那个小哥，她摇摇头说。

最终，他还是被劝退了。不过还好，她没啥损失。前段时间，一位福建的小哥要做外卖，连着好几天在网上给她留言：“姐，我没别的出路，只能跟你做外卖了。”他迷上网络赌博，欠几十万元的债。她告诫自己，不能沾这种人的边。可是，见他走投无路，再想想自己当年的惨景，心一软，答应了。

“小福建”两手攥空拳就过来了。站点的宿舍满了，她愣是说服了一个小哥，把出租屋的上铺腾给了他。

“看起来他这人很聪明，倒是送外卖的一把好手。”她给他赊了一部旧电动车，拆下自己车上两块新电池给装上了，还送他必备的手机防水套、充电宝和雨衣。

三天后，她接到他的电话，带着哭腔说：“刘姐，我把人撞了，对方要300元，你能不能先借给我？”

她看一下，微信钱包刚好有300元，就转了过去。

“刘姐，不行啊，对方还要200元。”

她打电话给春哥，要了200元，又转过去。

“‘小福建’走了。同屋的说他的床铺空了，东西都不见了。”没过多大一会儿，春哥来电话说。

---

[1] 微笑行动：美团的抽查措施，骑手穿工装、佩戴胸牌、头盔拍照，疫情期间须戴口罩，由系统自动审核通过，以杜绝虚假骑手、虚假订单或未着工装等不合规行为。

他骗了她500元钱，一辆电动车，还有两块电池。

“小福建”是例外，不能因噎废食。她问良菊：“你在哪里？”

“我在清水河大桥边上，城中村这一侧。”

良菊就在她对面让新手闻风丧胆的城中村，那里有400多栋农民房，像迷宫似的纵横交错，不知有多少“一线天”，导航进去都找不到北。刘海燕也在那迷过路，想顺着楼号走，却发现人家没按顺序出牌，5号楼一竿子支到28号楼。下午4点进来，她到天黑也没走出去，最后只得像良菊似的打电话求救。组长无奈地说：“那个地方谁也没办法，你自己摸出来吧。”幸亏跑专送之前，干过两年众包，她才走出来。

“我过来接你。”

在平时，她可以从桥上过去找她，北京新发地海鲜市场暴发疫情后，深圳关闭了海鲜市场，那座桥也封闭了。当下有两条路可走，她选择了一条不为人知的小路，用了20多分钟，费尽周折穿过去，远远就看见良菊像被揉成一团的向日葵蜷在路边石上，满脸的沮丧。

“天天都迷路，怎么办？天天都在想着，出来能回去就好了。呜呜呜……”良菊摘下头盔，缕缕秀发黏在脸上，泪眼模糊地说。

“这条路谁来谁迷瞪，迷一次就好了。”

“我不要再来了，呜呜呜……”哭得好凄惨，“订单超时了。”

“没事，哭过就好了。”

“刚才在那边哭了一次了。今天哭了——我看一下，”她把口罩拉到下巴，掰着指头数着，“一次、两次、三次，一直不停地在那哭……”

第一单在清水河边的城中村，她转来转去找不到，好不容易打通了电话，订餐的小伙子还不错，赶到了小区门口取走了。第二单严重超时，订餐的女孩打了好几遍电话，急不可待地说，“这份餐是我给领导订的，赶快送过来啊。”

她好不容易把两份餐送出去，却找不到回去的路。

入职以来，良菊已不知哭过几次了。有一次送餐回来，天黑了，街灯昏暗，路低洼不平，她边往回骑边流泪。

“超时就超时吧。”刘海燕买了四罐冰镇饮料，给她两罐。回到站点，吃完午饭，休息一下，良菊又欢快地接单送餐去了。

晚上，刘海燕把良菊领回了家。春哥做的晚饭是炆玉米、凉拌茄子。饭菜端上桌，就有了浓浓的家庭氛围，良菊感受到一股暖意。

刘海燕喜欢良菊的善良与细致，去吃米线时碰到两位讲四川话的老人家，良菊就多叫一碗，端着送过去；玻璃杯碎了，扔掉时，她会用纸盒装好，写上“里面有碎玻璃，小心扎手”……

半个月后，良菊花 2.99 元在“拼多多”买的绿萝活了，把出租屋的窗台点缀得生机盎然。她每日的单量也稳定在 30 单以上，接个“四胞胎”[1]也能准时送达了。

一天，深圳下着小雨，刘海燕去一个豪华小区送餐。要进小区时，她发现汤洒出来了。餐盒质量太差，盒底裂了，酸菜鱼的汤全流了出来。她把脏的塑料袋扔了，换了个干净的。她忐忑不安。

“对不起，盒子破了，汤洒了，只剩下、只剩下鱼和酸菜了，”刘海燕抱歉地说，“是我的责任，我把鱼钱赔给您。”

订餐的女性气质高雅。刘海燕拿出手机，要转 60 元钱给她。

她却接过餐：“鱼还在吧？没事的，下雨天，你不容易。路上小心啊。”

瞬间刘海燕就被感动得一塌糊涂，这不在于让不让她赔钱，而在于对方的同情与理解。

下了电梯，松弛下来的刘海燕才有心情观赏小区景致，只见水榭楼台，绿草如茵，喷泉变幻，不禁想到自己这辈子都与它们无缘了。这里一套房子至少要 4000 万，送一单赚八元，要送 500 万单。一天送 35 单，一年 365 天，她要送 391 年，还得不吃不喝。

[1] “四胞胎”：指骑手一次性送一个客户，或同一个小区或同一个地点的几个订单。四个订单叫“四胞胎”，五个订单叫“五胞胎”。

他们夫妻和17岁女儿住的是城中村的出租屋，月租金1200元，使用面积70多平方米，这在站点同事的眼里已相当“奢华”了。送外卖是吃青春饭，据《2020年饿了么蓝骑士调研报告》，外卖小哥的平均年龄为31岁，其中“90后”占比约为47%。送外卖是个体力活儿，45岁以后就跑不动了。等到那时，她干什么，还能干什么？这不仅是刘海燕的问题，也是700多万名外卖员不得不考虑的现实问题。

据美团研究院《2020上半年骑手就业报告》，在外卖大军中，身兼数职的“斜杠青年”[1]，正成为就业新趋势。2020上半年，美团平台上近四成骑手有其他工作，其中8.8%的骑手拥有不止一份灵活就业的工作。除了骑手身份，他们还同时是公司白领、小微创业者、律师、摄影师、厨师……

《2020年饿了么蓝骑士调研报告》显示，在外卖大军中，56%的骑手有第二职业，其中26%为小微创业者，21%为技术工人，11%为司机。有位外卖小哥做的自媒体火了，仅一年粉丝量就蹿到45万，年收入几十万元。2020年初，刘海燕投资1000元，学会了视频拍摄与剪辑合成。在送外卖的途中，她把所见所闻拍下来，挤出两三个小时的时间剪辑合成发到网上，八九个月就吸引了2.2万粉丝量，给她带来一万多元的收入。

春哥兼做电动车生意，从厂家批发新车和电瓶，低价卖给新入职的小哥。他擅长维修，买来旧电动车，修好再卖出去。有人电动车坏在了半路，打个电话，他也会跑去修，每次收取十元。一次半夜下暴雨，有位小哥的电动车坏在七公里外，他赶去修好，回来已是凌晨。

带刘海燕入行的师傅下班后在夜市摆摊卖煎豆腐和煎薯条。刘海燕和良菊跑过去帮忙，发现薯条大受欢迎。她回家跟春哥兴奋地谋划了一夜，天没亮两人就跑到批发市场买了700元的水果，晚上跑到深圳大街榨果汁卖，结果被城管撵了回来。最后水果榨汁后，给过来修车的小哥喝了。

---

[1] “斜杠青年”：指不满足“专一职业”，选择拥有多重职业和身份的多元生活的人。这一说法来源于英文slash，出自《纽约时报》专栏作家麦瑞克·阿尔伯撰写的书籍《双重职业》。

"5 · 20"，刘海燕送出一束又一束玫瑰，有红的、紫的，还有白的。她既不羡慕也不嫉妒收到玫瑰的女人。春哥也送给她一件礼物——黑白两色、座椅宽大的电动车。春哥知道她想要什么。

在深圳打拼八年，两颗心焐得火热，养猪欠的"饥荒"也还得差不多了，刘海燕很知足。

据美团发布的《2019 年外卖骑手就业扶贫报告》，有 25.3 万建档立卡的贫困人口加入美团外卖后脱贫；据《2020 年饿了么蓝骑士调研报告》，饿了么已累计为国家级贫困县提供近 30 万个就业岗位，这些来自贫困县的外卖小哥的平均月收入超过 5800 元，超过国家统计局发布的 2019 年城镇私营单位人员平均月工资的 4467 元。

3 7.2 元的尊严

他咬一下嘴唇，平复一下心绪，说："为了 7.2 元的外卖费，我把所有能放下的，都放下了……"

小于坐在路边石上，街灯像静静的湖水，轻柔地抚着他那张略微扬起的国字脸，还有那件 UU 跑腿[1]的黄色网状马甲。已是凌晨，邯郸市郊街巷空旷无人。他的眉间距较宽，都说这种人心胸宽广。他却眉头紧皱，额上出现一道抬头纹。这是 2020 年 7 月 18 日。

小于深吸口烟，夹烟的右手一挥，指向马路斜对面一幢六层住宅楼。

"这是我这辈子的屈辱，"他咬一下嘴唇，平复一下心绪，一句接一句地说，"为了 7.2 元的外卖费，我把所有能放下的，都放下了……"

他那河北腔的普通话饱含着说不尽的憋屈与不平，还有点儿自嘲与自我宽慰。

小于的网名叫"团团的小短短"。这位自认为特别失败的小伙子出生于河北衡水农村，小时家境不错，又是独子，倍受溺爱。16 岁时，他还饭来张口，衣来伸手，什么活儿都不会干。在村里同龄男孩中，他是第一个订婚的，又很

[1] UU 跑腿：同城即时生活服务平台。以共享劳动力与时间为理念，人人都可注册成为跑腿师傅，并为附近的人提供帮取送、帮买、全能帮、帮排队等多样化同城即时服务。

快解除了婚约。

接下来就是相亲，他说农村提亲看家庭，当年给他保媒拉纤的特别多，有一年相亲三十六七次，平均每月有三次。那时候，他开着车，拉着老妈和媒人，提着红塑料袋，里边装着瓜子和糖果，到处相亲。套路相似，媒人介绍一下双方情况，让男女单聊。问的是，“你是干啥的，挣多少钱，有什么爱好？”他风趣地说，“相亲30多次，都是我坐沙发，女方坐在床上。”他知道女孩大都喜欢那种又痞又帅的男孩，他侃着侃着就把对方侃懵了，最终却一个也没成，多数是他不同意。他憧憬的不是婚姻，是爱情和自由。后来，家境衰落，他又患了椎管狭窄，提亲的没了，31岁了，还单着呢。据美团点评发布的《新时代　新青年：2018年外卖骑手群体研究报告》，美团的外卖小哥75%来自农村，33%是单身。看来像小于这样的单身外卖小哥还有很多。

小于初中毕业后，进城折腾了几番。2020年新冠肺炎疫情暴发后，梦想像气球似的破了，落在现实的土地。他在邯郸摆过地摊，做过快递，均不如意。5月份，他改做外卖。他说，他要跟时间赛跑，“父母老了，我怕他们真的有点儿啥病，我拿不出钱来。”做美团专送要交工装费和租电动车费，每单仅赚3.7元；饿了么每单赚4.5元，两者他都没选，选了UU跑腿和美团众包，运气好的话，一天能挣200元左右。

一个多小时前，小于抢一单，送餐距离两公里，配送费5.2元，外加两元夜间补贴，单价不算低。他跟着导航走，导航结束时，拨通客户电话。对方却毫无歉意地说，她把地址填错了，让他改送到另外小区的7号楼。还没等他问清楚，她说很忙，不耐烦地挂断电话。

小于用导航一查，离他有五六公里远。按平台规定，超出一公里，外卖员可取消订单。可是，这时客服已下班，订单取消不了，吃点亏就吃点亏，给她送去好了。

赶到那里一打听，门卫大爷说，我们这儿只有1号楼和2号楼，没有7号楼。小于拨两遍电话通了，她说她不在这个小区，在另一个。他又跑了四五公里，再打听，还不是。又给她打电话，她说她家不在小区里，在小区外。他这下懵了，小区外可就大了去了，上哪儿去找？他登录“跑男群”，跟“老江湖”咨询，没人知道。

已过半夜11点，街上哪有人影，跟谁打听？别说，还挺幸运，真就问到人了，那人很好，把小于送到那幢楼跟前。为这一单，他跑了十几公里，耗了将近一个小时，要是接其他单起码能跑三单，赚二三十元。

单元门锁着，他进不去，打电话让客户下来取，她拒绝了。这怎么办？她不下来，他又进不去，这餐怎么送？运气又来了，有一位住户刚好回来，他跟了进去，把那份十几元的麻辣烫送上了楼。

“您下次能不能把地址写清楚？为您这个单跑太远了。”他还想说，地址您写错了，在电话里说清楚也行啊。

“你是不是想要钱？”那女人冷着脸，不耐烦地问。

“不是，我再差也不差这一点儿。”

小于感到倍受侮辱，脸火辣辣的。自己虽说穷，也没在意过这十块八块的，她哪怕略表歉意，也会让他心里好过一点。她那副居高临下的态度，连句“对不起”也不肯说，让他实在接受不了。

他恨不得把麻辣烫扔在地上，把钱赔给商家。可是忍了忍，还是说了一句：“祝您用餐愉快！”

转身下楼，他宽慰自己：我一个送外卖的，今晚表现得比你好！

可是，他心里憋屈啊，为7.2元的外卖费，就被她这么践踏自尊。做外卖前，他最不能忍受的就是委屈，现在什么委屈都得受，多么难听的话都得听，还要一边赔笑，一边说“对不起”。这边跟商家“对不起”，那边跟客户“对不起”，送了两个月外卖，把31年没说的“对不起”都补上了。

“人家就是一副高高在上的凌驾者气势，”小于停顿一下，嘴角一咧，似乎要哭出来，急忙忍住，平复一下心绪，自嘲地说，“我就为这7.2元，就低三下四……我混到了这个地步，要钱没钱，要房没房，30多岁还没成家，你还欺负我！”

据《2020年饿了么蓝骑士调研报告》，感到自己得到尊重的外卖小哥仅占27%，感到不受尊重的却占36%。有小哥说：“送外卖让我变得越来越自卑。”有这种客户，他们怎么能不自卑？一位网名为“川东小文”的外卖小哥说，晚上11点多钟，我把外卖送到小区门口。有门禁，我进不去，给客户打电话，她让我找保安。我叫了半天保安，没人应。我又打电话，请她下来接，她叫我等。我说我还有好几个单，没法等啊。她终于下来了，骂骂咧咧地说：“我要是自己下来拿，还点啥外卖？”我说，你不下来，我进不去啊。她却不讲理地说：“以后再也不点外卖了，美团真差劲……”第二天，我多了一个差评。

刚在深圳布吉美团专送做外卖的刘海燕被导航引到山脚下，一道栅栏拦住去路。她联系客户：“你的地址到底在哪儿？附近有什么标记？”

“找到幼儿园就找到了。”

她跟着导航从山这头翻到那头，又从那头翻过来。陡坡电动车上不去，她就推着走，一条腿做快递时落下病，隐隐作痛，浮肿得手一按一个深坑。费了九牛二虎之力才找到幼儿园，却怎么也找不到“2栋”。转悠了两个小时，电动车的电快耗没了。她破罐子破摔地打电话给站长：“这一单说啥都找不到地方，我不送了，你爱咋办就咋办吧！”站长把客户电话要了过去，不一会儿回话：“你去吧，在隔壁。他说他去朋友家玩，把地址写错了。”

“我的妈呀，还有这种事儿。”她拎着外卖进去了，一个女的出来接，屋里的男的问：“送来了？”

“送来了。”

“她不送就给她差评。”

刘海燕气坏了：“几次问你，你都说就这个地址，结果还是写错了。”

不过，她不敢发火，不送就给差评，发火更要给差评。差评不仅白忙活两个多小时，还要罚款50元。

刘海燕委屈，坐在山上哭着给丈夫打电话。

“你别哭了，有啥哭的，遇到这事儿太正常了。你要知道自己干的就是服务行业，啥人都遇得到。”他笑着说。

她本想晚上再跑几单，气得没了心思，坐那儿哭了两个来小时就回家了。丈夫劝她：“这事儿吧，你不能太在乎，他给差评就差评，大不了损失 50 元；他要投诉就投诉，你也不是每天都能遇到这种客户。”

2019 年秋天，南昌的美团外卖小哥陈小刀遇到一件更郁闷的事儿，他把餐送到地方，客户却在电话里说：“我不在那个地方，我这里超出配送范围。可是，我就想吃那口儿，你给我送过来。”随后发他一个新地址。

“我还有其他单要送，你这餐只能退回。”按新地址送去，就要改变既定送餐路线，有些单就有可能会超时，陈小刀为难地说。

“你退回？你退回，我就投诉你！”客户厉声警告。

有些人不是欺凌别人，就被别人欺凌，还没有学会尊重、同情和理解别人。陈小刀致电平台，得到答复：修改的地址与原址直线距离不超一公里，要送。看来这客户是老手，深谙此道。

陈小刀只得把餐送过去，还要不带任何负面情绪地说：“祝您用餐愉快！”

客户却没让他愉快，给他一个差评。

对小于来说，窝囊事层出不穷。一天夜里 11 点钟，小于抢一单，送到楼下，打几遍电话客户都没接。客户在 25 层，小于没电梯卡，乘不了电梯。打电话问商家，得到答复：“有上楼的你就跟进去。”

“半夜 11 点半了，哪有人上楼？”

“这个必须要给送到，（你）就是爬也得给人家爬上去。”

为了 7.2 元的外卖费，小于就得爬到 25 层。他患有椎管狭窄，要是累了犯病，趴在床上谁来照料，花多少个 7.2 元才能治好？小于想，我就在这等吧，不再接单了。实在不行，这单我自己买了。几个月来，他没少买这种单，有羊肉串，还有炒酸奶。

他想想就窝囊，我耽误这么长时间，可能还被差评，商家为难我，客户为难我，保安也为难我。我才挣这么点钱，不送到又不能走。

小于等了十几分钟，21 层的住户回来，他跟进电梯，从 21 层出电梯，从楼梯再爬到 25 层。

“你为什么不接电话啊？”他问接餐的女人。

“我老公订的，我不知道。”

“我在路边救过两回人，见到流浪猫、狗也救助过，也拿过道德模范，还给贫困学生买过电脑……人家都说，好人有好报，我不知道我的好报在哪儿。我着实憋屈了，但是我又没地方发泄，只能坐在路边，不嫌丢人地这么坐着，我还不敢跟家里人说，”小于坐在路边石上自嘲地笑了一下，骤然停顿，又咬一下唇，“我为什么混得这么差……”

小于在邯郸没什么亲友，手机成了密友，跑单时给他导航，有什么苦恼就跟它叨咕叨咕，录下来发到西瓜视频。他叨咕完了，见不远处有个警务室，站起来走过去，跟值班的警察磨叨几句。警察见他受了委屈，让他坐一会儿，平息一下。

两天前，小于跟警察打过交道。那是凌晨 4 点 30 分，夜色渐渐褪去，晨曦在俱寂的邯郸泼洒出稀薄的光亮，街灯顿时失去控制力，马路上出现三三两两的车辆和行人。小于在街头给电动车充电。昨晚忘关平台系统，凌晨两三点时听手机一声提示，“手欠，点了一下”，就这么把单给接了，这也许是下意识的动作，后悔也没用，得爬起来取餐送餐，一通忙活，跑了六公里，电动车显示电量不足。

充电犹如一滴一滴地加油，要漫长地等待。在百无聊赖的等待中，小于突然发现滏东大街与丛台路拐角处倒着一人。他走近一看，是个戴黑边眼镜，穿白 T 恤和牛仔裤的小伙子，看样子是喝醉了。庆幸的是他没倒在马路中间让车撞着，不过让小于担忧的是他的两只脚伸在机动车道上，司机转弯没注意就会被碾压，有可能会变成残疾，司机也会吃官司，酿成两家的悲剧。

小于想把他扶起来，移到路边，伸出去的手又缩回来。周围没人，小伙子若是丢了钱包，少了手机啥的，自己就说不清了。小于想了想，选择报警。报警后，他又怕在警察来前，路过的车把小伙子轧了，于是，跑去把充电的车推了过来，横在小伙子脚边。司机即便看不到脚，也会看到红色电动车。这么看来，当初选择红色的车是无比正确的。

在小于翘首观望时，警车开来了。三位身穿有“邯郸交巡”字样服装的警察把那个小伙子扶起来。他脑袋耷拉着，神志还在游荡。警察从他衣兜里找出手机，调出一个号码拨过去。

“什么？他不是邯郸人？这边没有亲戚朋友？他跟谁一块住，同事？没事没事，他就是喝多了，别着急。不用送医院，没有明显外伤。”警察见家人着急了，安慰道。

经过一番折腾，小伙子的神志终于归位。警察帮他拦了辆出租车。小伙子临走时请小于留电话，容后再谢。小于没给。

天已大亮，小于快困死了，电也不充了，回家睡觉去了。无意间救了人，挺有成就感，“就当又加个班吧”。

对起五更爬半夜、整天穿行于大街小巷的外卖小哥来说，看见什么都不意外。危急时刻，他们往往会伸把手，帮一下。2018 年 11 月 18 日 13 时许，一辆白色轿车冲断延吉市延西桥的护栏，坠入河中，身穿红色羽绒服的女司机惊慌失措地撞车门、敲打玻璃均无济于事。围在河边的人，有的惊呼：“快救人啊，司机还在车里！”有的打电话报警……水却无情地沿车身缓缓漫上来，没过轮胎，没过车盖，眼看就要没过挡风玻璃。车沉下去了，再救也就来不及了。

“扑通”，一个小哥跳进河里。

延吉位于吉林省东部、长白山脉北麓，气温已下降至−2℃，河水寒冷刺骨，小哥没游多远，腿抽筋了，只得返回岸边。

“扑通”，又一位小哥跳下去。他奋力游到车旁，将车门拉开，把车上的女人拽出来，艰难地拖着，游向岸边。在众人的帮助下，他们上了岸。

先跳入河的小哥叫肖志飞，后跳的叫于超群，两人是美团的外卖小哥，彼此素不相识。车主小赵有七八年“照龄”，却没有多少驾车经验，在孩子出生这两年没碰过车。母亲要从外地来，她想练一下车，到时拉母亲出去转转。车开上桥时，突然一辆车蹿过来，她在慌乱中把油门当刹车踩下了。

“老弟啊，你救了姐的命，从今往后，你就是我的亲弟弟！”小赵感激不已地对于超群说。

于超群是个“90后”，生在延吉农村。他十岁那年，父亲因车祸成了植物人，为此家里债台高筑。他初中辍学打工，为家还债。见车坠河里，他忘记了自己不过在河里玩耍时会点儿狗刨，根本没啥救人经验，就跳进了河里。他救了一个孩子的母亲，挽救了一个家庭。

另一个午时，即2019年3月16日12点50分，郑州市经五路与黄河路口，一个五岁孩子过马路时被一辆轿车刮倒，鲜血从嘴中流出，有点神志不清。他位于后车的盲区，极易遭到二次碾压。突然，一辆电动车逆行而至，身穿黑帽衫和点我达马甲的小伙子将孩子抱起。他左手抱着孩子，右手把着车把，把孩子送到河南省人民医院，还垫付了三万元的手术费。他叫周大坤，是来自河南睢县农村的外卖小哥。

2020年8月8日深夜，天空如墨，稀落的灯光像星星似的绵软无力。小于从公共厕所出来，发觉不对，掀开外卖箱一看，三杯奶茶只剩一杯。

“师傅，看到有人动我车么？”他问旁边摆摊卖竹筒粽子的大爷。

“没注意，你没锁吗？”

没锁，他以为进厕所撒泡尿就出来，哪想会丢啊？得了，那就认栽吧。他联系收货人：“您好！您点了三杯奶茶是吧？”

“什么奶茶？没点。”语气有点儿发沉。

“那好，我再问一下，”要挂断时，他追问一句：“您是丁先生吗？住在×××2单元802，对吧？”

“我姓丁，住2单元802。”似乎有点儿迷迷瞪瞪，可能喝酒了。

“我给您送的奶茶被人偷了两杯，我现在重新给您买去。”

“不用了，不要了。没事，谢谢！”

“您不要了吗？那、那、那我这个订单就完成了？”

“好好。”

像这样有教养，懂得尊重别人的客户也不少。

丁先生说奶茶不要了，小于还是觉得不踏实，也许做三个月的外卖还没遇到这样的客户让他感到意外。他回到奶茶店，店里已冷冷清清，一个顾客都没有。

“奶茶丢了，我想赔给他，客户说不要了，你说咋办，我要不要点送达？”

“这都啥年头了，还有人偷这个？”老板惊奇地说。

自己是不是有点儿一根筋了？点一下送达就可以回家睡觉了，可是这么做有点儿不安，觉得没有尽责。不行，小于跟老板要来订餐人电话，是河南濮阳的。他拨过去，是位年轻女子。

“现在剩几杯？”听他讲完经过，她问。

“剩一杯。”

“那就送一杯吧。他喝酒了，我怕他不愿意下楼，上边又没有水。”

“好，我现在就去，您还有什么嘱咐吗？”

“没有了，你给他送一杯就行了，本来就他一个人。”

“好，我替您看看他，他如果有事儿，我就给他买点儿药什么的。”

你敬我一尺，我敬你一丈，人与人要是都这样该有多好。小于高兴得一路唱着歌，“我要像梦一样自由，就像你的温柔无法挽留……”风从耳畔吹过，插在车龙头上的小红旗呼啦啦地抖动着。

小于到了那幢楼，乘电梯上到八楼。他没去敲802的门，怕深夜惊扰了邻居。

“你好，我是外卖。到门口了，您开门吧。”他打电话说。

“不要了吧？”也许酒劲没过，也许刚睡醒，对方声音有点迟钝。

“那位女士非让给您送过来，怕您没水喝。”

“不要，不要，不要了。”

“您没事吧？”

“没事。”

小于又给那位女士打电话：“我送到门口了，他说不要了。”

“他在里面吗？”

“在。他说没事，我听也像没事。”

“哦，那行吧。”

“这啥事啊，本来想赔两杯，结果却赚一杯，”小于乐滋滋往回走，“早知道不来了，不过使命必达啊。”

小于把视频发到网上，引起强烈反响：“外卖不易，一个单子跑了几趟。”

“赚一杯奶茶打了好几个电话，那电话费……”

“人家不要，也应该放门口。”

“吃的不能放门外，出了事情谁负责。”

“看你后来的愉悦，感到你是占小便宜的人。”

“哪是偷乐？换你遇到这种情况，也会觉得新奇，干吗说人家贪小便宜？”

“为啥让客户替你买单？该赔的钱还是得赔的，客户不追究超时就挺好了。”

“小哥跑来跑去都是那泡尿惹的祸，小偷和客户一致同意留下一杯是对你的奖励。”

这些网络留言反映了社会对外卖小哥的认识、理解、包容与苛求，也反映了他们所处的生存环境。

4 送外卖的诗人

他俯身推车的姿势，多像一棵倔强的树，在风中不屈的样子。瘪了的轮胎和脖颈的热气，让他看上去，也像一份超时的订单。

许多人做外卖都是被“逼上梁山”，王计兵则不然，他做外卖出于好奇。

他和老婆在昆山开了个杂货店，隔壁是电动车店。“远亲不如近邻”，两家走动得较勤。电动车是外卖小哥的必备，时常有小哥过来买车。饿了么站点的站长也会过来坐坐。

“我可不可以送外卖？”一天，他们聊天时，站在一边的王计兵插了一句。

“可以啊。”

“怎么送啊？”

“这很简单。”

站长要过来他的手机，给他装了饿了么 App。他回到自家店里，跟老婆依云琢磨起这个外卖系统来。一位顾客凑过来看了看喊道：“有个订单，你快抢啊。”

顾客说着就在屏幕上面点了一下，这个单就抢了过来，上面有取餐送餐的地点。王计兵蒙头蒙脑地看着地址，不知如何是好。

“你得送，不送要罚钱的。”顾客说。

王计兵一听急了，连忙跑出去，骑上他那辆旧电动车去找餐馆。他在那一片住了十几年，却从没听说过订单上的那家餐馆。还好，一路打听总算找到了，又打听清楚怎么取餐。他取了一碗面，骑行到一家商场，送给了顾客——商场的售货员手上。

“你看我把面都给你送到了，接下来怎么办？”他掏出手机，不知所措地问道。

那位售货员帮他操作一番，这一单就算完成了，赚了五元。他感到新奇，有意思，太有意思了。那天，他跑了五六单，赚了 20 多元。那是 2017 年，他 48 岁。他没把这当正事儿，就是觉得整天守着杂货店有点无聊，出来跑跑挺开心的，还有钱赚。跑单让他灵感大发，写了一连串的诗。

他是诗人。外卖小哥有很多，诗人也有很多，送外卖的诗人和诗人送外卖的可能不多。

他什么时候成为的诗人，恐怕连他自己也说不清楚。我认为，在做外卖前王计兵是位写诗的人，他写的诗从来没发表过；做外卖后他成了诗人，诗作陆续得以发表。对他来说，写作是件伤心事儿，他不大愿意跟别人讲。

王计兵是江苏省邳州市官湖镇大王庄人，2002 年到昆山。22 岁那年，还在老家的他迷上了写小说，23 岁那年发表了十多篇微型小说，还惹了一场不大不小的麻烦。他发表的第一篇小说写的是村里的事儿。发表后寄来的样刊被村干部拆开了，为此村委会还讨论一番，最后觉得这是件好事，应该支持。这一支持让王计兵的父亲感到很骄傲。可是，那篇小说很写实，村里人一看就知道写的是谁。他写的是村里的一个光棍。那人不干了：“秦桧上书了，我也上书了，我跟秦桧一样了，连祖坟都入不了了。”去他家闹过几次，从此不再跟他家人说话了。

王计兵觉得写微型小说不过瘾，稿酬也少，发表一篇多则十几元，少则只有五元。他想写一部反映年青一代不甘于现状而苦苦挣扎的长篇小说。那时，他在从村庄边穿流而过的沂河捞沙，晚上住在家旁桃园里的一个玉米秸搭的窝棚。从桃花盛开写到雪花飘舞，西北风吹得桃树枝头乱晃，每天晚上，他伏案在马灯下创作，写了 20 多万字。为了把人物写得惟妙惟肖，他偶尔会模仿一下小说中人物的动作。写到一位守孝人时，他穿一身孝服走在村头。有人说，这孩子写作写魔怔了。

一天，他捞沙回来，见窝棚没了。玉米秸让父亲捆起来，拉回了家。他回家问父亲有没有看见那部书稿，父亲说没看见。他慌了，那么厚的书稿怎么会看不见？那是他将近一年的心血啊。他跑回果园，发现有片新翻的土，用手扒开，见里边有纸灰……

父亲跟他长谈了一次。父亲说，你该相亲相亲，该结婚结婚，不要再搞那些不着边际的事了，搞不好连老婆都讨不到。他答应父亲不再写作。事后，他认为父亲是对的，如果写下去，没准自己就像他笔下的老光棍了。

可是，有时灵感来了，他忍不住还是要写的。不过，他已把写作当成自己跟自己聊天，写后就像两个聊天人分手似的随手丢弃。婚后，他想跟老婆分享，写完后读给她听，她却认为一个大男人不应该如此多愁善感，说："你哪怕出去跟别人吵架也比窝在家里写作强。"

怕她知道，他的写作变得偷偷摸摸，躲躲藏藏。那几年家里没开杂货店时，他骑三轮车捡破烂儿或卖水果，灵感来了，他就停下来，顺手扯块纸板来写，实在找不到纸就写在衣服或手上。有时意犹未尽，他就找个没人的地方，自己给自己朗读一遍。他说："委屈时，难过时，抒发一下会感觉心里好受很多。这就像女人哭一哭，喊一喊，发泄一下。"因此，他的写作文体也发生了改变，不再写小说了，改为写诗。

2005 年，看别人上网，QQ 聊天，老婆感到新奇，也买了一台电脑。在她不玩时，他就上网看看，写 QQ 日志，把写在纸板或衣服上的诗录入电脑。

嫁到邳州的大女儿听说王计兵做了外卖小哥，哭得一塌糊涂，打电话说，家里缺钱跟她说，她来想办法，劝他不要再跑外卖了。他说："我又不去抢单子，有时跑个十几块钱，这能算挣钱吗？也就是出去玩玩嘛，到外边走走看看。”

开始时，他没想赚钱，都是一单一单地跑，没在意收入，把这当成体验生活。他实在是太爱写作了，只要做对写作有益的事，他就会开心得不得了。那些偏僻的、位于犄角旮旯的单没人愿意接，他却愿意跑，到没去过的地方看看，那是一种难得的体验。

一天，突然下暴雨，他正好手里没单，骑车到桥下避雨，那里聚了许多避雨的人。他却看到一位饿了么小哥骑行在雨中。他写了一首《阵雨突袭》：一个外卖小哥 / 在雨水里穿行 / 天蓝色的外卖装像一小片晴空 / 一小片晴空在雨水里穿行 / 像一段镜头被不断地打着马赛克 / 而雨水是徒劳的 / 蓝色的工装越湿 / 天空就越明亮 / 澄明的天空贴在他的肋巴[1]上 / 就像贴在大地起伏的山脉上 / 阵雨突袭 / 一个外卖小哥和我并肩骑行 / 让我感觉雨衣是多余的 / 雨水不停地拍打雨衣 / 像什么人不停地叫门。

不过，挣钱哪会像玩似的开心？总会遇到像小于遇到的那种让人憋气、郁闷的事儿。一天，顾客留错地址，王计兵爬到六楼，敲开一扇门不对。打电话问，对方不仅没有歉意，反而说他送错了地方。接着又告诉他一个地址，也是六楼，爬上去，敲开门，还不对。再打电话，对方又告诉一个地址，还是六楼。他送上去，那位跟他女儿年纪差不多大的顾客说：“你是怎么干的？连外卖都送不好，还要一遍遍打电话！”

你说，这窝不窝囊？

还有一次，王计兵把餐送了过去，一位满嘴酒气的彪悍男子接过去了。他转身下楼，到一楼时接到一个女人电话，说她把地址写错了，她已不在那住了，让他去把餐要回来，送到新的住址。他又爬上楼，敲开门，彪悍男子听说他要把餐取走，含着泪水吼叫着，指着他的鼻子破口大骂，接着一把薅住他的衣领，把他拽进屋里。生得瘦弱的他哪里挣脱得掉？快要窒息时，跟那男人一

[1] 肋巴：指肋骨。

起喝酒的人冲出来，把他救了下来，并把外卖还给了他，跟他道歉。

他感到莫名委屈，不过反过来一想那男子也许失恋了，跟他同居的女人搬走了，这是一个可怜人，他的痛苦比自己还大，这么一想也就释然了。他把外卖给那女人送了过去。她感到过意不去，一个劲地道歉。他说了句："没关系。"

还有一件憋屈的事儿，他接了两单，导航显示两单相距仅几百米。没想到在两单之间还隔着一条江——吴淞江，一单在江的西边，一单在江的东边，桥正在维修，不让过。他不论选送西边的，还是东边的，都会有一单超时。他选择先送西边的。送到后，导航提示下一单还有 12 公里。当他送过去时，已超时半小时，不仅要罚款，还要他到学习点去学习。

"这个学习倒是必要的，会宣传交通法规、宣传社会治安，你要做这行的操守什么的，有些这方面的课程。"这种情况出现过多次，他不急不恼地说。

在采访时，他说，作为一个普通人，你很难进入别人的家庭，做外卖则不然，哪怕顾客开道门缝，或者你隔着门听到他家的争吵，都会成为创作的素材。他说，做外卖会接触到不同的人，他们有着不同的性格，多数人还是友好的。

也有他大为感动的时候，有个小区不许外卖小哥骑电动车进去，王计兵送餐到大门时，跟保安打听路，这时他的手机提示："你的订单五分钟后即将超时。"那位 50 多岁的保安说，"你就要超时了，你别问了，那栋楼很难找，我带你去！"

保安在前面跑，他跟在后面跑。跑到楼下，保安已累得双手扶着膝盖，上气不接下气了。

"超时了没有？"王计兵送完餐下楼时，保安还在等他。

"没超。"

"很好，不容易，送一餐，再把钱罚去了，不划算。"保安说。

好像送外卖的不是王计兵，而是他。王计兵写下《赶时间的人》："从空气

里赶出风 / 从风里赶出刀子 / 从骨头里赶出火 / 从火里赶出水 / 赶时间的人没有四季 / 只有一站和下一站 / 世界是一个地名 / 王庄村也是 / 每天我都能遇到 / 一个个飞奔的外卖员 / 用双脚锤击大地 / 在这个人间不断地淬火。”

还有一次，他去一家工厂送餐，要穿过一座过街天桥，平时可以骑行过去，那天下过一场雨，大理石桥面很滑，上坡时没觉察到，下坡就刹闸了，电动车直冲而下，冲进一片绿化带。他摔倒在那里，膝盖撞了一下，有点扭了，汤也洒掉一些。他扶起车，继续赶路。雨下大了，摔过之后他有点儿害怕，不敢快骑，结果超时了。他跟顾客道歉，说不好意思，下雨了摔了一跤，汤也洒出一些……

那位顾客很好，表示理解。平台的罚款也下来了，那位顾客实名帮他取消了。顾客是可以申请把超时罚款取消掉的。

他还写过一首《午夜推行人》：如果不是这一抹蓝 / 在午夜的街道出现 / 我差点就信了夜晚 / 非黑即白的谎言 / 他俯身推车的姿势 / 多像一棵倔强的树 / 在风中不屈的样子 / 瘪了的轮胎和脖颈的热气 / 让他看上去 / 也像一份超时的订单 / 气温还在下降 / 还在把往日落叶往死里按 / 落叶归根其实是一种奢望 / 在落地之前 / 太多的落叶就远离了树林 / 午夜街头 / 一个外卖骑手的出现 / 让一抹天空，蓝得更加纯粹 / 月亮是天空的一处漏洞 / 所以夜从来都黑得不够彻底。

王计兵做外卖后，他的诗作开始发表。一次回老家看望父母时，他接到一个电话。父亲问是谁打来的，他说是咱们市的作家协会主席，他告诉父亲他又开始写作了。父亲听后，沉默许久说：“我耽搁了你好长时间……”

王计兵感到很震惊，没想到父亲会说出这句话。他给父亲朗读自己写的诗，还用手机播放别人朗诵他的诗的视频。父亲听得很认真，甚至不让他把手机拿走。

王计兵已经 53 岁了，这一年纪的外卖小哥为数不多，许多都是临时的。王计兵每天坚持干 12 个小时，他很喜欢这一职业，他说他会继续干下去。

第二章

外卖箱上的征婚广告

他们的爱不像朝霞那么浪漫，

如向日葵似的灿烂，默然地成熟，

每粒种子都饱含着对美好生活的希冀。

1 “男小哥”和“女小哥”

一场车祸，让“男小哥”与“女小哥”破了“界线”。真该感谢那位倒霉的肇事者，八竿子打不着的失误成就了这一姻缘。

2021 年春，上海，一位饿了么小哥的外卖箱引人注目，箱上贴了张白纸，打印着红字与黑字：

征婚：

年龄：29 岁；

职业：外卖小哥；身高：176 cm；

工资：13000 元 / 月；副业收入：2000—4000 元 / 月；

介绍：老家河南，正直善良，能吃苦，肯付出，乐观执着。

希望另一半：

1. 年龄：25—30 岁；
2. 本科、硕士、博士勿扰；
3. 善良可爱，不矫情，没心机；
4. 不胖。

红灯时，骑车人纷纷掏出手机拍照和摄像。一位染着棕色头发，身穿黑色羽绒大衣，斜背着绿包，骑着蓝色共享单车的女孩凑过去，加了他的微信。

有人把视频发到网上，激起千重浪。有人留言：只要胆子大，不愁没对象。

美团研究院 2021 年发布的《骑手职业特征与工作满意度影响因素分析》以数据为外卖小哥画了一张像——以青壮年男性农民工为主，平均年龄为 30.6 岁，其中，40 岁及以下的占比为 88.2%。[1]《新京报》智库发布的《2020 年外卖骑手职业报告》的画像为男性占比 87%，已婚占比 60.32%，未婚占比将近 40%。

有人认为外卖小哥收入高，接触人多，每天要跟几十人，甚至上百人打交道，找个对象应该不难。许多人认为他们收入不少，可是没文化，工作没技术含量，拼的是体力，赚的是辛苦钱，属于高危行业，且社会地位和上升的天花板都极低，没有什么未来。社会流传一种说法：“两种人不能嫁，一是泥瓦匠，二是快递（外卖）小哥。”外卖小哥的恋爱、求婚和结婚时常成为新闻。

2020 年 7 月的一个午夜，11 点半，杭州汇和城购物中心仍灯火辉煌，边上那条横穿拱墅、西湖、余杭三个区的文一路却像行将干涸的溪流，车流人流断断续续，食客已稀稀拉拉，多数是穿蓝色或黄色 T 恤的外卖小哥。

饿了么小哥袁绪楠去取餐上电梯时，瞟见韩国料理店里有一道陌生的倩丽背影，美团的。他不由驻步，随手拍了张照片，发到小队的群里。

“你们看看人家，一个女孩子这么晚了还在跑单，你们躺在床上刷抖音、打游戏，还有脸吗？”

他是说给队里那些“90 后”“00 后”的，他们早上起不来，晚上不出来，阴天下雨不接单，躺在宿舍不送餐。

图片发出去了，那道背影却驻扎在袁绪楠的心上，从那之后，他取餐和送

[1] 孔德晨：《“骑手”成农民工就业新渠道》，《人民日报》（海外版）2021 年 7 月 7 日。

餐总情不自禁环顾一下。几天后的中午，他骑行到十字路口，遇到红灯，蓦然见她也在等红灯。她的身材很好，个子跟他相仿，接近 1.7 米。

“你干了多久了？”他凑过去。

“没干多久，刚来。”她看了看他。

她的脑袋被头盔和面罩裹得严实，怕胳膊晒黑，套着冰袖。能见到的只有那双像电视剧《还珠格格》中小燕子似的大眼睛。这几年杭州已入围“四大火炉”，马路像烙饼锅似地被烘烤，磕破一枚鸡蛋，摊在路面上，几分钟就熟了。

他情不自禁地过去搭话，她说是新来的。

“加个微信吧，有什么不懂的，你随时可以问我。我都知道。”

她掏出手机，让他扫了下二维码，不大情愿。灯变绿了，他们分道扬镳，各忙各的了。

下午，他掏出手机看了几遍，她都没给他通过。晚上 11 点多，她通过了。他想她可能刚回家。一个女孩为什么要这么拼？他跟她聊了几句，问了一下她的收入。她说自己不熟练，一天跑单不多，收入很一般。

他说，他一天跑八九十单，少的时候也有 70 多单。他犹如老兵在新兵蛋子面前炫耀一下。

“我们这边挺好的，单子也多。我们这边女孩子一天也有四五十单，只要七八个小时，多的话也就八九个小时……”

她说，她在那边没有师傅带，要自己摸索。

“你要不来我们队，我带你。”

她说考虑考虑。他想，她对自己也许有戒备之心，在马路上主动加微信，又劝人家跳槽，谁都知道拉进一个外卖，站点就有一两千元的奖励。怕她误解，他就此打住。

不过，他隔三岔五就把自己跑单业绩发给她。他的确不寻常，2020 年当过“单王”，不过他没以大神级外卖员晒单，而是以普通小哥来展示。对他们来说，有一个备单量的问题，这决定在午高峰或晚高峰时允许你带多少单。对普通小哥来说，一次仅允许你带四五单，带多了怕超出你的能力，会超时。对袁绪楠这种当过“单王”的则不然，一次可带十几单。

他为了把她吸引过来，高峰时也不带十几单，仅带四五单。上午 10 点上线，做到晚上九十点钟，他已完成七八十单。她在那边累得要死要活也只有 30 多单。他想诱惑诱惑她，究竟为什么，说不清楚。

一天下午一两点钟，他吃完午饭，要上线接单了。一位小哥送单回来，说有个美团的女孩让车撞了。他一听就急了，一定是她，在这附近送单的美团姑娘就她一个。他不顾一切地赶过去。果然是她，还好没有大碍，不过擦伤了点，交警处理完了。他把她的车子抓过来骑了一圈，发觉有问题。他领她去修车。

“你这车不对啊，有问题。”修完后，他又试了试。

“有什么问题？”

“刹车时电机应该断电，你这车没断。车刹住了，电机还在转，这样是很危险的，你得换一辆。”

“我刚开始做外卖……”她有点儿为难。

她或许经济紧张，或许没打算久做，不想在这上面投资。

“我们站点有，我去拿一辆给你，你先骑着。新车骑着会安全一点儿。”

他在的支付宝站点有备用电动车，可以租给新入行的小哥。她有点儿动心。

“我没能力改变别的，只能让你更安全点儿。这样我会放心一点儿。”

她接受了他的帮助。

晚上 9 点钟，他收到她的短信：“下班没有？”

“我没事儿，在休息。”他急忙送掉剩下的几单。

“要不，我们吃个饭吧。”

他问清她在哪里，推荐了附近一家菜馆。那是个小餐馆，消费不高，菜品说不上好吃，也不难吃，不过环境还可以。

终于“见面”了，她像他想象的那么漂亮，不仅有“小燕子”似的大眼睛，还有“小燕子”似的鼻子，加之小麦色的皮肤和长长的马尾辫，不比“小燕子”逊色。他们面对面坐着聊了起来，她说她在美团干得不大愉快，倒番苦水。他说他也一头雾水，刚接管一个小队，下边20来号人，没一个认识的，不知工作怎么开展。他又“策反”她，劝她过来。她没答应，也没反对。

在那之后，他们有来有往，他隔三岔五给她发个短信：“吃饭了没？要不要一起吃个饭？”饭吃多了，渐渐熟了，这是中国式交往。她终于被“策反”过来了，可是她已熟悉那边的模式，对这边很不适应，每天铆足劲儿也就跑20来单，赚的不仅没多，反而少了，这让她烦恼。对他们来说，赚钱是王道，赚不到钱也就没道理可言，她像打水漂的石子在袁绪楠他们那儿干两天就去跑众包了。

这边的模式没熟悉，却熟悉了袁绪楠。他是农民工的第二代，像安徽乡下的种子播撒在无锡的街巷，在那座城市读了小学和中学。2002年，他考上中专，学的是电子技术应用。20世纪80年代，一张中专文凭可以改变农家子弟的命运，可以农转非，可以分配到企事业单位，当上国家干部。21世纪的中专跟读职高几乎没有区别，毕业后就汇进了打工大军。

袁绪楠打工七八年时，遇到一个女孩。21世纪的婚姻犹如麦当劳快餐，来个双层吉士汉堡，加杯可乐，填饱了肚子，抹一下嘴巴就出来了。他们也许还没明白婚姻是什么就怀了孕，生下孩子，只得顺水推舟地结了婚。这时，却发现睡在身边的人不是自己想找的，又没耐心过下去，只得离婚。

在儿子三岁时，袁绪楠跟前妻离了婚。那桩婚姻犹如一只高脚杯，没两年就破碎了，前妻走了，把儿子留给了他。袁绪楠带着儿子艰难地过了几年。终于熬到儿子上学，他把儿子托付给了母亲，到嘉善打工。2019年11月，听说在杭州做外卖赚钱挺多，他就过来了。在这个站点没干几天就去跑众包，两个月后赶上疫情，也有过焦虑、烦忧、迷茫。2020年6月，他又回到这个站点。

情感往往是朦胧的，朦胧得自己也说不清是什么。袁绪楠也搞不清楚是拍她的背影喜欢上了她，还是想把她拉进站点赚到那笔钱。他想了解她，让彼此的关系再亲密些，甚至想……他又不敢想，她做外卖不过是权宜之计，就像栖在枝头的小鸟儿，跳来跳去，一眨眼就飞走了。他和队里那帮兄弟也不想做一辈子外卖，可是有几人能跟她相比？

“你在哪？”半夜 11 点多，她的声音有点急促。

这段时间他们在一起吃过一两次饭，他教她跑众包的技巧，如何处理棘手问题……

“你有什么事？慢慢说，着什么急呀，哪怕手里有单子，你也不能这么着急，超时就超时，大不了扣钱。”

不过，他有点儿紧张，估计她是出事了，否则绝不会找他。

“快过来……”

“赶紧给我发个定位。”

他急三火四地赶过去，好在不远，两分钟就到了。她的车子没电了。

几天后，她又给他电话，车又坏了，他又赶了过去。他也许该感谢她的车，让她找他。

“你是不是还在跑？”两天后，半夜 11 点多，他给她电话。

她果然还在跑单。他要来她的定位，赶了过去。她还有四个单，他们二一添作五,一人送两个。送完单时，已经 12 点多了，她还要接单，他生气地摁住她的车头，把钥匙拔下来：“这么晚了，出了事怎么办？你连个亲戚都没有，谁也不知道。”

她从小就是孤独的，父亲过世得早，母亲把她留给了爷爷奶奶就改嫁了。后来，她在西安读了四年大学，做过电商。疫情肆虐，电商做不下去了，只好做外卖以渡过难关。

她跑的众包不像专送，像散兵游勇，人跑出去了，在哪儿？没人知道。若没有点餐的催单，丢了都没人找。专送则不然，小哥跑出去了，在什么地方站点很清楚，他要是长时间不动，订单超时，站点会跟他联系。如发生车祸，站长会在第一时间赶到。

"白天太热了，晚上凉快点儿，多跑几单。"

他劝她回到他那去，别跑众包了。

"为什么？"

"我不想你晚上这么累，不想你这么辛苦……"他说出压在心底的话，"虽然我不是很有能力，不能挣很多钱，但是我想关心你，想照顾你。你也应该发现，我是一个很愿意跟人开玩笑的人，看上去有点儿不正经。其实了解我的朋友知道这是个表象，是我想让别人看到我的样子。我自己心里有什么事只跟很要好的朋友讲。"

她很生气，也许想，你以为你是谁？他也很生气，不欢而散。

她没再联系他，他也没联系她。一天，同事告诉他，那个女孩回站点跑专送了。这是什么意思？这既让他意外，又让他生气。杭州有这么多站点，她偏偏选择这个；他以为在这个站点他是跟她关系最好的，她却通过别人回来了。站点的许多人知道他在追她，他觉得：我帮你这么多，你怎么也该把我视为朋友吧？哪怕是普通朋友呢。她这一做法让他很没面子。

真正爱一个人是可以生气的，不过那气像充在扎孔的轮胎上，过不了多久就会泄掉。他没有因此而心生怨恨，选择理解她。他清楚她不想跟他谈恋爱，以这种方式拒绝他，想跟他保持朋友关系。

我在海创园专星送[1]采访时，站长季海丽说，有一天，一位小哥问她："我能晋升副站长吗？"

"可以，不过你现在每月赚一万来块钱，副站长只有六七千块。你跑得好好的，为什么要进管理层？"

他说，他爱上一个女孩，不敢跟她求爱。他回老家也不敢跟别人说自己在送外卖。

"送外卖又不丢人。你可以跟她说你一边做管理层，一边送外卖。在学习

[1] 专星送：星巴克和饿了么联合打造的为星巴克提供咖啡配送的一种服务方式。骑手驻扎店内，只服务相应门店。

怎么管理，也是可以的啊。那女孩子要是真的喜欢你、爱你的话不会在意这些的。”季海丽跟他说。

那小哥还是不敢跟心仪的女孩说自己在杭州送外卖，后来选择了离职。

季海丽说：“我这个站点‘90后’‘00后’都有。他们是不可能一辈子在外卖行业干的。我这边有几个二十八九岁的，还单着呢，像这种单身就要靠相亲。有的说，站长我要请三天假，回一趟老家。我说，你好好的怎么突然要回老家？他说回家相亲。我说好的，祝你相亲成功，你去吧。”

袁绪楠可不想就这样拉倒。他跟站长李飞请求把她分到他那个小队，要跟她保持密切联系，时时刻刻给她以关照，他要用自己的爱去焐热她的心。也许他们站长像季海丽那么清楚小哥找对象不容易，想成人之美，就答应了他。这样，她进入了他的小队，他一如既往地关爱她，“粗暴”干预她的事情，动不动就约她吃个饭。尽管她没答应他，极力保持距离，可是不论他，还是小队的其他小哥，都视她为他的对象。

2020年11月，出了车祸，这次不是她，而是袁绪楠。

立冬了，天陡然短了许多。下午4点，天色就像打翻了墨水瓶，眨眼工夫就黑下来。人的视觉一下子还适应不了这种变化，袁绪楠骑电动车取餐，一辆收废品的三轮车从坡上倒着溜了下来。发现时，已躲不开，他一抬脚，正好踢在三轮车厢的板子上。他从车上飞了出去。从地上爬起来，扶起电动车，没感觉到痛，还以为自己没事呢。三轮车车主见他还能动，想跟他私了。

“我为什么跟你私了？我肯定要报警的。”他生气地说。

站长叮嘱过，发生交通事故要在第一时间报警，哪怕交警判你全责也没关系，公司已给你上了保险。袁绪楠一边报警，一边通知站里，也告诉了她。此时，正值晚高峰，她在忙，一时赶不过去。站长倒是在第一时间赶了过去，陪他去了医院。他脚趾的骨头断了三根。

一片乌云遮蔽他的心，公司的年终奖励政策刚出台，这下没有他的份了。

第二天，她拎着一锅炖好的猪蹄赶了过去。他既高兴又纠结，高兴的是她心里还有他，纠结的是自己不该拖累她。他想回家，又怕无锡那边出现疫情，过完年回不来，还怕让父母担心，出门打工没赚多少钱，却拄拐回来了……

“要不你搬到我那去吧。”那两天，她既要跑单，还要不时过来照顾他，管他吃喝，忙得团团转，许多时间都消耗在路上。

这是他求之不得的，这意味着彼此的关系有了突破。因祸得福，真该感谢那位倒霉的三轮车主，有时那八竿子打不到的无意之举，甚至失误，为你提供了宝贵的机遇。她住的是“蜗居”，逼仄，一个卧室、一个卫生间，没有厨房，吃靠外卖，不过可以熬点儿汤，煮点饭或下个面条什么的。

在一起住了20多天，也许有了上次婚姻的教训，也许袁绪楠成熟了，懂得哄女人了，两人的感觉还不错。最大的“障碍”就是这房子不行，太局促，两个人加一只拐就活动不开了。于是，他们换了一间稍大点的房子。他也只能租这样的，休病假有基础工资，没有跑单绩效，收入大大缩水。住在一起后，她成了主妇，要洗衣做饭照顾他，跑单量减少，赚的钱也少了不少。

她回忆起他们的相识相处时说，他给她的第一印象是这个人挺凶，脾气不好，还有点儿霸道，她告诫自己还是躲他远点儿好。他解释说，他的性格挺好，吃亏在眉毛上。等红灯相遇时，彼此只露两只眼睛，他的眉毛浓重粗壮，眉梢还有点儿吊，眉眼恰恰是个败笔，眼睛修长，目光冷峻，给人以彪悍、不好惹的错觉。他主动教她带她，她觉得他乐于助人，但是很凶。他那晚霸气的表白，让她一时难以接受，再想想在这么一座上千万人口的城市，人海茫茫，有谁关心自己的安危，有谁打个电话就能跑过来帮自己修车？

春节前后，有些小哥回家过年了，站点人手紧张，袁绪楠晃动晃动受伤的脚，觉得恢复得差不多，可以跑单了。站长李飞说，不行，你要好好养伤。伤筋动骨一百天，更何况他断了三根骨头。可是，作为队长，他要为站点着想；作为男人，他要为自己的女人、为这个家，还有远在无锡的父母和儿子考虑。他那些年在家带孩子，没怎么打工，还有债务没还完。

年刚过，还不时有零星的鞭炮声响起，袁绪楠就上工了。有了她，他感到有了奔头，跑单量多了，他们又改善了一下居住条件。他自己单住时每月房租800元就够，现在要3000多元了。他不能让她受委屈，要让她住得好些，舒适些。新租的房子比前边的好了许多，相当于公寓房，有独立卫浴和厨房。

袁绪楠很会做饭，变着花样做给她吃，今天炒两个小菜，蒸条鱼；明天买点虾，或吃牛肉，或吃火锅、烤肉。他也有缺点，用他的话说就是想改又改不了的“臭毛病”，比如说喝酒，生存压力过大，有时就约几个哥们到酒馆喝两杯，控制不住就喝高了，回家很晚，还会把家里搞得乱七八糟。

她也没嫌弃，人么，总得有点缺点。没缺点的人是圣人，圣人是不可爱的。不过，她也不能任由他的缺点泛滥，给他定了规矩：在外喝酒半夜12点前必须回家。这对袁绪楠来说有点难，喝高时哪里还知道钟点？不过，她没管住他，小区却让他降服了，他们设了门禁，半夜12点后就进不去了。这下好了，喝酒前必须跟哥们儿说12点前得回家。她好通融，电脑系统不行，这个管用。

他们的日子痛并快乐着。舌头哪有不碰牙的，小摩擦总会有的。他惹她生气了，他说两句好听的，哄一哄也就过去了。他说，没有一点儿小摩擦，生活也挺无趣的。他对她很满意，他说，“你说我有啥？长得也不好，收入又不是很高的那种，家里还有个孩子。我不知道是走了什么狗屎运。”

她不安于现状，跑完外卖就回家上网课和自学，要考一个袁绪楠说不大明白的证书，用他的话说“关于金融什么的”，就是“学证券这块的东西”。

站点的另一个小队的队长张男杰回家结婚了。据说，他做外卖的目的单纯——想多赚点钱，结婚时宽绰点儿，怕委屈了女友。袁绪楠也想结婚，他年纪不小了，34岁了，她比他还大三岁呢。俗话说，“女大三，抱金砖”，也许还没确定谁是金砖，抑或这金砖怎么抱。

袁绪楠也觉得亏欠父母和儿子的。父母有三个孩子，袁绪楠上边有个姐，下边有个弟。父母从农村老家出来时，尽管在无锡生存十分艰难，还把他们都带了出来，没让他们做留守儿童，给他们交借读费，让他们享受城市的教育。

父母把他抚养成人很不容易，他让他们不大省心，那么大年纪了，还得给他带儿子。儿子也不容易，他离婚可以再找妻子，儿子却不能跟亲生母亲在一起了，现在又不能跟他在一起，成为都市里的留守儿童。

2021 年暑假，袁绪楠把儿子接了过来。路上，他给儿子打了预防针："有一个阿姨跟我一块住。"

"是不是你现在的老婆？"儿子仰着小脸望着他问。

"不是，是女朋友，还不是老婆。"

儿子过来后，他们相处得很融洽。儿子很懂事，很听她的话。她也愿意辅导他功课。儿子本打算在杭州待到开学，没想到南京和扬州出现疫情，袁绪楠的老爸来电话："什么时候送回来，再不送回来就没法上学了，要在家观察。"他只好自己开车把儿子送了回去。

他没跟父母说他和她的事，他想儿子回去了，他们就知道了。还有，他过去的微信头像是他跟儿子，现在换成他们仨。那张照片很温馨，他幸福地把头靠在儿子的头顶，她戴着黑色棒球帽微笑着，儿子穿着蓝 T 恤，头发湿湿的，仰着幸福的小脸望着镜头，眼睛跟他很相像……

我跟支付宝站点的站长以及袁绪楠提出要采访她，被拒绝了，且坚决，没余地。

袁绪楠没告诉我她的名字，也许是她的意思。她做外卖是无奈之举，遭遇人生的低谷，有谁愿意灰头土脸时抛头露面呢？

作为女性，我理解她的拒绝。

2 我们在一条船上

他们是大学同学，她是白领，他做外卖。她天天要从天黑等到凌晨，她对他的希望就是别做外卖，换份有上升空间的工作。

饿了么杭州支付宝站点的门面不大，门外铺着方形青石板，一群电动车犹如回圈的绵羊聚集在门前，玻璃门的上方是大幅天蓝色牌匾，印着白字："饿了么蜂鸟即配[1]"，门两侧贴着湖蓝色的相同的广告："骑手招聘"。

要采访的张男杰一出现，我的眼前一亮。他给我的第一感觉是干净，与众不同。究竟哪儿不同？他一身饿了么骑士打扮，个子不高，长方脸，浓眉大眼，挺拔的鼻梁。他的电动车像刚冲洗过似的纤尘不染，衣服干净利索，精神抖擞。他摘下头盔，头发柔顺，发型精致，举止得体自然，犹如欧洲电影伯爵家的管家。

张男杰说，他是学酒店管理专业的，习惯于西装革履，穿着整洁，即使现在偶尔也会像过去在五星级酒店接待贵宾那样喷洒点儿香水，不管跟店家还是客户打交道时也会双手接送餐，彬彬有礼，富有教养。

---

[1] 蜂鸟即配：饿了么旗下开放的即时配送平台，成立于 2015 年 4 月，为饿了么平台商户提供即时配送服务，并于 2018 年 4 月全面融入阿里巴巴生态，成为新零售与本地生活重要基础设施之一。

在外卖小哥中，许多人的爱情是入行前开始的，可像袁绪楠和他的她那样开始的为数不多。采访过几十位外卖小哥之后，给我留下的印象是他们不仅找对象难，谈对象也难，每天要在街巷闪电似的奔波十几个小时，别人上班时他们有空，别人有空时他们应接不暇地送餐，拎餐在写字楼或小区小跑，哪有时间花前月下？

张男杰与姚潇璇确定恋爱关系时，他们还在安徽国际商务职业学院读大一。那时候，他踌躇满志，是他最为风光的三年，他一入学就当上班长，接着跟一位学姐搞创业实践，办了一个快递蜂站。这哪里是蜂站，简直是蜂窝，快件像一群群的蜜蜂蜂拥而至，搞得他应接不暇、焦头烂额。中午下课，他要开会，要参加学生会活动，还要去蜂站分发快件，忙得连中饭都吃不上。同班的女生姚潇璇没事就过去帮忙，给他送饭。

她是班里最清纯靓丽的女孩，也是对张男杰一见钟情的女孩。入学后竞选班长，剪着寸头、穿着整洁的张男杰上台演讲，她觉得这个男孩的笑容有种让人信赖的质朴感，而且还挺能说。她投了他一票。

当班长后，他带着同学去领书，她跟在后边，望着他那个子不算高却很挺拔的样子，一下子就喜欢上了他。

第一次上课犹如“军阀割据”，男生和男生坐在一起，女生和女生坐在一起。不是男生不愿跟女生坐在一起，而是只能想想，不好意思。男生是少数派，53 人中仅有 11 个，女生是绝对的多数派。他最后一个走进教室，见男生已陷入重重包围，他们旁边已无座位可坐。他环顾一下，见她旁边还有个座位，于是就坐下了。

那是中间的一排，可坐四人，她坐在第三个位置，他坐在第四个位置。他们的教室是固定的，没想到他的座位也固定了，自从第一节课坐在她旁边后，似乎同学们就认定那座位就是他的，别人坐那儿不仅别人觉得不对头，自己也会感觉不对头，好似抢占了他的座位。于是，他跟她就成了同桌。大学三年，他们同桌了三载。

岁末的一个晚上，她突然接到他的电话，说蜂站有她的一个快件。她有点儿纳闷，谁寄来的呢？过去后，他微笑着送给她一个苹果。那个苹果实在难以恭维，难以断定“血统”也就罢了，不仅小，还丑陋，哪能送人家这种苹果？不过她很开心，这毕竟是他送的，而且全班50多个同学，只给了她一人。他比较自信，有种男性的魅力，她知道喜欢他的女生有好几个。

2014年1月19日，姚潇璇没来送饭，他或许感到生活中少了一道程序，发觉这一道重复已久的程序很重要。不是她不来送饭，而是学校放了寒假，她回了黄山，他回了六安。六安家里的饭菜少了“红酥手”就像没加盐，或少了吃惯的辣味，寡淡无味。没有分别就没有思念，思念犹如江河，看到水流不断，却难觅源头。

他们加上了QQ。七年后，她还清晰地记得那一刻是晚上5点53分。他们聊起来，话似江河，波浪滔滔，在波涛中发现了源头。第一次见面，他们就埋下情感的伏笔，她给他留下较深的印象。那是开学第一天，她穿了条碎花裙，走向新生报到处，那一天他比她早几个小时到了学校，放下行李就在报到处帮忙接待新生。穿碎花裙子的可能不止她一个，在他眼里她是最漂亮的一个，头发染成黄色，戴着眼镜，给人小家碧玉的感觉，而且有着魔鬼身材，看上去远不止1.64米。

夜深人静，他们聊着聊着就聊到男女朋友，她率真地告诉他，她在高中时有位男友，接着解释说，是相当于男闺蜜的那种。他听了也许有点儿醋味儿，对她和她的男友羡慕了一番，接着说，我也可以像他那么待你，可以照顾你一辈子……

这是什么？这不是表白吗，不是求爱吗？血涌上她白净的面颊，这句话她期待已久，终于等来了。

他终于捅破了那层窗纸。以往他也有过捅破那层纸的冲动，也许两人手指摁在一个点上，纸没捅破。电话是个好东西。几百年前靠鲤鱼传书，不知要多少年才能修成正果，现在拿起电话时两人还是同学，放下电话就成了恋人，他有了女朋友，她有了男朋友。恋爱的感觉真好，犹如瞬间就开创了一个世界——他们两人的世界。

此后，他们每天都语音通话，一直聊到睡着为止，手机和QQ上似乎堆满了干柴，使得他们的情感迅速升温。待开学时，他们已是热恋中的情侣。他们的恋情很快就成了公开的秘密。

当选为系学生会主席的张男杰从不像其他男生那样堂而皇之牵着女友的手。他觉得自己得以身作则，不能带坏系里的风气。他很看重学生会的工作，用他的话说“全心投入到工作上面了”。

转眼间大学时光就要结束了，他们进入大三实习阶段。她想去杭州，觉得浙江比安徽经济发达，杭州离黄山也近；父亲也希望她到杭州工作。他想毕业后留在合肥，正好有家新开业的五星级酒店招实习生。他们去了那家酒店，他在前台，她在中餐厅。

2016年毕业时，他却没能留下。这次只好随她了，去了杭州。他进了链家，她在新时代家居找到一份行政工作。

他们在紫金港附近的望月公寓租了一间房子，住在了一起。张男杰在链家做得不大好，压力很大。G20杭州峰会后，杭州房地产市场火爆，可他在租赁部，失去赚钱机会。姚潇璇的工作轻松如意，早九晚五点半，到点上班，按时下班。

下班后吃口饭，她就跟一位女同事到紫金港的“堕落街”摆地摊了。华灯初上，“堕落街”从昏昏欲睡中振作起来，活络起来。逛地摊的人熙熙攘攘，多是浙江大学的学生。姚潇璇懂得那些女生，知道她们喜欢什么服饰，也会跟他们打交道。

晚上10点钟，“堕落街”疲惫了、安静了，姚潇璇和伙伴收摊了。她们多时赚1000元，少时三四百元，二一添作五，一人一半。姚潇璇的工资收入不高，不过“堤内损失堤外补”，加上摆摊所得也就不低了。摆摊赚的钱就够他们两人的日常开销了。

风水轮流转，张男杰就不中了，过去当学生会主席，呼风唤雨的，动不动就可以召集十几人、几十人，现在做了房屋中介，每天陪着客户去看房，不论对方说什么都得仰面听着，折腾来折腾去还成交不了，不论怎么努力业绩总是像秋天的落叶，风吹起来“哗啦哗啦”响，收拾起来轻飘飘的。他的底薪只有2000元，业绩上不去，收入就像漏桶里的水没剩多少，再扣除五险一金，也就像孔乙己碟子里的茴香豆，“不多不多，多乎哉？不多也”。

平衡被打破，过去他们是男强女弱，男唱女随，现在他赚得少，她摆摊挣的钱足以“养家糊口”。他情绪低落，甚至沮丧。也许这让他们不大适应，任何不适应都会化作不良情绪，任何不良情绪都像天上的云，积累到一定程度时就会化为雨，甚至电闪雷鸣。他是父亲唯一的儿子，她是独生女，他们在家里都很受宠，个性很强，受不得委屈。他会对她发脾气，她也会作他一下。

他让她生怨，晚上收摊她和伙伴一人一天，该人家收时，人家的男友就会赶来帮忙，把没卖的服饰收好，拉回家；该她收时，她要自己拉回去。他说他下班晚，忙一天很辛苦；她说，你辛苦，我也辛苦。两个辛苦的人谁也不体谅谁。

2018年的一天，为了件小事他们产生了冲突。事后，他给她台阶下，她却得理不饶人。他也来气了，说不行就算了。她以为他不过是说说，没想到第二天下班回来，拉着拉杆箱要去摆摊时，他领人把自己的东西搬走了。她也不示弱，把自己的东西也搬走了。那个家谁也不要了，连租房押金都放弃了。

他搬去跟同事住了，她另租了一间房子。事后，她觉得自己做得有点过了，给他电话，他却不接。一气之下她把他的微信删除了。她并没有就此放弃，时不时神不知、鬼不觉地把他的微信加回来，浏览一下他在朋友圈发的信息。当发现他痛楚，如“天空灰蒙蒙，很像我的心情”，以及跟朋友圈的人分享伤感音乐时，她犹如赢得一局似的开心，然后再把他的微信删除。

没过多久，他们和好了，不过这次没搬到一起住。两天后，他跟她说要回

兢兢业业，吃了许多苦，赢得了口碑。妈妈做的菜很好吃，他读初中时，妈妈开了一家饭店，生意红红火火。

妈妈很爱他，疼他远胜过他的姐姐。在十几岁孩子的心目中，妈妈像棵不会凋零的树，会陪伴自己的一生。这棵“树”轰然倒掉，当妈妈被诊断为肝癌晚期时，张男杰傻掉了，同时傻掉的还有父亲和姐姐。妈妈出殡那天，惊动了整个小城，来了数百人，40 多辆车。他想像个流血不流泪的硬汉，结果捧起妈妈遗像时，忍不住号啕大哭，绵软无力，被送进了医院，是堂弟代接的妈妈的骨灰。

那种失去最爱自己，也是自己最爱的人的感觉是刻骨铭心的，用他的话说：“那几年确实很难受，外人体会不到那种感觉，你没有办法去跟任何人诉说，释放情绪，你只能自己扛。那时候想打球，打球不会想那么多，就会好一点，慢慢成长吧。”

“这不行。”妈妈的辞世，他留不住，只能痛苦接受。姚潇璇是可以挽留的，事到如今，面子算得了什么？他主动加了她的微信。

“你是不是谈恋爱了？”

“是的，也祝你早日找到爱人。”

接下来的日子，他每天都要跟她聊几句。

4 月 7 日是姚潇璇的生日。前一天，身着黑白格子衬衫，黑休闲裤，身板仍然那么挺拔的张男杰出现在她的出租屋门前。

他说要给她庆生，她心里明镜似的，这绝不单单是为了庆生，是要复合。

6 日，她休息。他们一起逛了西湖，接着还逛了街。她相中一条藏蓝色的背带裤，款式和面料有点特别，带有橘色的边。他立马买下来，作为生日礼物送给了她。她很激动，也很开心，不过却装出不屑的样子。

他们复合了，老师、同学纷纷祝福。他们说，没想到张男杰和姚潇璇分手两年后还能复合。最开心的是他的父亲和姐姐。他们特别喜欢她，为他和她的分手感到惋惜。那两年，他们家人在一起时，聊着聊着就会聊到姚潇璇。

她问他在淮北时为什么拒绝和好？他说，过去的事就不要再提了。

他进了杭州西湖区的饿了么支付宝站点，过去在链家做业务时，对那一片街巷熟悉。他进站点没几个月就当上了小队长。他很努力，每月可挣万把块钱。

不过，送餐很辛苦，一次外边下着瓢泼大雨，他骑电动车去送外卖，雨点打在他的脸上，眼前一片朦胧。他也许想起读大学时的理想与职业规划，突然感到很悲伤，随即泪水决堤而下。做外卖后，父亲和姐姐对他有过失望，过去酒店的同事、朋友和认识的客户也表现出惊诧和怜悯。

哭过后心里的那道坎也就过去了，涛声依旧。外卖给了他经济上的支撑，每月万儿八千元的收入，加上姚潇璇那六七千元，让他们的日子不那么窘迫了。2017 年时，他在六安买下 108 平方米、总价 40 多万元的房子，父亲替他交了首付，贷款要他自己还。他每月要还 2000 来元钱的房贷，在杭州租的一室一厅一厨一卫的房子，每月的租金 2600 元。他说，做外卖不后悔。

复合后，他们心态平和了，吵架少了，相互之间多了亲情的感觉，能像家人那样对待对方了，也懂得过日子了。

在分手那两年，她经济充裕，不论买什么都讲究品位。他们复合后，她学会了节俭，衣服和包包改为网购，选择实用，不再追求档次。

一次，闺蜜约她学跳舞，这在过去她会毫不犹豫就去了，现在想到几千元的学费，犹豫一下还是放弃了。她也许感到委屈，觉得自己怎么活到这种地步，连跳跳舞、健健身都不行了，回家后哭了一场。他发现她的眼睛红红的，问清缘由，感到很愧疚。

复合不久，他们准备结婚，毕竟已二十五六岁了，同学也有不少结婚了。他的房子虽说在六安，那也是自己的，他们想把毛坯房装修好作为婚房。可是，他每月除还房贷和日常开销之外，拿不出多少钱来装修了。她就把自己的钱拿了出来，不够就跟朋友借一些。这让他大为感动。

采访时，他说："她从不挑剔，觉得差不多就行。遇到问题她也没说什么，想尽一切办法帮我解决困难。我觉得遇到她，我真的特别幸运，是我这辈子最幸运的事。”

2020 年的七夕，他送给她一串施华洛世奇项链，项链吊坠是只清新浪漫的粉天鹅。她喜欢已久，他是从她闺蜜那里打探到的。

她却洒脱地说：“只要把事办好就好了，我们俩本来在一条船上，后续他的钱就是我的，欠的债我们也要一起还。”

2020 年 11 月，姚潇璇摇到了杭州的机动车牌。杭州机动车牌是非常难摇的，许多人摇了好几年都没摇上，姚潇璇仅摇了七八个月就摇上了，那次个人中签率仅为 0.57%。她是幸运的，可是摇到后就要买车，买车要有钱，对参加工作仅几年的她来说那是一笔巨资。

最后父母给了她一笔钱，这才把车买回来。那是一辆黑色的领克 03，落地价接近 16 万元，父母说把这辆车作为她的陪嫁。

他们也算有房有车一族了，不过房子在安徽六安，车是杭州牌照。要是翻过来就好了，房在杭州，车是六安牌照。他们最渴望的还是在杭州有间自己的房子，可是杭州的房价太高，不仅他们买不起，许许多多像他们这样的新杭州人也买不起。

2021 年 10 月 1 日，张男杰和姚潇璇结婚了。他想送她一枚婚戒。她看过品牌钻戒后，觉得价格太高，稍好点的就过万元。她选择了私人定制，仅花了 8800 元。他们一人是黄山的，一人是六安的，只得在两地各办一次婚宴。办在六安的婚礼娘家人要参加，婆家要安排住宿，办婚宴的那家酒店住宿很贵，这怎么办？她提出在旁边找一家。

张男杰结婚时，站点许多人都认为他婚后不会再做外卖了，站点有些小哥做外卖的目的就是挣点快钱结婚，结婚后就重新选择职业了。没想到张男杰婚后又来了，继续做他的外卖。

对此，姚潇璇是这么认为的：“我觉得这种工作短期做，比较拮据或者缺钱，做一下，我是理解的。这行业对从业人员没有过高的文化要求，谁都可以做。像四五十岁的大哥，他们（对前途）没什么要求，每个月挣那么多钱还是挺好的。对我们这种年轻人来说，还是应该找稳定、长久的，有上升空间的事做。”

我问她：“如果你们不是大学同学，没有这么深厚的情感基础，你有没有可能找一位外卖小哥呢？”

“你喜欢一个人，不是因为他职业的光鲜，或者有钱、长得帅，要看什么契机吧。如果他给我送外卖，我觉得他长得挺好，我跟他谈恋爱那是不可能的，肯定要有什么契机，或者我们有共同的朋友，通过一场聚会认识了，就算他是个送外卖的，我觉得这也是可以的。”

婚后她问过张男杰：“你能不能不做外卖？”她不希望他再做下去，希望他能找份稳定的、有上升空间的工作，哪怕赚得少点也没关系。这里也有对他风吹日晒雨淋的心疼和对他人身安全的考虑。张男杰收工很晚，大多要半夜11点多，甚至凌晨两三点钟。晚上他不回家，她就睡不着觉。

采访时，姚潇璇说：“我觉得送外卖真的很危险，他们骑得特别快，像今年夏天杭州的台风天，他送餐的西湖区有很多地方被水淹没了。他在这种天气送餐，我能不惦记吗？我就让他请假，不要去跑了。天气不好本来出勤率就低，天气越恶劣他就越不能请假。我真的很担心他。”

张男杰对她说：“外卖对我个人来讲是可以的，它确实给了我想要的东西，如果有机会我愿意在这个行业发展。我们站长也是从外卖员做起来的。”

婚后不久，张男杰就做了调度，有些外卖小哥都是从外卖员到调度、站长、区域经理，就这么一步步提上来的。

张男杰虽然做了调度，有空时还会跑跑单，多赚点钱，不过，他晚上不怎么跑单，怕打扰姚潇璇休息，他都在客厅工作。有时，他会溜进房间亲她一下。可是，她觉得他已没有谈恋爱时那么细致了，不过遇到她喜欢吃的东西，还会给她买回来。这时，他就成了她的“专送”。

说起张男杰的穿着，姚潇璇说，“大学时他挺土的，后来讲究了，衣服要保持像熨烫过似的，不能有一点皱褶。每次衣服脱下来，他都要叠放在椅子上，不允许别人坐。他就是做外卖穿着也很讲究，我给他买了六条裤子，他只穿两条板型好的。”

姚潇璇跳槽到一家财务公司，她是一个上进、渴望成功的女孩。她说：“我觉得我的工作经验还挺丰富的，做过文职，也做过销售，可是有时找工作，他们会说，‘我们觉得你不适合这个岗位’。我就想我到底输在哪里了？可能是文凭上。在杭州本科生、研究生太多了，人家一看你是专科可能就把你淘汰了，即使你比别人优秀。”

看来她很有危机感，也许还会考虑去深造。

“外卖小哥这个群体的婚恋问题好不好解决？”我问张男杰。

他说：“这个可能稍微难一点儿，外卖这行业女孩子少。如果外卖小哥恋爱的话，困难还蛮大的，我们虽然直面客户，可是跟客户接触也就那几秒钟。你不可能在那几秒钟擦出火花来，跟商家也不太可能，商家大多是已婚的。”

“单就外卖小哥这一职业来说，会导致他的婚恋难吗？”

“我觉得任何事情都有其两面，有的女孩子也许觉得这个小伙子吃得了苦，外卖这么辛苦你都坚持下来了，其他事情也能做得很好；也有女孩子觉得他年纪轻轻就跑外卖，是不是不太靠谱，担心这一点。看女孩子怎么想，有时候并不是男孩子能决定的。”

“相亲时，女孩会不会一听做外卖的就拒绝呢？”

“我觉得对我们的偏见会越来越少。”

“你们受到的社会关注度以及人们的尊重好像越来越高？”

“越来越高，我没事就刷新闻嘛，国家好像也对外卖行业提出了要求嘛。我觉得外卖行业可能会更规范，或者更偏向于职业化一点。现在可能还不够成熟，有的人是为了来挣钱的。每个人都应有他的职业发展规划，就是说他做外卖能做成什么样，下一步该怎么样，现在考虑得还很少，只局限于送单。如果之后我们的待遇更好了，我觉得可能会有更多人进入这个行业。现在也有很多程序员，包括本科生来做外卖。”

3 她是他的“好学校”

过了30岁就成了村里人眼中的“老光棍”，犹如深夜候车人，也许这辈子也等不来末班车。他很幸运，回村追上了她。

盛夏的周四下午2点，网约车准时在杭州的荷花苑南门停下。我下车四周看看，不远的一家小餐馆的遮阳棚布下，坐着三三两两身着黄衫或蓝衫的外卖小哥。

哪个是黄远义？我跟黄远义通过一次电话，那是在两天前的上午9点钟。拨电话时我犹豫了一番，外卖小哥有两种，一种是百灵鸟型的，起来很早，7点钟就出现在大街小巷；还有一种是黑猫型的，早晨睡到九十点钟，跑到凌晨一两点钟才回家。我拿着手机想了想，应该试一下，万一遇到百灵鸟型的外卖小哥呢？

黄远义的声音清晰、沉稳，语调中带着体贴，他略一沉吟说：“我周四可以，周四下午见面吧。”今天上午10点钟，他还在微信里跟我打了招呼，约定下午2点在荷花苑南门见，随后发来了定位。还没见面，我就觉得这小伙子挺有素质，做事靠谱。

我拨通黄远义的手机，观察着那几位小哥的反应。奇怪的是没有一个小哥接电话，或抬头看我一眼。响几声后，黄远义接了电话，“我在荷花苑里面，一分钟后到。”

不一会儿，蓝色闪动，画出一道优美的弧线，黄远义从院子里像燕子般飞翔而至：“走吧，前面的浙商财富中心有坐着说话的地方。”

他个子不高，1.6 米左右，理着平头，戴着口罩，穿着饿了么短袖 T 恤，牛仔长裤，黑色跑步鞋，长得很结实，短小精悍。

我们走的两股道，我在人行道，他在自行车道。路过十字路口时，有人跟他问路。那是个聪明人，问对了人，他停下来耐心地指给对方怎么走。我想他的足迹可能已踏遍这一片的每一幢楼房，每个单元，每一个台阶，甚至知道有些紧闭的防盗门后住着什么样的人，以及他们的饮食习性，喜欢川味还是鲁味，清淡的还是油腻的，爱吃米饭还是面食……

我和他并道时，我问他那人问路的事。

“都会这样的。”他觉得这就不是个事儿。

“碰到别的事，你会不会管呢？”

“比如下雨时，别人骑电动车摔倒了，把人家扶起来。”

我们进了浙商财富中心，下到负一层。他熟门熟路地进了一个灯光昏暗，摆有快餐式的木桌、条凳的餐厅，在一张油腻的餐桌旁坐下。这是非营业时间，餐厅没有食客，有点空旷冷寂，年轻的女服务生百无聊赖地叉着大腿歪在一张长椅上玩着手机。

他有点儿拘谨，坐在那，不时往上拉拉口罩。

“我是土家族。老爸现在 60 多岁了，年纪大了，生病了，就没有外出（打工）了，没什么收入。老妈在家种种田，喂喂猪的，全部靠我一个人。”

黄远义家在湖北省恩施土家族苗族自治州巴东县溪丘湾乡石碾村，巴东县位于鄂西南部，过去是国家级贫困县，全县 50 万人，有 18 万余人是贫困人口，“全国优秀县委书记”陈行甲说，“巴东贫困面广、贫困程度深”，他在巴东县担任过五年县委书记。

巴东县 2020 年 4 月脱贫。黄远义家位于长江北岸，过去是贫困县的贫困村。全村有 400 来户人家，1300 多人，土家族过半。黄远义有个姐姐，比他大三岁。生父在他一岁多就不在了，老爸是他继父。老爸没自己的孩子，靠外出打工赚钱把黄远义和姐姐抚养成人，供他们读完初中。他 15 岁就外出打工了。2016 年，他涉足外卖，单身一人没什么压力，想跑单就跑单，不想跑单就出去玩，逛逛西湖，饮饮酒，活得自在。

黄远义的恋爱富有传奇性。他跟龚靖华是同乡，还是亲戚。她奶奶姓黄，跟黄远义同辈，名字里也有个“远”字。2016 年，黄远义停下做外卖，回家乡学开挖掘机。也许挖掘机对他没有什么吸引力，对他来说当务之急是要解决终身大事——找对象结婚。这符合季海丽的说法，外卖小哥绝大多数是要回家相亲的。

那年黄远义已 29 周岁，过了 30 岁就成了村里的“老光棍”，像夜深公交车站的乘客，不知末班车什么时候来，还有没有。当下农村男多女少，尤其是贫困县里的贫困村，女孩长大就离开了，男孩缺少对象。曾有报道，中国男女比例严重失调，“中国未来将有 3000 万男性找不到对象”[1]。他们绝大多数在农村，且不说 3000 万人，就是有一个男性找不到对象，落到自己头上都是一辈子的事儿。宁可没钱也不能没老婆，于是农村的彩礼比股票坚挺，一路飘红，经济欠发达地区已涨到十几万元，甚至几十万元。有男孩的家庭苦了，要像冲刺奖牌那样举全家之力，这一“举”就要几十年。

黄远义在城市漂泊十多年，连一次恋爱的机会也没有，已没勇气再耗下去。虽说农村有 3000 万光棍，不过村里女人看男人，要比城里女人看农民工，或“准城里女人”看农民工落差会小些。村里“僧多粥少”，不是也有僧喝到了吗？

黄远义和龚靖华是亲戚，住得也近，他最大的优势就是买菜要路过她家门口。第一次买菜，他遇到了堂姐，也就是她的奶奶。天遂人愿，堂姐热情地让

---

[1]《中国未来 30 年内将有 3000 万适婚男性找不到对象》，《人民日报》（海外版）2017 年 2 月 13 日。

他进屋坐坐，龚靖华没出去打工，正好在家。她刚 20 岁，中学毕业没几年。

“喊舅爷！”奶奶对她说。

“哪有这么小的舅爷啊？”

她打量他一下，轻声嘀咕一句。他的确没个爷样，长得又矮又小，让她有点儿不屑。

他进屋时，她的朋友悄声问了一句：“这是谁呀？”她说：“不认识。”没想到一不小心冒出个爷来。按理说，他们应该见过面，她没什么印象。黄远义 15 岁背包外出打工时，她刚六岁，她哪里会记得这位爷？

“好吧，舅爷。”她倒挺听话，让叫爷就叫爷。

黄远义跟堂姐聊着，她在一边听着，觉得这位爷倒挺实在，不像村里有些男人那样吹牛、忽悠，很不靠谱。

黄远义走后，奶奶跟她说，这位舅爷 30 岁了，还没找上对象，家里条件不好，老爸有病，老妈精神不大好。她奶奶说的没错，农村算的是虚岁，他已 30 岁了。他若出得起百八十万元彩礼，岁数不是问题，最关键的是他穷，家庭负担还很重，再拖下去他就要成为那 3000 万“光棍大军”中的一员了。他一回村，那些至爱亲朋就有了紧迫感和危机感，紧锣密鼓地帮他张罗对象了。

奶奶也是最关心舅爷婚姻大事的亲戚，对龚靖华说：“你看看有没有靠谱的女孩子，帮他介绍一个。”

既然是实在亲戚，自己也该尽份力，龚靖华答应了。不过，想来想去，还真就没想出一个“靠谱”的，不要彩礼的，肯跟舅爷过苦日子的人选。

买菜不像购房，菜要顿顿吃的，黄远义过去肯定没想到买菜有如此“硬核”的利好。有了买菜的机会也就有了到她家坐坐的理由。一来二去就跟龚靖华熟了，两人加了微信和 QQ，刮风下雨，深更半夜买不了菜也可以聊天了。

黄远义是有心求爱口难开啊，最大的障碍不是他的舅爷身份。他清楚《婚姻法》禁止的是“直系血亲和三代以内的旁系血亲”通婚，他和龚靖华已出五服，不在禁止之列。黄远义从杭州回来，亲朋好友就掰着指头把附近的女孩盘点一遍，留下的不多，合适的几乎没有。有人提起龚靖华，认为这个女孩不错，人好，长得也好，在家，没出去打工。他们相差九岁，不过这也不是什么大的障碍，城里人初婚男女相差三五岁，在经济欠发达的农村男女相差十来岁都属正常。最大的障碍还是他家贫困，只要龚靖华不嫌弃，也就没有障碍了。这激发了黄远义的“买菜”积极性，“偶遇”了堂姐，有了和龚靖华相识的机会。他觉得她长得不错，性格开朗，说话直率。

龚靖华家不仅比黄远义家富裕，还是读书人家，她奶奶那代就出了几位大学生。她奶奶教过书，她叔叔在大城市当领导。她读书时成绩不错，若不是中考没发挥好，少得三分，她就读了高中，没准考上了大学，像黄鹂飞离这一贫困县贫困村的枯树枝。她如果肯读自费生，也还有机会。叔叔不仅劝她读，还要给她出学费，她却放弃了。她很有个性，不读就是不读。

龚靖华很不幸，小时候父母离异，她跟了老爸。老爸娶了继母，又生了一个孩子。那个孩子是亲爸亲妈，她是亲爸继母。她有个继母，黄远义有个继父，也许在这点上同病相怜。她比他小，并不意味揣摩不透他那点小心思。他第一次“买菜”，她没有想到。他“菜”买多了，她就明白了，他是冲自己来的。

他们越聊越投机，线上聊开心了就有线下见面的念想。他约她出去逛逛，她没拒绝。他在广东打工时，花九万多元买了一辆长安悦翔 V7，平时没机会开，这时就发挥作用了。那天阳光明媚，万里无云，他开车拉着她到正在修的高铁工地逛了逛。巴东可逛的地方很多，其东连宜昌兴山、秭归、长阳三县，西交建始县、重庆市、巫山县，南接五峰县、鹤峰县，北靠神农架林区，不过那比较远，不适合没正式“建交”的男女。

黄远义没谈过恋爱，又不善言语，不过却知道怎么讨好她。既然“意思”已被人家看透，那就“图穷匕首见”。龚靖华毕竟读书人家出身，家人尊重她的选择，何况她的奶奶、老爸对黄远义的印象不错。

交往不久，龚靖华就摸准他的“脉”，他与人为善，人也实在，有上进心，但不属于争强好胜的那种。他最打动她的一句话是他说自己是个挣钱的人，她的解读是他很有责任心。她比较好强，说到就要做到，要做就做好，不能打退堂鼓。她觉得他这点挺适合自己，两人不能都那么好强。

她的这一点也许成就了他。有人说，他家穷，将要辈辈穷。她不相信，觉得他的姐姐很优秀、勤劳、懂事。姐姐告诉她，对他要严一点、凶一点。姐姐说，他爱打麻将，父母管不住，姐姐也管不住，把这一任务交给了她。没想到她一管就管住了，也许这让她很有成就感。

黄远义更有成就感，连一分彩礼钱都没花，就将龚靖华娶回了家。他很得意，跟朋友炫耀，他追到了比自己小九岁的女孩。

黄远义的确有家庭责任感，像他说的“是个挣钱人”。2019 年过了正月二十，他就离家到杭州送外卖了。老爸的膀胱动手术花去他们的积蓄，再不外出打工，生活就难以维持下去了。

开挖掘机不过是找对象的幌子，每月挣两三千元，都不够自己花，不过可以给女方有一技之长的感觉。农村女孩往往很在意这种感觉，认为开挖掘机不像送外卖，是有技术的。黄远义在建筑工地干半年就不干了，那活儿枯燥、乏味、辛苦，还不自由，得一天到晚守着它，远不及送外卖轻松自在。有了老婆，那个幌子就成了累赘。

有人说，好女人是所好学校。中国男人很注重学区，不注重“学校”，谈恋爱时拼命追求女性的颜值，甚至连三围都有严苛的要求。结了婚，有了娃想到“好妈妈胜过好老师”，家里的“花瓶”煮不得饭，烧不了茶，也成不“好老师”。黄远义很幸运，遇到了“好学校”，她改变了他，让他在混沌中找到了目标。我想她也会教育好他们的后代。

我相信好女人就是好风水，她会给家庭带来滔滔江水似的好处。

第三章

一起漂泊的感受

在激流中，一人一舢板——孤苦，

两人有伴，一家人幸福，

它能承受那幸福之重吗？

1　一家人要在一起

买张机票，她带两娃飞了过来。“爸爸和孩子在一起，他会跟她交流，引导她，教育她，刺激她的想象……”

黄远义婚后有了脱胎换骨的变化，真就成了像他说的“挣钱人”。

2019年过了正月二十，他就离家到杭州跑单了。过去做外卖，他想跑单就跑单，不想跑单就出去玩，约上三五好友逛逛西湖，吃吃饭，饮饮酒，找个乐子，活得潇洒自在。现在在混沌中明确了目标，变得靠谱和有正事儿了，单量“噌噌”一个劲儿往上升。

2021年7月下旬，有一天黄远义跑了136单，全杭州排名第一。他说，跑单不仅靠拼，还靠运气。运气好，商家出餐也快，不用等，到那拿了就走，距离近，跑得快，那天他下午2点多钟就冲到了第一名，接着被超过，变成第二、第三，等到送完最后一单，收工下班时，他又冲上了第一名，成为杭州的一日“单王”。

全杭州有多少外卖小哥？我问过几人，说法不一，黄远义说有几万人。

在几万人中，跑单第一位是十分了不起的。黄远义还获得过一次第二名。据媒体报道，河南郑州有位叫吕国强的外卖小哥，平均月跑单在2000单以上，连续三年蝉联郑州“单王”，三年送外卖的总里程足以绕地球四周。黄远义的月跑单最高纪录是2700多单，估计不逊吕国强，也许在其之上。黄远义说，他的最高纪录不是136单，而是146单，不过那天有几个人比他跑得好，他连前三都没冲进。其实，区域不同，站点不同，人群不同，这存在很多不可比的因素。

龚靖华说，钱是赚不完的。黄远义听老婆话，每到腊月二十二就回家过年，哪怕有再多的钱等着他去挣也要放弃。2019年站点在春节设立了奖励政策，奖金高达一万元，这也没把他留下。不过，他每年过完年也不恋家，按时回站点跑单。

2021年，黄远义临回杭州时，老婆提出要带孩子过来。

她说："一家人要在一起。"

黄远义没同意，他说："孩子太小，到外边不方便。"

他的话也许仅说一半，还有一半没说。外卖小哥绝大多数都是一人在城市打拼，老婆孩子留守在乡下，个别的老婆跟过来打工，孩子留在乡下。杭州是座很有温度的城市，不过它的消费让人感到有点儿冷，房价逼近北上深，房租连续多年位居第四，2017年以人均住房租金1763元，平均租金48.17元/月/平方米超过广州；《2020年新青年居住消费趋势报告》的房租排名，杭州又以套均租金3505元/月，超过广州740元。我的一个朋友在未来科技城有一套89平方米的房子，居然租到9000元/月。靠一人做外卖，在杭州养活一家人是有些难度的。

6月，龚靖华又跟黄远义提起带娃到杭州生活。他还是劝她不要来，一是考虑开销过大；二是他很忙，起早贪黑地跑单，没时间管她和孩子。她老爸也劝她不要去杭州，说孩子太小，他们放心不下。她却拿定主意，执意要来。

她对他说："你一个人在杭州要点外卖吃，要买着吃，我们娘仨在家也是要消费的。我过去给你做饭，你消费就会少一点儿，存钱就会多一点儿。"

她还说："宝宝都还小，大的两岁多，小的才刚九个月，需要爸爸陪伴。"

也许她天真，没有在城市生活的体验；也许在她的心目中，没有比家庭更重要的，没有比孩子的健康成长更重要的。

黄远义 32 岁时才做父亲，对孩子也十分看重。

“你感觉人生这 30 多年最幸福的是哪一刻？”采访时，我问他。

“大女儿出生。那时感觉下半年小孩就要出生了，挺开心的。”

龚靖华是 2018 年生的大女儿。黄远义婚后就没离开家，在家陪伴老婆一年多，直到她生了孩子，坐完月子，孩子都几个月了，才回杭州跑单。从这一点上看，黄远义绝对称得上好男人。

大女儿九个月时，龚靖华把她托付给公公婆婆，到杭州打工。她是一位很看重夫妻相守的女性，现实却让她很为难，夫妻团圆了，母女却分开了。在杭州的那些日子，她有空就上网看育儿科教片，每天都打电话打听孩子吃饭、睡眠等方面的情况。她清楚农村老人都很忙，不仅要洗衣烧饭，还要种地养猪，有时公公婆婆把婴儿车推到地头下地了，孩子躺在车里没人管，玩着玩着，或哭着哭着就睡了。

她清楚留守儿童问题，他们不是跟着爷爷奶奶下地，就是独自坐在家仰着脖子看电视，从早看到晚，不管什么内容都看。到上学时，他们已形成音像依赖，对课本上文字了无兴趣，到那时父母想管也管不住了。

龚靖华在杭州担心焦虑，睡不着觉，一个月的工还没打完，就回去了。2019 年 8 月，黄远义获得一次杭州跑单第二名。9 月他就回巴东老家了，距第二个孩子分娩还有 50 天就回去了。老婆让他早点儿回去，虽然有婆婆照料，可是她还是想让他多陪伴她。10 月，龚靖华生下第二个女儿。黄远义在家待了 80 天，伺候完月子才回杭州。

“80 天，将近三个月家里没有收入？你为什么一定要回去呢？没想过在杭州跑单的话可以减轻家里负担，起码能挣两三万块钱。”我在采访时问黄远义。

“老婆生小孩嘛，是大事，我回去要开车送她去医院。我们生小孩要去宜昌市生，要一个多小时，开车来回方便。”

黄远义前两年都是在腊月二十二赶回家去过小年的。2020 年春节站点依然有奖励政策，但还是没把他留住。老婆告诉他，钱是赚不完的。

龚靖华是个很有主意的女性，没听黄远义他们的劝阻。8 月 22 日，她买了机票，带两个娃就飞了过来。下飞机后，她打了一辆出租车，晚上六七点钟到荷花苑门口时，黄远义已等在那里。

他那天早早就收了工，把老婆孩子吃的喝的用的备齐。见到她们娘仨时，他心花怒放，开心得不得了。把她们领到自己租住两年的出租屋。那房间很小，仅能摆一张床，住不下一家四口。他把她们娘仨安顿下来就跑出去找房子。他住的那个小区有很多出租屋，很快就找到一间稍大一点的房子。他不敢做主，把老婆领去看过，得到首肯，才租下来。然后，打电话找来几位老乡帮忙，连夜把家搬了过去。

“杭州的房租太贵了。”黄远义忍不住地说。

他租的是一室一厨一卫的房子，卧室能摆两张床，外边有张大餐桌，月租金将近 2000 元。

黄远义说，在外卖小哥中，像他这样带着老婆孩子的是很少的。他有位老表，老婆过来打工，孩子在家。放暑假，孩子顶多过来玩玩，开学也就回去了。

采访时，龚靖华说：“在老家，他的父母身体不是很好，帮助我的人也挺少的，有时孩子有点咳嗽、感冒之类的小毛病时，身边没人。有时候自己有一点小情绪或者对孩子发一些小脾气，小孩子哭了也没有人安慰。跟着爸爸在一起，孩子是开心的。”

孩子刚到杭州那两天有点水土不服，呕吐，不睡觉。他们夫妇都很着急上火。即便如此，她也没后悔带孩子来。她说：“在这里还好，开心。”她来时只带了几件换洗的衣服和孩子的奶粉、奶瓶、尿不湿。多了带不了，两个孩子就够她忙活的了。几天后，她在老家发的快递到了。她不想再回去了。

家搬过来后，黄远义的生活发生了很大的变化，一日三餐有两餐回家吃，他觉得菜还是老婆烧得可口。不过，他起早贪黑地忙着跑单，没有多少时间陪伴老婆孩子。大女儿很黏他，见他出门就要跟着。他要是去买早点或买菜就会带她出去转一圈儿。他爱逗女儿，问她：“你喜欢妈妈，还是喜欢爸爸呀？”女儿嘴甜，她说喜欢爸爸时，他就开心得不得了。

家里有什么事，她就给他打电话，他很快就赶回去。他就在家附近送外卖。有时电动车没电了，回家换电瓶。

刮台风时，外边下暴雨，老婆给他打电话说：“外面下大雨了，早点下班回家！”那三天刚好饿了么搞活动，每单增加四元的送餐费，三天满勤还会奖励 720 元。他哪肯提前回家？老婆不在意奖励，对他说：“你还是早点回来，不要赚那个钱。”

黄远义这次没听老婆的，有天傍晚雨很大，路面积水，电瓶浸水了，电动车不能骑了，他还坚持送餐。三天跑下来，他赚了 3000 多元。

跟老婆孩子守在一起，他感到挺幸福。不过，“幸福不是毛毛雨，不会自己从天上掉下来”，家过来了，生活成本大涨，房租、日常开销，再加上孩子的奶粉、尿不湿、自己的手机费……每月要七八千元，再给老爸老妈点钱，赚的也就所剩无几了。2021 年下半年，大女儿满三周岁了，马上就要上幼儿园了，过几年还要上小学，还要上补习班，开销会越来越大。

黄远义说，老婆孩子过来后，他的单量有所减少，一是老婆老叫他早点下班，说钱是赚不完的，他有时会下班早一点；二是晚上孩子哭闹，又休息不好，影响第二天跑单。不过几天前他又拿了一次“单王”。他说，他想多赚点钱，让老婆花钱时大方点儿。

我问黄远义：“这一片你是不是已经熟得不能再熟了？”

“对，在这边送外卖好几年了，不能说每个小区（都很熟）吧，百分之八九十的小区都知道，不用看地图，单子派过来，就知道在哪个地方。”

我想给黄远义拍张照片，他摘下了口罩，长着一张圆脸，五官端正，人中沟很深，理着平头，小伙子蛮精神的。

第二天，我拨通黄远义老婆的电话，她声音很好听。

提起黄远义，她自豪地说："勤劳，他的心思一直都是在挣钱方面。队长非常欣赏他，他充满能量，天天跑单。天气热的时候、下雨的时候，不论多么辛苦也不抱怨。送外卖比较累，满头大汗的，特别是天气最热的时候，他只要有钱，只要挣到钱就可以了。"

说起她那么有勇气带孩子来杭州，她说："我可以勤劳一点，给他做做饭，在他身边，一家人在一起，心里是比较满足的，小生活嘛。"

问她为什么不能像其他女性领着孩子待在乡下，她说："老家都是老年人，也没有什么年轻人了。孩子接触老年人多了，交流就比较少。老人会给孩子吃饱，给她一个玩具让她自己玩。爸爸和孩子在一起，他会跟她交流，引导她，教育她，刺激她的想象……这些其实蛮重要的。"

她很热情、爽朗、自信、坦诚。我们聊了半个小时，不时被婴儿的啼哭声打断。她说，想把孩子培养好，改变黄家"辈辈穷"的命运。

我觉得她是对的。

2 他们想成为名副其实的武汉人

跑单到深夜，回家想悄悄爬上床，老婆一通吼，说你跑一晚上才赚几十元，还不够养家糊口，说孩子调皮不听话……

我写到这里，突然想起武汉的王涛。武汉疫情暴发时，这位小哥像燃烧的木炭般温暖了许多人。2020 年 9 月 12 日，也就是在龚靖华带孩子到杭州的 11 个月前，王涛在公众号发出疑问："在武汉 4298 元 72 节英语培训课贵不贵？对于小学生课外学习英语到底能起多大的作用？"

王涛比黄远义年长三岁，每月外卖的收入有七八千元，公众号收入还有六七千元，两笔加在一起比黄远义略多，不过他老婆在服装厂打工，还有 4000 多元的收入。武汉消费水平比杭州低很多，王涛的房租才 500 多元。

我不禁想到，黄远义夫妻遭遇 4298 元英语培训课会做出怎样的选择，是咬牙交上，还是索性放弃？黄远义和龚靖华的大女儿上幼儿园后，他们的生活会怎么样？两个孩子都上学后会怎么样？ 10 年后大女儿读中学，二女儿读小学，他们能否还能像今天这样艰难而恬淡地坚守下去？

黄远义说过，现在还好，没感到特别累，只要吃饱了，爬楼梯还可以，跑的话会喘，连续爬六七楼也累。他现在 34 岁，当他 44 岁，或 50 岁呢？

龚靖华似乎对未来充满信心，黄远义却没那么自信，他说最终还是要回老家的。夫妻双方的老人都在巴东，他们没来过杭州，不可能来杭州养老。

王涛的家乡是湖北省黄冈市红安县七里坪镇。红安县过去是国家贫困县，其位于大别山南麓、鄂豫两省交界，是著名的黄麻起义策源地、鄂豫皖革命根据地的中心。中国工农红军第四方面军、红二十五军和红二十八军三支红军主力部队在那里诞生。据媒体报道，红安，集革命老区、大别山集中连片特困地区于一体，2014 年建档立卡贫困户 43937 户、112849 人。

不过，提起红安来，王涛就自豪不已："红安是中国第一将军县，出了 200 多位将军、两位国家主席——董必武、李先念都是从那里走出来的……"

王涛的老婆孩子是武汉解封后搬过来的。在他们来之前，王涛已租好房子，他租的是一间 12 平方米的单间，位于武汉市硚口区古田一路，月租金 1200 元，物业管理费 80 元，电价每度 1.38 元，这有点儿小高。采访王涛后，我查了武汉居民的电价，是阶梯式的，年用电量在 2160 度以内，每度 0.558 元；2161—4800 度，每度 0.608 元，4801 度及以上，每度 0.858 元。

老婆孩子搬到武汉，缘于一场家庭冲突。2020 年 1 月 23 日上午 10 时，武汉"封城"，4 月 8 日解封。10 日，王涛打电话约在红安的老婆一起回乡下去看望父母。"封城"期间，他在武汉送外卖，让父母很是牵挂。

家人团聚，欣喜不已，两个多月历经一场肆虐残暴的疫情，老少平安无恙，值得庆幸，开开心心地将年夜饭补上。

午饭后，王涛躺在床上睡着了。他太累了，这两个多月来，作为外卖小哥的王涛，劳心劳神劳力，那就像上战场似的极度紧张，随时都有染上病毒的危险。突然，他被摔盘子、砸碗声惊醒，接着是老婆和老妈激烈地争吵。这是怎么了？咋还吵起来了？他慌忙爬起来，冲到厨房，本能地挡在婆媳之间。

"这么久没见，刚回家怎么就吵起来了？"

"你看看方便面，看看这糖果的日期，说多少遍了，过夜的菜不能吃，过期食品不能吃，偏偏不听，还要留给孩子吃！"老婆气呼呼地说。

“怎么不能吃了？又没坏，我吃了几十年过夜菜不是照样好好的？”老妈不服气地说。

言外之意，怎么到你这就不行了呢？

习惯犹如制动系统极差的汽车，不会一脚刹车踩下去，“吱啦”一下就停住。有的习惯哪怕踩一辈子刹车，哪怕家人齐心协力帮着踩，最后刹住了，还不一定是刹车系统的作用，也许是死神把它刹住了，再也不会动了。

王涛想，像老妈那种20世纪四五十年代出生的人，从极度贫穷的日子走过来，当年连米糠都吃不饱，家里有点好吃的就要留给孩子。老妈这一习惯，他们姐弟四个不知说过多少遍都没改过来，老婆嫁过来才11年，哪能把老妈几十年的习惯改过来呢？王涛姐弟四人，他上边有三个姐姐，老爸老妈有一个孙子，一个孙女，自然是宝贝得不得了。老婆这样吵，老妈哪里受得了？

“好了，好了，都别说了，都是为了孩子，不过特殊时期是应该注意食品安全问题的。”他打了个圆场。

老婆不让两个孩子留在乡下王涛的老爸老妈身边了，要带他们去武汉。王涛也许有点为难，为这事儿把孩子领走有点对不住父母。儿子十岁，女儿五岁半，都是老爸老妈带大的，不论为这两个孩子付出多少，他们从不计较。这些年来，他和老婆赚得少，每月只给500元的生活费，这哪够孩子们花的？

不过再想一下，孩子已经大了，也该带在自己身边了，学校为防疫在上网课，老爸老妈不懂网络。把孩子接过去，还可以监督学习，辅导作业。王涛回武汉就开始找房子，他过去住在江汉区万松园小区，那是公司宿舍，两室两厅一厨一卫的房子住着20来位小哥，每人每月收200元住宿费，外加100元左右的水电费。

老婆到武汉后，找到一家服装厂，继续像流水线上的一枚坚韧的螺栓，在忙碌中坚持着。王涛过去在她原来打工的服装厂做过四个月，见过她搏命的样子。整条流水线上有40多人，属她最矮小，体重仅有八九十斤，却要把一筐筐几十公斤重的衣服和布料，从一道工序搬到另一道工序。别人吃过午饭休息一下，她吃了马上就忙碌起来。

老婆孩子过来后，王涛的生活和工作发生了较大变化，过去吃饭靠叫外卖，或在外面吃，现在顿顿在家吃，还要他来烧，他们的衣服也要他来洗，还得监督儿子上网课。晚上六点半，他准时出门跑单，跑到早晨六七点钟才回家，盘点一下才赚几十元。没办法，疫情那团阴云还笼罩着武汉，点外卖的人少，单量锐减。

除干家务之外，王涛还要完成老婆布置的一项任务，那就是换房。老婆对他租的这间房子非常不满意，一是房间太小，只有 12 平方米，一家四口人挤在这么小的房间里感到很压抑；二是光线不好。租房时，老婆只提一点要求——要阴凉，其余让他看着办。他认为老婆的要求无比正确，武汉是全国的“四大火炉”之一。

既阴凉，光线又要好，租金还要便宜的房子上哪儿去找？租房时，王涛用手机拍了几张图片，发给了老婆，得到批准才签合同，现在想要毁约，有点麻烦。不过，王涛当过包工头，有协调能力。他跟房东说换间大点儿的房间，额外加 100 元毁约金。房东给调了一间大点的房间，他用三个小时把家搬了过去，晚上又去跑单了。

8 月，王涛给女儿办了入学手续，想到儿子转学手续还没办，老婆上班不能回去，他要做饭，照看孩子，还要送外卖，也回不去，只好打老爸的“主意”。老爸电话里听罢，很为难地说：“找老师开转学证明容易，可是寄快递，用微信发图片，我弄不来。”

农村那些老人大多不识字，既不会 QQ、微信、网购，也不会使用支付宝、寄快递，已被挤到了“场外”，能参与的已经不多了。有一次下雨，王涛见一位老人站在路边，说什么也打不到出租车。原来老人没有智能手机，不会使用滴滴打车之类的打车软件。最后，他帮老人叫了一辆出租车。

“你自己看着办，不行就请假回去办吧。”老婆说。

第二天，他打电话想跟老爸说别着急上火，他下午回去办。老爸却说：

“转学证明办好了，我让老师帮忙寄给你了，还给孩子寄了一些学习用品。”原来，老爸老妈为这事儿琢磨了一晚上，连觉都没睡好。第二天一早，老爸就跑到学校办了转学手续，让老师帮忙寄快递。

4298 元的英语培训课到底上还是不上？王涛和老婆纠结了好几天也没定下来。老婆休息那天，一家四口人起来去外边吃了早餐，他把他们娘仨送到培训学校。中午去接时，见孩子背着培训学校发的书包出来就知道老婆给孩子报了名。

王涛长叹口气，老婆孩子过来后，家里的开销像农村老家的炊烟似的袅袅升起，儿子转到武汉读书，虽说小学是义务教育，可是杂费几乎每天都交，这又交了 4298 元的英语培训费，接下来还不知交什么费呢。老婆只要事关儿子的学习，花多少钱都认。这不仅是她，中国的家长不都这样吗？孩子的事再小也是大事。

压力大，心里就乱糟糟的，老婆也是，像点燃的爆竹似的，说话就“炸”。他深夜跑单回家，想悄悄爬上床睡觉，还没等躺下，老婆一通吼，说他跑一个晚上才赚几十元，不够养家糊口，说孩子调皮不听话，又说他抽烟把床头都给熏黑了……

他赚的钱的确不够养家糊口，老婆午餐晚餐吃服装厂的，他们爷仨一天的开销都不止几十元，早餐就得二三十元，买菜要 60 多元，房租每天要 40 元，水电费要 20 来元，加起来要 150 多元，一个月起码要 4500 元，还没算孩子的书本笔墨费，以及补习费和培训费。

“怎么可能呢？我又没在床上抽烟。晚上熬夜容易犯困，抽烟提提神。”在收入上英雄气短，只能在抽烟上争辩一下。

“那我也累，我也精神不好，我也学着抽烟？你为什么穷，就是抽烟抽的！”

得得得，说下去又要吵起来了。他不由得在心里感叹，夫妻成了室友。沟通变成相互指责，无限放大对方的缺点和毛病，夫妻分开还不到一年就变成这样。几年前，王涛承包工程出了工伤事故，想咸鱼翻身，又遭到算计，欠下几十万元的外债，在家做全职太太的老婆只得走出家门，到镇上一家服装厂打工，他在 2019 年跑到武汉送起了外卖。

他想老婆也不容易，早晨 8 点钟上班，晚上 8 点半下班，12 个半小时要在生产线上紧张地忙碌着。挣的是计件工资，中午别人吃完饭休息一会儿，老婆放下饭碗转身就接着干。这种处境下的女人怎么会小鸟依人，怎么会温柔似水？

想想老婆就是那种“刀子嘴豆腐心”的女人，采访中，王涛对我说：“两个人在一起还比较温柔，孩子一调皮，她有时候就拿我出气。很多次她跟我吵架，我已经忍无可忍，但是一想到她拼命工作的样子，气又消了。一个男人不能给她一点优越的生活，让她在那里拼命地做事，是吧？她这相当于激将法，不鞭策你，你老是不动……”

一天，他凌晨 2 点回来见家里乱得一塌糊涂，像被人抄过家似的。老婆在床上睡了，儿子却跪在床头，估计儿子又把老婆惹怒了，遭到了“家暴”。他心疼儿子，又不敢造次，只得简单收拾，让儿子去睡觉。他却躺在床上睡不着。

熬到早晨 7 点，老婆起床后一问，才知是“来武汉后，孩子不写作业，不上课，整天就是玩游戏，和同学聊天”。

被焦虑、焦躁挤压多日的情绪终于爆发，他把儿子拽起来，踢出门外：“给我跪着。”

儿子顺从地跪在走廊的地砖上，他又很心疼。算了，算了，让他写份检讨书贴在墙上，作为警戒得了。王涛想想在流水线打拼的老婆，想想深更半夜送外卖的自己，夫妻俩为这漂泊在武汉的四口之家已筋疲力尽，哪里挤得出时间多陪伴一下读小学三年级的儿子？他整天捧着平板电脑和手机上网课，怎么会不跟同学聊天，不玩玩网游？想想就心疼。

可是，孩子就是孩子，没过两天又闯了祸，他把五岁半的妹妹关在了门外，打开门时她不见了。女儿丢了，正在烧菜的王涛慌了，关掉火就领着儿子下楼去找，怎么也没找到。刚把老婆孩子接到武汉就把女儿弄丢了，这还得了？想想老婆打工的服装厂离家挺近，女儿会不会跑去找妈妈了？王涛急忙骑电动车去服装厂。

老婆正好下班，还以为来接她，有几分惊喜。听说女儿丢了，惊喜变成了惊吓，夫妻俩赶回家门口继续寻找。正要报警时，他在另一个单元找到了女儿，焦急、惊吓变成恼怒，恨不得打她一顿，想了想却说了句："你妈妈回来了。"两个孩子怕妈妈，尤其是女儿。经济窘迫下，老婆不止一次抱怨他坚持生二胎。从老家来武汉前，学前班的老师给女儿的评语不怎么好，估计她在家少不了挨骂挨打。

让他意外的是老婆没像以前那样打骂女儿，反而给她讲了一番道理。几天后，老婆又给女儿买了一件好看的衣服。老婆变了，不像过去那么暴躁了。

进入 2021 年，随着疫情压力减缓，外卖走好，王涛的单多了，收入也跟着上来了，加上他做的公众号也培育起来了，收入逐渐攀升，家里的经济状况也有所好转。王涛花 328 元配了一副眼镜，之前那副眼镜在武汉"封城"期间丢失了，他模模糊糊地看了一年这不大太平的世界。戴上新眼镜，这个世界一下就清晰了。于是，他心情大好。

他想，在新冠肺炎疫情下，活下来就是劫后重生，每个人都不容易。"双11"时，他给老婆买了一部手机，还有金项链、金戒指和金耳环三件套。老婆高兴得像个孩子，跟隔壁邻居家的女人炫耀一番。隔壁邻居有两个女儿，四个孩子经常在一起玩。

结果傍晚就传来隔壁的吵架声。女的说："你看看隔壁老王，人家给老婆买衣服、买手机，还买首饰。你看人家多懂得疼老婆和孩子……"

男的说："隔壁老王不过是个外卖小哥，你要喜欢可以跟他去过！"

晚上，王涛跑单回来刚刚躺下，听到敲门声，声音微弱，像觅食的小鸟战战兢兢。

"老王，昨天我们吵架听到了吧？不好意思啊……"他打开门一看是隔壁邻居。

她深更半夜敲门就为了道歉？他有点儿发蒙。接着，女邻居不好意思地说，她老公在楼下的酒馆喝高了，请他这个“隔壁老王”帮忙把他弄上楼。王涛一想自己是始作俑者，若不给老婆买首饰和手机，哪能惹得邻居夫妇吵架，不吵架她老公哪会喝高？于是，怀有赎罪之心跟她下楼“搬运”她的老公。回家前还以为今天的最后一单送完了，没想到最后一单在家门口。男邻居个头不高却很重，好不容易才把他弄到楼上。女邻居急忙给老公搭个地铺，让他躺下。王涛临走时叮嘱她注意观察，别出事儿，然后说：“以后别称我‘隔壁老王’了，听着别扭……”

2021 年 6 月，他们又搬家了，新房是屋顶上的临建，两室一厅，一厨一卫，七八十平方米，月租金只要 500 元。楼层高了点，八层。对他们一家来说，老的不老，小的不小，上楼下楼不算什么事儿。

我在 2021 年 11 月采访王涛时，赶上房东上来修水管。王涛不停地讨好房东，说房租便宜。房东半开玩笑地说：“相当于扶贫了。”

王涛说，债务还有几万元，当下送外卖一个月赚七八千元，公众号收入也有六七千元，他还组建一个创作团队，帮别人做一些文案。不过，前几天有人劝老婆跟他离婚，让他有点恼火。

他们有心在武汉购房，然后把户口从红安老家迁过来，成为名副其实的武汉人，理直气壮地享受省城的教育资源。可是，他们没钱，还有几万元的债务。这不能阻拦他们对房子的憧憬。一次，他和老婆逛楼盘时，销售说个不停，劝他们“不要错过”。他有点烦，说了一句，信用不行，贷不了款。

销售劝他们离婚，搞个假离婚，这样老婆就可以贷款购房了。房子买下后，可以复婚。他听后，说道：“今后房价如葱，现在买才是傻子呢！”

拉着老婆离开了售楼处。

我想，按当下武汉的房价，王涛和老婆的收入，也许过三五年，或六七年，他们就会攒下首付，在武汉买房，会像 1000 多万武汉居民一样过着寻常的市井生活。黄远义和龚靖华还有相当长的路途要跋涉。

3 他和她的诗与远方

“不管贫富，一家人守在一起是一种最好的状态。”他是“资漂”，带着妻儿在这座城市漂泊了 20 年。

据《新京报》智库发布的《2020 年外卖骑手职业报告》，多数外卖骑手在本地生活时间比较长。有 35.95% 的外卖骑手居住年限五年以上，有 51.3% 的外卖骑手居住时间三年以上。黄远义在杭州打工送外卖六年，王涛在武汉做包工头和送外卖总计 23 年，可他们的妻儿跟他们在都市生活的时间均不到一年。

在武汉千里之外的昆山，“资漂”外卖小哥王计兵，带着妻儿在城市漂泊了 20 年。

“资漂”这个词是我杜撰的，用之代表资深漂泊者。王计兵人生的几件大事都是在漂泊中完成的，他在漂泊中跟妻子郭依云走到了一起，他们的爱情凄美动人。结婚九年后，他们又在昆山漂泊了整整 20 年，“超生”两个孩子，如今二女儿已读大专，小儿子今年高考。

王计兵说：“不管贫富，一家人守在一起是一种最好的状态。”他这话让我想起 26 岁、带着两个娃到杭州和老公相守的龚靖华。龚靖华年轻，有点天真，王计兵已经 53 岁了。不过，他是诗人，诗人有颗童心，想象无边无际，可以泥里生活，云上作诗。

对从乡村漂泊到城市的人来说，想跟家人守在一起很难，甚至有点儿奢侈，为此要付出即便诗人也难以想象的代价。可是，他却以20年的生活证实这极其艰难，但非常值得。

王计兵领着身怀六甲的老婆到昆山时只有33岁，比现在的黄远义还年轻三岁，那是2002年。黄远义是走出巴东的，王计兵是逃出邳州的。在53岁的年轮里，他出逃过两次，第一次为了爱情，他领着爱人远走新疆，那记忆刻骨铭心。

他和依云的家都在沂河岸边，不过他住河西，即邳州市官湖镇大王庄，她在河东。一河相隔，两岸的孩子没机会相遇，没想到河底的沙子成了他俩的媒人。有人发现了沙子可以卖钱，一车斗可卖三元钱，两岸的农民纷纷下河捞沙。

1992年，他花了两三百元钱买了条形似柳叶的铁皮船。捞沙是件苦事儿，寻常人是吃不了那份苦的。人要下到水里捞沙，沙顺水在皮肤边摩擦，不知不觉手脚就火辣辣地痛起来，上岸回家一看，皮肤被沙打磨掉了，露出鲜红的血肉。对两岸农民来说，那是唯一可以捞到现钱的活计，再苦再痛也要挺住，因家家缺钱，日子捉襟见肘。

捞沙要人在河里，推着船走，他要把船推到河东，那边沙厚；码头在河西，没桥，她过河或搭船，或淌水，水不是很深，深处及腰。她搭过几次他的船就认识了。那年，他22岁，命运像梅雨季般阴沉、潮湿、郁闷，阳光像贼，偷偷摸摸，闪一下就不见了。他书读得不错，初二时听父亲话退学练武，在武校荒废两年，一事无成，只得跟同乡去沈阳打工。

那年她19岁，拎着铁锹到河西装沙卸沙，干男人的活，赚辛苦钱。她也是初二辍学的，回家种地，她是老大，照顾两个妹妹和两个弟弟，洗衣烧饭。他是老小，被称为“三儿”，上有俩哥，还有姐姐。

那时，她头发短短的，像半大小子似的，黑黑的，皮肤有点糙，不大引人注目。他的船头有书，歇息时读一段。沂河上的捞沙船像深秋的树叶，很多，有书的船只有一条。她借书看，这样有借有还，他们也许还会交流一下感受。相熟就会关注，她发现了他的善良，拉沙车陷进雨后的土路上，这与捞沙人无关，他却过去帮忙推，还会挖点土垫垫路。载人过河，船就得少装些沙，他却从不计较。他也发现了她的善良，还有春光般的性格：阳光、纯真、善解人意。那个年代的乡村，男孩女孩接触不多，一旦有好感像易燃易爆品，极其容易擦出火花，他爱上了她。他觉得她就像他的黎明，让他的希望降临，点亮了黯淡的日子，让他有了期盼和奔头。她还有一个富有诗意的浪漫的名字——依云。

那种爱像种子要发芽还没发出来，憋得难受；像六七月的天，晴少阴多。她两天不搭船，他就六神无主，想方设法跟她村里人套话，打听她的去向。他有点自卑，一是家里穷，二是村里人对他有异议。他家是乡里闻名的贫困户，二哥结婚建房时，家里又欠下一大笔外债；谁会把女儿嫁给他呢？他写小说时，为体验生活，穿一身孝服跑到街上，村里人都说他写出了魔怔……

他的父亲是村里的会计，也算村干部和文化人。一场车祸让父亲失去几块骨头，多了几笔债。接下来，这位想跟命运抗争的父亲又辞去了会计工作，跟另一个村的会计合伙做买卖，这两个可以拨拉算盘、挥洒自如的会计，却把穷家折腾得四处漏风，新债加陈债。她的父亲是木匠，踏实稳重，不折腾，日子比较殷实。木匠在家强势，犹如一道墨线，他认为对的，家人必须照办。

他最打动她的一次是冬天，沂河清晨结冰，水寒刺骨，他下水推船，送她过河。那天，他没捞沙，她也没装沙，他骑车驮她到 18 里外的地方去赶集。他在小馆要两碗面，连碟小菜也没点，一人捧碗面，寒酸却心悦。送她回家时，快到对岸，他在水里摔了一跤，腿脚伤得挺重，有两三个月走路吃力。

也许那次遭遇让她死心塌地爱上了他。他领她到家看过，那是两间泥草房，连个窗户也没有，屋里很局促，她没嫌弃。

可是，这并不意味着他们的爱进入了轨道，前边还有一片沼泽。为绕开那片沼泽，他们去了“好地方”，歌中是这样唱的：“我们新疆好地方啊，天山南北好牧场……葡萄瓜果甜又甜，煤铁金银遍地藏。”

路途极其艰险，犹如春运，绿皮车厢像要胀开的石榴满满登登都是人。到兰州转车时，麻烦大了，他们挤不上车了。王计兵灵机一动，给月台一伙执勤人员20元钱。那时工人的月薪也就三五十元，20元钱是个大数。俗话说，哪里上油，哪里就滑溜。车一进站，那几个执勤的人就把车窗弄开了，抓住她的两条腿，就把她掀进了车里。他们掫[1]他时，另一伙执勤人员赶过来制止，抓住他的两腿往下拽。他要是被拽下去，后果不堪设想，他和她就分开了。她孤身一人到了新疆怎么办？那边没有亲戚，没有朋友。他死死地抓住车厢里边的小桌板不放。执勤的人见拽不下他来，也许从没见过如此固执的人，他们恼火了，挥起棒子狠狠击在他的头上。“咔嚓”一声，棒子断了。他脑袋“嗡”的一声，身子瘫软向下坠去。执勤的人也许发觉自己出手太狠了，搞不好要出人命的。他们害怕了，松开了手。她和车上的热心旅客把他拽了进去。他被打晕了，过了好几站才苏醒过来。

他们好不容易折腾到了“好地方”，先是在甘草湖挖甘草。他买了一辆旧自行车。他们像一对小鸟儿，他骑车驮她去草原，她找他挖，赚的钱除生活之外，还略有剩余。没过多久，甘草不让挖了。他跑到哈密的砖厂打砖坯，她在黄田挥着榔头钉木箱，装葡萄用的。

这时，她发生脱胎换骨的变化，不再像男孩了，皮肤白了，细腻了，妩媚了，头发也长了。他无意中说了一句，长发女人的女人味浓些，她从那时开始就一直留着长发。年轻时她的头发浓密，洗头时稍微小点的脸盆盛不下，后来头发掉了三分之二，变得稀少了，还有了白发，她仍然保留着他喜欢的披肩发，长发及腰。

在新疆钉木箱时，她一低头长发就会散落而下，遮住眼睛。他花10元给她买了支暗红色的发卡。他想她会很喜欢，没想到她却跟他狠狠地吵了一架。她说，这发卡太贵了，10元要怎么才能赚来？你这么不会过日子！这是他们

[1] 掫：方言，从一侧或一端托起重物。

第一次吵架，冷战一个多小时。

她说，你以后不要跟我吵架，你和我吵架让我上哪去？

他的心被蜇痛了，他们漂泊在外，夫妻闹别扭，她连娘家都没法回。从那之后，他再也不跟她吵架了。留在他心底最深记忆的是1993年的农历八月十五，他加班到晚上七八点钟，赶乘末班公交去见她。他的心似那轮皎洁的圆月，柔情似水。快到地方时，他就迫不及待地望向窗外，发现靠近车站处有一个朦胧的身影，站牌似的伫立在那儿。他想那就是她。下车一看，果然是她。那是农历八月，新疆进入深秋，她立在萧瑟荒野之中，还有那无边无尽的夜色，难道就不害怕？

“你怎么知道我会回来？”

“我感觉你肯定会回来。”

两人见面已近午夜11时，一个多小时后就是八月十六。他不是赶去过八月十五的，是赶去过八月十六的，那是她的生日。自从认识了依云，他的中秋节改在了八月十六，几十年如此。

第二年春节前夕，他领着身怀六甲的她回到村里。大年初四，她回了娘家。按大王庄的习俗，初五媳妇是要回婆家的，她却没回来。他老妈着急上火导致中风，后来偏瘫了。

老爸说：“我身体不好，你妈又这样了，我们也不能帮你干什么，你就出去过吧，这样起码会减轻你的负担。你不出去，我们的养老就是你一人的事，出去了就是你们兄弟三人的事。”

他肩扛着从老爸那分得的80斤麦子，手领着他的女人，从家里搬了出来。

后来，他开着小翻斗车在临沂拉土，她在家养兔子，养蚕。她养的兔子越养越多，养的蚕茧是当地最好的，商贩都争着交定金。开小翻斗车很危险，他们村13人组队去的临沂，在那干了七年，最后剩下十人，那三人死于车祸。最后一场车祸后，队长说，我们解散吧，别干了。他们撤了回来。

上次是怀孕回家，这次却因怀孕逃离。不久前，他受了刺激，在村里的墙上贴出一张搞不清名堂的布告，每个家族像棵树，有大有小，有茂有疏，在他家那棵树上，到了他那枝就结束了。他的名字悬空在那里，为什么？他只有一个八岁的女儿。他们说女孩不上榜，儿子可以，让他愤懑不已。偏偏这时候，老婆怀孕了，计生干部动了恻隐之心，悄悄说了句："你们还是走吧。"他们就像从树上飘下的叶子，顺水漂到了五六百公里外的昆山。

漂泊于城市，最难的是住，尤其像他这样拖家带口的，需要像麻雀那样有个窝。他们有 500 元，用 50 元租了一间农家存放杂物的小房，解决了住的问题。那房子白天像蒸笼，人进不去；床是工地废弃的马腿支起来的，躺上去像坐火车卧铺似的晃晃悠悠。夜里"咣当"一声，一家三口落到地上，蒙头蒙脑之际，才意识到床塌了。

要生存，他们花 50 元买辆破旧的三轮车，花 30 元买块彩条塑料布，用剩下的钱进了一批小商品。早晨，他骑着三轮车把老婆和货送到集市，帮她把塑料布铺在地上，摆起地摊，卖袜子、手套等东西。他骑着三轮车到处转悠，捡破烂儿卖钱。他们真切地体味到背井离乡、漂泊在外的滋味，早晨睁开眼睛想的第一件事就是今天吃什么？钱从哪儿来？他们总是为钱和吃发愁。他偶尔在工地捡根钢筋，那就是他家的好日子。

没钱的日子，租房都是奢侈的。他想自己搭间房。土地是宝贵的，所有宝贵的东西都物各其主。见有人住在船上，他想，我为什么不能在河上搭间房？他找来建筑工地丢弃的废木头和废板子，把一根根木桩打进水底，盖了一个板棚。那儿靠近吴淞江码头，他花 50 元买下一块淘汰的帆布，苫在棚顶。在这漂泊的水上，他们有了一个固定的家，四口人住了进去。老婆又生下一个孩子，还是女孩。

这个家不能乘风破浪，还险象环生。起风了，河起了浪，家里地动山摇，有时水从板缝蹿上来，打在脸上。捆绑板棚的铁丝像发出咯吱咯吱的呻吟，虽然不大却让人惊心动魄。板棚前边的人家的手电筒的光从窗户照了进来，那光微弱，却暖暖的，犹如上帝关注的眼睛。

他们的木板棚靠近道路，寻常的日子，她把袜子、手套等商品摆在门口，那就是他们家的商铺，没人收摊位费，也不交房租，赚来的每一分钱都是自己的，开心极了。

“那日子会不会很辛苦？”采访时，我问。

“当时没那种强烈的感觉，就像我们刚搭好一个棚子，在棚子上要铺块塑料布，你没有，后来找到了，你会感觉是一件幸福的、很有诗意的事情。”

“诗意？”

“是的。只要你愿意，诗意就一直在找你。”

他们在木板棚里住了两年，村里再贴那种告示，这回他的名字下方有了个名字，他有了个儿子，这一枝得以延续。他为此交了三万多元的罚款。他们从河上的棚户搬出来，跟老婆的姑姑合租一卧一厨，还有一卫，卧室住着姑姑一家，他家住在厨房，仅有六平方米。

他爱读书，赚到点钱就开个租书店，既租给别人看，也可以自己看，幸福来得就这么容易。他不知道这要办文化用品经营许可证，稽查来了，把店里所有的书都装到车上，拉走了。

他和老婆坐在没有书的木板上，你看看我，我看看你，笑了。

“怎么办？”她问。

“明天去捡破烂吧。”他答。

后来，他们租一间临街房，一室一厨，室用来开杂货铺，厨房给孩子住。犹如军营，搭着上下铺，缺少的是一把军号。每天打烊，把门关上，他和老婆打个地铺睡下。一天，有人送他们一个断腿沙发，他在诗中写道：“邻居送来的旧沙发 / 让妻子兴高采烈 / 她一面手舞足蹈地计划着 / 给沙发搭配一个恰当的茶几 / 一面用一本一本的书垫住 / 一条断掉的沙发腿 / 我在卫生间，用清水洗了脸 / 换成一张崭新的笑容走出来 / 一直以来 / 我不停地流汗 / 不停地用体力榨出生命的水分 / 仍不能让生活变得更纯粹 / 我笨拙地爱着这个世界 / 爱着爱我的人 / 快三十年了，我还没有做好准备 / 如何在爱人面前热泪盈眶 / 只能

像钟摆一样 / 让爱在爱里，就像时间在时间里 / 自然而然，滴滴答答。”

后来，他们换了一间大一点的房子，也是租的，也开店。夫妇不能同桌吃饭了，一人吃饭，一人看店。他吃饭时，桌上有张纸条，告诉他什么放在什么地方，还会说哪个菜好吃，哪个没炒好，附加一句“对不起”。有时菜没放盐，不是疏忽，是家里没盐，也不是没及时买，而是没钱买盐。他发现不放盐的菜也挺好吃的。

后来，他做了外卖，成为站点年纪最大的小哥。

“我好像是被上天意外丢弃的一个物品，一直处在艰难困苦的边缘，处在一种挣扎的状态。”王计兵说。

王计兵拖儿带女在昆山漂泊 20 年，孩子长大了。大女儿中专毕业回到邳州，在药店当店长，成了家，有两个孩子。二女儿在读大专。儿子在读高三，2022 年高考。

2021 年，华浔杯“我爱我家”全国有奖征文大赛，王计兵的组诗获奖。

记者采访他的大女儿，问她为何嫁回邳州，她说：“为了等老爸老了，回家养老。”王计兵听说后感动得稀里哗啦。

第四章
多想城里有个家

房子不是家，但没房就像无根的莲，

不知明天漂到何方。

要知在城里扎根有多难。

1　屁股下面有两套房

“有人问我，你送外卖不感觉丢人吗？我说我送外卖怎么了？我现在送外卖，不说别的，我屁股下面有两套房了。”

据央行 2020 年的统计，中国城镇居民家庭住房拥有率达 96%。据住建部统计的数据，2019 年，我国城镇居民人均住房建筑面积 39.8 平方米，农村居民人均住房建筑面积 48.9 平方米。

从数据上看，中国不缺房子。其实却不然，据《2018 年外卖骑手群体洞察报告》，全国 77% 蜂鸟骑手来自农村。他们绝大多数都是“有房族”，遗憾的是房地产是不动产，骑手不能像蜗牛似的把农村的家背到城里来。他们要在城镇买房，这是刚需。在骑手中，有多少在城市买了房，有多少“房奴”，我没找到权威的统计数字。我先后采访近百位骑手，仅两位在做外卖的城市买了房。

其中一位牛人叫曹辽东，来自河南许昌农村。站长季海丽叫他“老曹”，其实不老，三十四五岁。

“有人问我，你送外卖不感觉丢人吗？我说我送外卖怎么了？我又没偷人家、抢人家、坑人家的，我靠自己的劳动去赚钱，有什么丢人的，为什么丢人？我现在送外卖，不说别的，我屁股下面有两套房了。”老曹说。

对牛人只能叹服。老曹和妻子以每平方米 3.5 万元的价格在杭州买下一室一厅的房子，这对黄远义、楚学宝等小哥来说不敢想象。

老曹的站长季海丽把他称为“大神”。2021 年 8 月的一天，这位方脸短眉、黧黑粗犷，眼神儿有点凌厉的“大神”就坐在我对面，那是在杭州赛银国际广场的一家星巴克。

谁知亚马孙森林蝴蝶扇动的哪一下翅膀会引发龙卷风，谁又知龙卷风会造成哪些变化？老曹也许做梦也没想到自己到杭州做外卖源于母亲患病，母亲得的是子宫癌，病情很严重。那时，老曹结婚没几天，窗上的大红喜字还在。

2018 年，老曹的账面上有 30 万元外债。母亲 2015 年病逝，病了五年。老曹砸进几十万元也没能救下母亲的命。老曹是孝子，对此毫不后悔，我想重来一次，他也会这样选择。老曹是家里的老大，下边有一弟一妹。什么是老大？老大是顶梁柱，给母亲治病欠下的外债要他来还。老曹也称得上是老大，当过武警，做过生意，搞过矿，当过包工头，赚过大钱，也赔过大钱。做外卖时，他屁股下一套城镇的房子也没有，没这冲天的牛气和底气，有的是屁股底下那辆电动车，骑着它可以像疯狂老鼠似的满大街跑。老曹跑的是众包，什么饿了么、美团统统都跑。

没底气的人最怕的不是辛苦，是被歧视，被别人瞧不起。其实他们在别人瞧不起之前就已经瞧不起自己了。老曹记忆最深的是有的顾客非让他送上楼，写字楼的保安又不让他进，手里的几单眼看就要超时，他打电话跟顾客商量，想请对方下来接一下。

“你一个送外卖的……”对方鄙夷地说。

“我送外卖的怎么了？你爱吃不吃，反正就这样。”

老曹火了，把餐往大楼门口的桌子上一丢，走人了。

跑单不易，抢单也不易，老曹感到纳闷：怎么人家都有单，我为什么没单？后来听说送星巴克咖啡不用那么抢单，赚钱还多。老曹改做专星送，这一干就是三年。有人说，专星送是外卖中的贵族。送众包靠抢单，要一边骑车一边刷手机，很容易出车祸。像楚学宝那种送商超属于重体力劳动，时常一单就是几袋米几桶水几桶油，扛着货物爬到三四楼已气喘吁吁，汗流浃背，仰脸往上看看，还有三四层楼要爬，晚上在床上躺平，连饭都不想吃。做专送区域大，跑得远，还不能准时吃饭。专星送的区域只有三公里，位于写字楼群，顾客素质高。送的大多是咖啡，高峰期在午饭后，配送时间短，30 分钟内必送达。专星送早晨 7 点上班，下午 5 点半下班，下班后还可以接饿了么专送的单。

老曹很能干，专星送下班后，跑饿了么专送跑到半夜十一二点，每月下来至少赚 1.5 万元。写字楼那些白领也不见得都比老曹赚得多。

“我的目标很简单，就是赚钱。有时搞活动，单子‘哗哗’往手里来，这边还没有送完，那边又来了。心里面想不要来了，不要来了，真跑不动了。单子来了，跑不动也要跑，为啥？全靠搞活动这两天赚钱呢，不跑怎么办？咬着牙也得跑。”老曹说。

2019 年的一天，在老家的女儿给老曹打电话，说想爸爸妈妈了。老曹被“秒杀”了，九岁的女儿哭得稀里哗啦，他那颗原本坚强的心一下子就软了下来。也许这个电话就是亚马孙森林蝴蝶扇动的翅膀。老曹的女儿从小跟着爷爷奶奶住在乡下，跟到五岁时奶奶去世了，接着爸爸妈妈要到杭州赚钱还债。

“你去县城姥姥家吧。”老曹跟女儿商量。

那时，女儿在幼儿园大班，奶奶没了，爷爷带不了。

“好。”

“你为什么答应？”

老曹看着五岁的女儿有点吃惊，也许还有点愧疚。

“我不想去，想跟爷爷在家。你们要出去挣钱，没办法，我只好去。”

女儿的懂事让老曹心碎。女儿到外婆家后很不开心，也许在爷爷家可以独享那份宠爱，到外婆家不行，还有一个小表弟。上小学时，外婆想一起接送她和表弟，她却拒绝了，非要像其他留守儿童那样住校不可。她放假就给爷爷打电话，要回乡下自己的家。她经常给老曹打电话述说对父母的想念。她那小嘴噼里啪啦的，很能说，总能触到老曹心里最柔软的地方，让老曹难受，让老曹想她。

最初那三年老曹在建筑工地包活儿，到了腊月就回家过年。他朋友多，一到家他们就纷纷找他吃饭，他不管去哪儿都带着女儿。女儿跟他的感情远超跟她妈妈。爸爸妈妈拌嘴，她会选边站队，坚定不移地跟老曹站在一起。

他的老婆在杭州屈臣氏做化妆品销售，腊月十几回家。妻子回去后，领着女儿上街买衣服。老曹说，女儿什么也不缺，别的孩子有的她都有，别的孩子还没有的他们也买给她，即使欠债也不能亏待女儿。

老曹跑外卖后过年回家就迟了，在家也待不了那么多日子了。

“人家爸爸妈妈都接送孩子上学放学，你们从来就没有过，辅导班的同学都没见过你们。我过生日你们还不回来吗？你们都有好几年没陪我过生日了……”

听女儿说到这儿，老曹的眼泪下来了，跟老婆说，立马订票回家！

老曹他们第二天就回到了家。他们夫妇当晚就把女儿送到辅导班门口，老师问她：“这是谁呀？”

“这是我爸爸妈妈！”女儿自豪地说。

“你爸爸妈妈？”

老师和同学都以为她没有父母。

女儿开心极了，把父母介绍给了辅导班所有的同学，总共 20 多个。她也许想以“实物”认证她的父母是存在的。那一刻，老曹肯定既幸福又扎心，最想做的一件事也许就是放弃每月那 1.5 万元的收入，回家陪女儿。可是，老曹不能，他还有几万元外债没还。再一想，自己没有什么文化，每月能赚 1.5 万元的工作上哪儿去找？这机会要把握，不能轻易丢掉。

老曹他们夫妇在家陪了女儿一个礼拜。

老曹实在忍受不了这种骨肉分离，2020 年就把女儿接到了杭州读书。

老曹说：“我跟我老婆都没有文化，不能让孩子输在起跑线上。我们想，不管怎么着也要让女儿在自己身边，尽最大努力给她最好的起跑线。”

家人团聚的感觉真好，早晨老婆送女儿上学，老曹的外卖要送到半夜十一二点，早晨要补觉。晚上，老曹哪怕再忙也要点个小休，骑电动车去接女儿回家，雷打不动，这时就是有块金子掉地上他也不会去捡。让老曹欣慰的是女儿过来后，没参加任何辅导班成绩还在上升。她在学校还参加社团，打打乒乓球什么的，比在老家开心多了。

最早想在杭州买房的不是老曹，是他老婆。杭州房子限购，不是你有钱就可以买的。不过有一条——外地户口在杭州交满一定年限的社保或个税，可以购买一套。老曹不够，他老婆够，有购房资格。2017 年有人花 200 多万元买套房子，到 2021 年就卖了 600 多万元。这么疯狂的晚餐哪有人会放过?

老婆要买房，老曹不同意，态度坚决。他觉得在杭州购房压力太大。2018 年，他们刚投资 30 来万元在家乡的县城购置一套 140 多平方米的小产权房。当时想，在外面赚两年钱就回去，陪女儿成长，陪父亲变老。房子买下后却发现老家县城很难找到合适的差事，可以做的不是搞装修就是拼体力，赚的还少，夫妇两个人加一起才能赚七八千元，这还比不上老婆一人在杭州赚的。可是，那房子像嚼过的口香糖，买下了也就黏在手里，是甩不掉的。

老婆也许没说不买房就亏了，说孩子在杭州读书，至少七八年不能离开。杭州的房租越来越高，不如请亲朋好友帮忙凑个首付，然后用房租还贷，这就等于交个首付最终得套房。他们租的一室一厅的房子每月租金一千六七百元。

老曹还是不同意，想当年他在未来科技城包工程时，开发商资金链断裂，想以房来抵工程款，相当于“白菜价”，他没要房，要的是钱。现在那个小区的房价已涨到七八万元一平方米，老曹那时若是要了一套房，起码能赚六七百万元，他肠子都悔青了。

老曹不是为了当年的失误放弃购房，他怕压力过大，承受不了。外卖是高风险行业，谁也不知啥时就会出车祸。几个月前，老曹到海创园送餐，跟一辆轿车并行，车右他左。那车突然来个左转弯，电动自行车撞在车的前轮上，老曹一下就飞了出去，重重地摔在地上。

“哥们儿，怎么样？”一位年纪跟老曹差不多的小伙子急忙下车问道。

“没事没事。”老曹爬起来，膝盖破了，车把歪了。

“你必须去医院看看，留一下我的电话，加个微信。医药费之外，我再给你点儿误工费。哎哟，我真要去赶飞机……”小伙子着急地说。

“误工费你倒不用给我，给我拍个片子，骨头没事就好了，另外车子给我修修。大家都不容易……”老曹打量一下他那辆低档轿车说。

老曹送的咖啡洒了，打电话让店家重做一份，致电顾客：“我刚刚不小心发生了碰撞，你的订单可能要稍微迟点送到。”

“没事、没事。你人没事吧？”顾客关心的不是咖啡，是送咖啡的小哥。

这是老曹最满意的地方，海创园这一片星巴克顾客学历高，素质高，有教养，遇到恶劣天气，不仅不催单，还打赏。

老曹把餐品送完，感觉脚像针扎似的痛，脱下鞋一看全是血，脚指甲掉了一个。他回家上了点云南白药药膏，第二天又上班了。

老曹本来对买房就没有信心，这次车祸后信心更是荡然无存了。想想后怕，这要是把房子买下了，背负着百八十万元的贷款，自己撞个腿断胳膊折，躺在床上几个月跑不了单，月供交不上，那还不急死？再说，还贷要二三十年，谁知道外卖行业几年后会怎么样，还能不能这么赚钱？

老婆不改初心，天天关注房情，跑临安、富阳看盘。在杭州新房限价，比二手房价格低，买到即赚到。但购新房要摇号，有购房资格摇不到也不行。老婆放弃了摇号，专跑二手楼盘。一见老曹就跟他讲这个楼盘环境怎样，那个楼盘价格如何，有上升空间，搞得老曹心很烦。

老曹心烦就跟站长说。别看季海丽年纪不大，还没结婚，却很有亲和力。

她劝老曹：“房子代表家，哪个女人愿意跟你租房子，房东要涨价，你们就得搬，拖家带口地搬来搬去多难？你买个房子就在这儿定居了，你女儿在这儿读书，为女儿也要买房。你老婆的想法是对的，我赞同你老婆。”

也许是站长这番话改变了老曹的想法。老婆的同事有的买了富阳，有的买了临安。老曹说，买临安不如买青山湖，那儿离主城区近。接着老曹又说，离主城区越近，教学质量越好，青山湖也不行，还是太远。

老婆看了一年房，最后他们选择了闲林的一套40多平方米的学区房，二手的，3.3万多元一平方米。老曹筹集45万元交了首付，贷款几十万元，每月要还5200元的贷款，月供是他过去房租的三倍。

“一室一厅，可以改为两个房间，我们一家三口人够用了。”老曹满意地说。

买房后，老曹愧疚地跟女儿商量：“咱家没钱了，要不咱们明年再去迪士尼？”

女儿有许多同学都去过上海迪士尼乐园，老曹本来答应暑假带她去。

“我没想去……要不明年，或后年去？”女儿把几年来攒的压岁钱拿了出来，跟妈妈说，“买房我也入个股吧。”

女儿的懂事既让父母欣慰，又感到心酸。

女儿期末欢快地对老曹说：“我考过了。”

“什么考过了？”老曹懵了。

“过了375分了！”

老曹想起来了，女儿说过想要个iPad。老曹答应她：“你期末要考380分就给你买。”女儿讨价还价到375分。迪士尼乐园没去成，老曹觉得很亏欠女儿，这个iPad必须买。老曹二话没说，带女儿就去买了一个iPad。

女儿说：“我到这里上学了，爷爷想我怎么办，我很苦恼啊。”

老曹说：“我爸也不敢给她打电话，说怕她闹。她隔一段时间给我爸打电话，跟我爸开个玩笑。放暑假的第二天就闹着要回老家。她妈说再待两天，我有点忙，她就闹情绪，‘我要回老家，必须要回。’”

最后，女儿带着老曹给买的iPad屁颠屁颠地回老家看爷爷去了。

老曹说：“买个房先住着，钱放到银行里面也生不了什么钱。我再攒钱可以换个大一点的。”

是啊，有了大房子，老曹就可以把老爸接来了，女儿就不必放假就往回跑了。

2 是治病还是买房？

他们要贷款买房，老爸却病重住进了医院。他很纠结，是买房让孩子进城读书，还是给老爸留笔救命钱？

楚学宝也是在老婆“胁迫”下买的房。

如今女人比男人热衷于购房。我家先后几次买房，也都是在我的主张和利导下实现的。

楚学宝，31岁，安徽蒙城人，外号“单神”，每天最早到站点，最晚结束跑单，可以说，他不是在跑单，就是在跑单的路上。他以单量多蝉联站点“单王”宝座。

楚学宝是“有房一族”。他的房子没有像庄稼似的长在自己的宅基地上，而是“嫁接”在老爸老妈的屋顶上。原来的平房成为楼房，楚学宝和老婆住在二楼。他们这么一住就是十来年，虽说没达到国家统计局的人均48.9平方米，但也够住。

这几年，县里脱了贫，乡里脱了贫，村里也脱了贫，村里开通了公路，家家门前都有水泥道，日子越过越好，可是村里房屋的空置率却在不断上升，连他老婆也想去县城买房了。老婆的想法跟曹辽东高度一致——无论如何也不能让孩子输在起跑线上！尽管起跑线在哪儿，没几个人说得清楚。她认为读小学三年级的女儿输了，要竭力挽救；儿子两年后也要上学了，不能再输了，所以要抓紧去县城购房。

她说，乡村小学条件太差，连个英语老师都没有，县城小学一年级就开设英语课。乡村小学师资有限，许多课程都没开，广州、深圳等地来过几批支教的老师，教孩子唱歌，做手工什么的，孩子开心极了。十几天后，支教老师走了，孩子都哭了。当下乡村小学的学生就像过了晚高峰的公交车站，人越来越少，车也越来越稀。有的去了镇上，有的去了县城，有的去了亳州市，一个班只剩几个孩子。

我想起采访过的另一位小哥，他叫解盼，也是安徽的，灵璧县尹集镇人，比楚学宝年长五岁。他在镇上有两层的楼房，200 多平方米，为了让两个孩子享受城市教育，交 15 万元首付，又贷款 50 多万元在宿州市买了学区房。解盼说，我们老家的孩子大多到市里或县里读书了，只有在外边买不起房子的人家才会让孩子到镇上读书。

我采访过的宋北京三兄弟也是安徽的，砀山县白楼村人。他们兄弟仨分别在 2015 年、2016 年和 2017 年做的外卖。

老三宋北京结婚时，父母给他在村里建了两层楼。2017 年，跑了一年多外卖的宋北京赚了十多万元，除去花销，还有七八万元。他贷了十几万元，把老家的两层楼装修了。2019 年，他又花了 60 多万元，在县城买下 130 平方米的学区房。钱不够，跟亲戚借了点。

他买房也是为了孩子读书，砀山师范附属小学是县里最好的小学之一，不住在那个学区就是花钱也进不去，他买的房子就在那个学区。买下两年后，大孩子进附小，再过两年小孩子也会进附小。从某种意义上说，他投资的不是房子，是教育。

“为什么要送孩子到县城读书？”

“农村的孩子肯定没有县城的孩子会讲普通话，爱干净。”宋北京说。

他还说，买了县城的房子也给家里争了光，让家人很有面子。

看来，他常年在外，对进城买房重要性的认识还没有楚学宝老婆深。

老二宋远杰是三兄弟中最早做外卖的，几年攒下20多万元，在自家原有的宅基地上建了一幢400多平方米的房子，花去30多万元，现在还有十万元的外债。他比较传统，说以后有钱再去县城买。将来不管两个儿子在哪安家，回到老家都要有住的地方。

老大宋远行在他们三兄弟中是最有钱的，不仅像曹辽东那样“屁股底下有两套房”，还有一辆车。他的两套房子都在湖北荆门，那是地级市。第一套是2014年买的，那时他还没做外卖。那套房子120平方米，花了34万元，现在可卖85万元。第二套是2020年买的，那时他已做了三年外卖。这套房子100平方米，花了40多万元，是回迁房。

选择购房建房的地点不同，三五年或六七年后，生存状态和资产的变化将有所不同。当下，白楼村仅有30来户人家，老二的孩子上学后问题来了，要托关系把一对孪生兄弟送到县城读书，在县城租公寓，每个孩子要5000元，再加上伙食费等，这笔开销不小。当初要是像老三那样买学区房，不仅开销小，孩子也少遭罪。

2020年，我国常住人口城镇化率63.9%，仍处在快速城镇化阶段，每年城镇新增就业人口1100万人以上，带来大量新增住房需求。[1]不仅就业要到城镇买房，为孩子读书也要去城镇买房，新增住房需求远不止报道中说的。遗憾的是刚需房绝大多数不是给这些想被城镇化的农民建的，他们有刚需，买不起。

楚学宝每晚都跟老婆通话或视频。老婆跟他通话的主要内容有二：一是唠叨女儿，为她的学习成绩担忧；二是去县城买房。这两件事都让他纠结、心烦，不知如何是好。他不是不想在县城买房，而是觉得压力过大。

中国的房价过高，不仅像楚学宝这样月收入过万元的外卖小哥焦虑，其他工薪族也如此。

---

[1]《住建部部长：坚持“房住不炒”定位　杜绝破坏性“建设”行为》，新华社2021年12月25日。

楚学宝可以贷款，每月还三五千元或七八千元。可是，楚学宝的收入看似稳定，其实存在许多自己无法把握的变数。当下哪家企业不是汪洋中的一条船，谁知哪时出现激流、暗礁、险滩？尤其是外卖这种民企。

楚学宝难啊，上有老，下有小，既要顾小的，也要想老的。老爸年轻时喝酒抽烟，睁开眼睛先来半玻璃杯白酒，再抽一支烟；还没过花甲就患上肺气肿，整天像条鱼似的瞪着眼睛，张大嘴一口接一口地呼吸，稍一感冒就要住院。谁知家人啥时会有灾病，自己啥时会有意外？贷上巨款就等于头顶悬着一把刀，稍有风吹草动就惶恐不安。

老婆说，女儿的班主任打电话说，女儿天天不交作业，成绩下滑，过去数学成绩 90 分左右，现在掉到七八十分；语文就更惨了，只有 50 多分，拼音基础很差……老婆在镇上的服装厂打工，距家三公里，早晨七八点钟上工，晚上八九点钟回家。楚学宝的老妈不识字，孙女做没做作业，做得对与不对都不知道。她管多了，孙女跟他吵。老婆到家时，女儿要么睡了，要么困了，这时即便检查出女儿作业的问题也没法弥补了。有几次次日早晨早早把女儿叫起来写，可是那点时间哪够用。

楚学宝离她们那么远，有什么办法呢？晚上，他现身说法教育女儿，跟她视频，让她看自己跑单的艰辛，“你不好好读书将来就跟老爸一样，早上 7 点钟起床，晚上九十点钟还在外边送货，天这么黑，好危险啊”。

对孩子来说，道理不是不懂，而是做不到。楚学宝说多了，女儿嫌他啰唆，他再打电话就不接了。家里装有摄像头，他想家了就看一下，悄悄看一眼老爸老妈，也监视一下女儿放学回家写没写作业。摄像头有对讲功能，他却呼唤不到女儿，她躲在房间看动画片去了。有时女儿听到他呼叫就拔掉了监控的电源……

楚学宝只好对老婆说，“你要教教女儿，管管她，多让她干点活，不能让她懒，刷碗、打扫卫生让她干干……”

他们商量过送女儿到镇上读书，让她住校，可是最终还是舍不得，担心她那么小照顾不好自己，还担心她在学校受委屈……

老婆说，邻居的孩子也跟女儿一样，老完不成作业，后来转到县里去读书，一下子就改变了。她不敢放学后丢下书包跑去玩，老师第二天要检查作业，完不成不行。她有时完不成作业就吓得直哭，于是成绩上来了。榜样的力量是无穷的。老婆要到县城买房，搬到让女儿成绩一下子就提高的地方去。

为了不让贫穷这个“错”在后代身上延续下去，他只好咬咬牙同意在县城买间便宜点的二手房。

几天后，老婆又说，买房不容易，买个“老破小”以后也卖不上价。将来给小孩，小孩肯定是不会要的，到那时你还有钱再给她买吗？要买就买间差不多的，一步到位。他问了一下房价，吓了一跳，亳州每平方米7000多元，蒙城也要六七千元，好的楼盘已经超过8000元了。这也太离谱了，“蒙城一个名不见经传的小县城，房价赶上地级市了”。

到亳州买房又不现实，从家里到蒙城30多公里，到亳州多少公里不知道，坐车要两个来小时。他们想离开乡村，又恋着乡村，不想远离亲友。他们的亲友都在村里。

他又不想买了，跟老婆说，等钱攒够了再买吧。这是托词，他知道，她也知道。

老婆说，现在六七千元，等你攒够了钱，可能就一两万元了，你买得起吗？

他无话可说了，这20多年，哪个人的收入能追得上房价？

他连跑单都没了心思，没事儿就坐那儿刷手机，搜蒙城的楼盘，查开发商的背景。不查不知道，蒙城居然有烂尾楼，这要是买错了，百八十万元投进去，要是开发商一辈子交不上房可怎么办？他睡不着觉了，担心老婆掉进陷阱。可是，他又不能放下跑单回家买房。买房不是买白菜，上街就能买回来，有的三两个月都选不到合适的。实在没招了，他求一位老乡帮忙，老乡帮他联系上一位房地产中介。

2020年秋，楚学宝家的购房进入了实施阶段，老爸病重住院了，先在镇医院住了九天，又转到县医院。老婆和老妈没敢告诉他，一位亲戚在电话里说漏了嘴。他一下就慌了，这都转到县医院了，肯定病得不轻。他上次回家见老爸的屁股溃烂一大半，流脓淌血，只能趴在床上。老爸的牙没了，镶个假牙套，没有胃口，瘦成一把骨头，把老爸送到医院，医生都没让住院。

楚学宝要请假回家，站长说眼看就“双 11”了。做外卖如同捕鱼，这是一年最大的鱼汛，订单像一拨拨鱼群乌泱乌泱地游过来，谁会在这时收网回家？楚学宝不然，他是孝子。最后，站长给了他两天假。他赶到蒙城，见躺在病榻上的老爸又瘦又小，面色白得发青，已不像当年打自己时那么健壮，可以打得那么起劲儿。他难过得要死。

楚学宝又犹豫了，要是老爸病重需要救命钱，拿不出来怎么办？

在贷款买房的外卖小哥中，不知有多少人遇到过这种情况。宋氏三兄弟中的老大宋远行 2020 年贷款在荆门买下一套回迁房，月供 2000 元。没过多久岳母身体不舒服，十几年前她患过癌症，做过手术。远行领着岳母去武汉协和医院做检查，做了 PET-CT（正电子发射计算机断层显像）。通过 PET-CT 可获得全身各部位的断层图像，具有灵敏、准确、特异及定位精确等特点，主要应用于肿瘤、脑和心脏等领域重大疾病的早期发现和诊断。这种检查费用很高，一次要万儿八千的。这些年来，岳母不舒服，他就会领她去做 PET-CT，查过也就放心了。“一个女婿半个儿”，岳母只有他老婆这么一个女儿，他就相当于一个儿子了。远行很感激岳母，结婚时没跟他要一分钱的彩礼，婚后住进岳母家，她帮他们洗衣服、烧饭、带孩子。

“我儿子回来了，弄点好吃的。”他每次回家岳母就说。

岳母把他当成了儿子，知道他爱吃黄鳝、甲鱼和牛肉，他每次回去她都买最好的烧给他吃。孩子一岁时，岳母到昆山帮他们带孩子。他们住的出租屋没有空调，孩子热得直哭，岳母就一晚上不睡觉，坐在那给孩子扇扇子。他很心疼岳母，只要回家就把烧饭的活儿接过来，让岳母休息一下。

他多次埋怨老婆：“你都这么大了，还让 60 多岁的老妈给你洗衣服做饭，你好意思吗？”

第二年，他又带岳母去武汉协和医院检查，岳母腹部有了积液，最后被确诊为肠癌晚期，手术做不了了，只能化疗。一个星期化疗一次，要6000元，报销后自己还要拿4000元，一个月要两万多元。岳母的养老金仅2000多元，岳父打工每月挣3000多元。岳父过去没交养老保险，前两年补交六七万元。他们和岳父岳母一起生活，钱都放在一起。家里几万元的积蓄很快就花没了，远行每月赚的一万二三千元还不够岳母的化疗费。

岳母内疚地说，我拖累你们和孩子了。

他安慰岳母，你放心，不管花多少钱，我都给你治。

我采访前，他回荆门待了一个月。平时都是老婆带岳母去看病，岳母病情不好也不敢告诉他，怕他担心。后来，岳母出现腹水，先是清的，后来变浑浊了，医生说可能是恶化了，需要确诊是肠癌还是淋巴癌才能确定治疗方案。可是，在县级医院检查十几天，又到荆门市医院查了一个多星期，还没确诊。

老婆害怕了，心像着火似的，晚上给他打电话没绷住，哭了。他一听就急了：“你别着急，等我回去商量商量。”他放下电话，半夜11点钟就开车回去了。1000公里路，开了11个小时就到家了。他跑了一天的单，又开了一宿的车，困得眼睛直打架，还好路上没出事儿。

“你怎么回来了？”岳母问。

她不知道自己的病情。

“放假了，车在杭州也没用，我把它送回来。”

车本来放在家里，他想创业就开去杭州，结果项目没谈下来。

他在家那一个月，将岳母活检标本送到武汉大医院检验。折腾了将近一个月才确诊，也给出治疗方案，改为两周做一次化疗。

现在，远行赚的钱刚够岳母的化疗费。他说：“只要她活着，花多少钱我也愿意。有钱没钱无所谓，钱够用就行。”

岳父母这边要管，父母那边也要管，他们没有养老金，前两年父亲还能打点零工，赚点儿小钱，近年血糖高，他们就不让他干了。他们姐姐弟弟每人每月给父母500元生活费，这是远行定的。虽然不多，对于他来说也有点吃力。

让远行宽慰的是儿子聪明，学习用功，成绩在班级排前三名，不用像其他孩子那样上补习班。儿子也很懂事，知道家里缺钱，放假时到家旁边的体育场的广场摆地摊卖儿童玩具，一晚上能卖七八十元。远行在家时带儿子去卖过。

楚学宝不敢和老爸说买房的事儿，只得跟老妈商量。她说："你爸和我就这样了，不能再耽误小孩。"老妈虽说来自贫困的贵州，却是这个家最有头脑、最有远见的人。楚学宝结婚时，她说："不要在这花买房子的钱了，你以后有钱去外面买。"他听了老妈的话，新婚时住的是毛坯房，墙都没粉刷。新娘不高兴了："别人家房子都是大白墙，哪像你家这样？"女儿生下后，他才把住的房间粉刷了。

老妈这么一说，他就想通了，又想买房了。老妈想帮他们一把，让帮她找个扫大街的话儿。老爸这一生病，她又走不开了，要在家侍候老爸。

老婆说，买房是大事儿，学区要好，小区也要好，别住两年就破烂不堪了。房子也不能太差太小，家里人多，要有孩子的房间，也要有老爸老妈的房间，还要考虑将来给儿子做婚房。房子太差了，他女朋友嫌弃，到那时拿不出钱来买怎么办？

2021年6月底，老婆来电话让他回去看样板房。他说："我现在真没时间回去，你看好就行了，首付我来借。"

"这么大的事，你交给我，买错了怎么办？你不看就不买了。"

中介也打来电话："你不买这房子就没了。"

"我也走不开。没了就没了吧，我就不要了。"

眼看就要"七一"了，超市有活动，又一拨订单像鱼群似的过来了。

中介发来样板房的图片，他看好了一套，"这房子你帮我留一下……"

110平方米，三室一厅，够六口人住，还有电梯，要70多万元。

两天后，他又给中介电话，“这房子我可能买不了了。我买房为的是小孩读书，又怕我老爸看病拿不出来钱。老爸要是走了，会留下遗憾，还有房贷压力太大……”

老爸这辈子不容易啊，因为穷，40岁才成家。他受了多少屈辱，遭受多少磨难，恐怕只有他自己知道。年过花甲，同龄人享清福了，他还要出去打工，到工地搬砖、拉车、捡破烂儿。年近古稀又得了肺结核和肺气肿，从早咳到晚，夜半一家人都能听到那“无法隐瞒”的咳声。

中介说，你不买房价就涨了。

老婆说，给小孩一个好的起跑线。我都跟人家说好了，交了两万元定金……

首付要交30万元，钱不够。一位跟他一起做外卖的老乡借给他五万元，老婆又跟亲戚借了些。他请了两天假，中午上车，第二天凌晨2点多回到蒙城，上午赶到售楼处把首付款交了，下午就赶了回来。

9月1日，开始还贷。他们贷了30年，每月要还3000元。

“2023年交房，你问学区吗？有一个小学很近，马路对面。还有一个幼儿园，那挺好。”采访时，楚学宝对我说。

“买到房子是什么心情？”

“怎么说呢，挺五味杂陈的。我那个时候想，万一我老爸病重怎么办？真害怕啊，我也怕自己哪天倒下。真的，骑车每天都在跟车打交道，太危险了。假如我没能力去赚钱了，房贷怎么办？交房后，装修又是一笔钱。我现在想的就是赚钱，别的都不想。”

我想起采访过的外卖小哥反复念叨的话：“我们永远不知道明天和意外哪个先来。”

是啊，不确定的因素太多了，过去我们也许还能把握，现在所有人都掉进了激流，也许被幸运地冲到彼岸，也许被卷进漩涡。不论买房还是不买都会焦虑。

3 房子是他们一生最大的财富

买房后，老婆非常骄傲，每次跟人打电话都会扯到房子。扯到房子，她就对他说："那你得感谢我八辈祖宗。"

没房就没有稳定的家，像条没锚的船，不知何时被冲走。

有段时间，郭依云经常到一位跟她一起打过工的姐妹家去串门。每次回来，她的脸色都不大好，情绪也要低落好几天。那位姐妹在昆山买了房，王计兵知道老婆也想买房，可是她清楚家里仅有23万元的积蓄，远远不够。

"不行，咱就买个二手房吧，小一点的、便宜点的，只要能住就可以。"一天，老婆忍不住地说。

王计兵觉得买房就得贷款，而且要数十万元，大女儿刚中专毕业，还有两个孩子在读书，每年开销都不小，如再买房还贷，压力实在太大，没敢表态。

婚后，他们从他家搬出来时没有房，借住在他堂兄的泥草房，床是堂兄留下的，锅灶是他老爸给弄的，被子是他们自己做的，用的棉花是自己种的。1995年，大女儿一岁时，他开着跟二哥一起投资2580元买的小翻斗车，和乡亲跑到山东临沂拉了七年土，依云在家一边带孩子，一边下沂河捞沙，买砖建房。他们的房子拖拖拉拉建了好多年，2002年从村里逃出来时，房子的主体刚建起来，厨房、洗手间和围墙还没来得及建。漂泊到昆山后，他们没有丢弃村里的房子，有点闲钱就回去建房。终于，他们把房子建好，跟父母的老宅连成片，总面积300多平方米，三个孩子每人都有了一个房间。可是，那房子距昆山五六百公里，回去住的次数很有限。

在昆山漂泊这么多年，他们租住过农民存放杂物的房子，住过他在水上建的板棚，还住过厨房，现住的是自己间隔的杂货店的阁楼。2011年，他们调换一间铺，新租的铺不仅面积比上一个大，举架[1]也高，有4.2米。他们在后边间隔出一间30平方米的储藏间，在储藏间上边又隔出一个1.7米高的阁楼。这下可好了，孩子们不必住在厨房了，每个孩子都有自己的房间，不过房间没有窗，不开灯就黑乎乎的，什么也看不清，下边仅有一层木板，人经过时会发出“嘎吱嘎吱”的响声。过道还有两根管道，得弯腰钻过。有急事，从上边往下跑就会一头撞上，轻则两眼冒金星，重则躺在地板上半天也爬不起来。他家的大人孩子都吃过这两根管子的亏。

他感到很内疚，老婆嫁给自己就没过上一天好日子，在昆山漂泊了十几年，受多少苦，遭多少罪？40多岁了，连个稳定的家都没有。可是，他思来想去，觉得买房对他们这个家来说还很遥远，哪怕买间“老破小”也不现实，在昆山称得上房子的就得四五十万元。

2014年，儿子要升初中，赶上昆山实行积分入学的第一年，传说可以凭积分择校，家里有房的可以加20个积分。父母双方多交一年社保才增加1个积分，这20个积分相当于交20年社保，对于买房至关重要，还能带动楼市。

“购房合同到手就等于你抓到20个积分。老百姓累就累在怕委屈孩子上，给孩子留下抱怨的理由。”王计兵说。

他们有两个女儿，只有这么一个儿子。对家庭来说，不是不可以冒险，这要看为谁冒险，冒得值不值。租房子也能过日子，儿子却是耽误不起的。王计

[1] 举架：方言，指房屋的高度。

兵夫妻决定买房，买一间能住人的房子就行，哪怕“老破小”呢，再差也比现在住的阁楼强。

那些日子，老婆天天跟着那位有房的姐妹到处看房，挑便宜的看，预算在50万元左右。她们在老小区找到一间房，位于拐角处，一层，墙面潮湿，门前低洼，夏天积水，房主买到手后就没住过，老破，但不小，建筑面积100多平方米，不到60万元。她们看过几次，觉得房子品质差些，但接近预算。

就在想要下定金买下时，她们遇到一位售楼员，说买二手房并不比新房省多少，60万元可以买下一套说得过去的新房。他领她们看了新房的样板间，“不怕不识货，就怕货比货”，这一比老婆的心态骤然发生变化，不想买二手房了。这新房不仅格局好，还有电梯，位置也不错，距离他们的杂货店不远。那里原来是“外来人口居住中心”，他们作为外来人口在那儿租住过，后来拆迁了。他们看的楼盘距离过去租住的房子仅50多米，这让他们有种归属感。

“你只要交十几万元首付，剩下贷款就可以了。”

他们选择了一套68平方米的房子，价钱跟那套二手房比较接近，不过面积小了三四十平方米，仅有两室一厅。王计兵想，大女儿已20岁了，过几年就要嫁人，即便在家跟二女儿住一个房间也可以，另一个房间给儿子，他们夫妻可以住在客厅，买张沙发床，早晨折起来是沙发，晚上打开是床，也能将就住。他们交了1.5万元的定金。

那位销售人员很好，几天后又跟他们推荐了一套新推出的户型，89平方米，在六层，可改成四个房间，这样他们夫妻和三个孩子的居住要求都满足了，总高只有11层，可称之为洋房，不过要加十几万元，全算下来要75万元。这位销售人员又想办法让他们少交了一点首付，多贷点款。月供是递减的，开始要4300元，几年后就会减到3000多元。王计兵和老婆开心极了，尽管多花了十几万元。

那是期房，一年后交付。交完首付，夫妻俩天天掰着指头算日子，那份期待跟当年他俩约会有所不同，但那份兴奋之情却是相似的。他们的店距那楼盘仅二三百米，工地上的工人过来买东西，见了就会感到亲热几分，慢慢地混个熟稔。没事时，他们会跑到工地，爬上六楼去看自己的房子。哎呀，尽管还是毛坯，裸着砖和水泥板，室不像室，厅不像厅，可是看了心情就无比美好。他们就像看着自己家地里的庄稼似的，看着房子在日益变化。

日子数到头了，收了房，开始装修，他们自己买材料，雇泥瓦匠、木匠，天天过去看，那个泥瓦匠把方便面包装袋等垃圾砌进了空心墙里，王计兵看见了就掏出来，哪怕看不见，他也要让空心墙里干干净净的，想着心里舒服，家么不能有一点儿垃圾。

2015 年的 7 月，他们喜气洋洋地搬进了新家，那天来了很多亲戚，连他的老岳母也过来了。中午，老婆突然发起高烧，到下午就有点晕乎乎了，晚上“燎锅底”[1]时，她有点儿撑不住了，萎靡不振地坐在那儿，一口都没吃。

住进自己的房子，颠沛流离的日子结束了，犹如插在瓶里的花儿种到了地上，心里安然踏实。对孩子来说，最开心的就是再也不怕撞头了，除此之外，同学想要来家里时，他再也没有心理压力了。有一年，孩子把同学领到了家，带他们上了阁楼。同学见到那矮矮的没窗的卧室，还有要从管道下钻过的过道，惊讶地叫了起来。无忌的童言让他们的心灵震撼，感到不安。

那个小区不大，仅有十幢房子，设施齐全，有健身和孩子游乐的地方，还有打羽毛球的地方，一条河流从小区穿过，流入吴淞江，对他们来说，犹如进入天堂。他三番五次想把娘接到“天堂”来，娘却拒绝了。娘中风后偏瘫 20 多年，不愿给“三儿”添麻烦。老婆依云回去了，娘却跟她来了。车到小区时已是傍晚，保安不让外地车进。43 岁的依云背起 80 多斤重的老娘，从小区大门背到了家里。

他见老婆将娘背进家时，鼻子酸酸的，泪水盈眶，还有一种幸福感。娘在他们的“天堂”生活了九个月，那是他一生跟娘相处最快乐的时光。他写了一

[1] 燎锅底：河南以及东北部分地区乔迁新居时的传统习俗。意思是指旧屋里的喜气、财气一齐带进新屋来。

首诗《娘》：岁月把一部长篇连续剧 / 浓缩成一首诗 / 把一首诗浓缩成标题 / 把标题浓缩成一个字 / 把一个字浓缩成一根针 / 我喊一声娘 / 就心疼一下 / 再喊一声娘 / 就想动用丝线 / 缝补千疮百孔的过往 / 我一声一声地喊娘 / 就像娘用针把灯花挑了一下 / 又挑了一下 / 然后 / 天就亮了。

他把这首诗读给娘听，每呼唤一声娘，娘就应一声，让他十分开心。

父亲也到他们的“天堂”来过。他也为父亲写了首诗《父亲从乡下来看我》：从六楼望下去 / 父亲就像 / 五彩画布上一滴墨 / 他在那里旋转 / 手足无措地 / 找不到应该着落的位置 / 从六楼望下去 / 父亲突然变得很小 / 小成一个城市可以忽略的尘埃 / 他浮在那里 / 浮在门卫呵斥的声波里 / 我从未想过 / 从六楼望下去 / 从一个城市的窗口望下去 / 在庄稼地里那么高大的父亲 / 突然变得那么小 / 小成一个要人呵护的孩子。

王计兵刚开始做外卖时，赚的钱刚够还贷，现在已有剩余。过去每月要还 4300 元，现在降到 3400 元。

“幸亏买了，那时要不买，以后就越发困难了。这是老婆坚持买下来的，她要不坚持是不会买的。这是我们这一生最大的一笔财富。她非常骄傲，有一段时间几乎每次打电话都会扯到房子上去，会提到家里各种设施，哪个地方装修得满意，哪个地方不满意，特别是给父母打电话的时候。现在一说起房子，她就说那你得感谢我八辈祖宗。”采访时，王计兵说。

也许在昆山生活 20 年，有了房子之后，他们才感觉到自己是昆山人。房子对来自农村的外卖小哥来说，其意义远大于居住。

第五章
一根“亲情扁担”

它如一根戳在墙角的扁担，
厄运降临时，
靠它也许能把亲人挑出那片沼泽地。

1 为了女儿，他撑住了

为了女儿后期的手术费用，他每天跑单十七八个小时，一个深夜，他忽的一下，人飞到路旁的花坛上……

2021 年 7 月 16 日，我终于和戴子在上海松江区见了面。

他个头不高，戴着黑色的细框眼镜，有点儿书卷气，要是脱掉外卖工装，再捧上几本书的话，这位“90 后”混在松江大学城的十几万学子之中，恐怕没人会把他当成外卖小哥。

上海的阳光打在他的脸上，映照出他的悠然与自信。在这一年，戴子爬出了谷底，不仅外卖的收入不错，自媒体的粉丝也增长到了十万人。

戴子是我最早关注的外卖小哥之一。2020 年年初，我确定写外卖小哥时，在西瓜视频搜到了他，他是位“斜杠青年”。在外卖小哥中，他这样的很多，他们在网上以短视频的方式展现生活，通过流量赚钱，也有人实现从外卖到自媒体的转型。

戴子之所以引起我的关注，他的短视频与众不同，除反映外卖生活之外，还关注疫情。2020 年 1 月 26 日零点，九江长江大桥双向封闭。那天是大年初二，也可以说是大年初一的午夜，在江西九江做外卖的戴子回不去家了。戴子的家在九江长江大桥的另一端——湖北省黄冈市黄梅县的一个镇上。

戴子拍下了许多封闭的九江长江大桥的镜头。

2020 年 5 月初，我试着私信戴子，他回复了。他婉转地提出想看看我的证件。我把中国作家协会会员证，以及出版的作品、获奖作品证书拍给了他。当晚他接受了采访。我们约好第二天晚上再做补充采访，却收到他的微信："采访就此搁浅吧，最近要解决生活问题，没心情也不想接受采访了。今天我的状态很糟糕。"

我知道他的状况很糟糕。从他的短视频和头天晚上的采访中我了解到，他从九江转去上海做外卖的目的是想给女儿找家比较好的医院，几年前重度烫伤的她要做一次手术。具有四年外卖从业经验的戴子却在上海滩陷入困境，送四单，三单超时，日收入仅几十元，连生存都难以维持。他的妻子在上海餐馆打工，他们聚焦于一点：无论如何也要筹齐女儿的手术费用。没想到却落入这种处境。戴子有点绝望："我在想，要不要转行。"

也许心情平复了些，稍后他发来了一些资料，有他女儿烫伤的报道，又发来一个视频，他女儿近期的状况：后背和屁股被大片烫伤疤痕和增生的皮肤覆盖。他说，这是一辈子亏欠孩子的。

第二天晚上，戴子跑单回来留言："我知道你有挺多疑问，需要采访可以在 7 点 45 分开始。"

我开始了第二次采访。

"我们永远不知道意外和明天，哪个先来。"讲述前，戴子说道。

戴子的父母是黄冈市黄梅县的农民，家里兄弟两个，他有一个哥哥。初中毕业后他考上了中专，只读了两年，"那时候任性，第三年学费 2500 元，挺贵的，就不读了。" 2008 年，他放弃了那张轻如落叶的文凭，跑到深圳、厦门等地打工。

他在厦门漂泊了五年，又漂到广州，认识了一位在锦城大厦做物业的女孩。她娇小秀丽，沉稳内向，让他一见钟情。每当见到她，他的心就像被关进笼子的小鹿似的乱撞。那女孩也读过中专，学的是礼仪，还是黄梅县老乡，家在他家隔壁的镇上。“老乡见老乡，两眼泪汪汪”，这两个在家乡就是打着灯笼也遇不到的年轻人在异乡相爱了。

2015年农历腊月二十四，他们结婚了。刚好老宅拆迁，父母分了一点钱给戴子作首付，在九江市买下了90多平方米的商品房。

“老家毕竟是个镇，九江是城市，把家安在城市总比镇上好。”

戴子在厦门、广州等大城市漂泊过，在置业上有了城里人的视角，知道地级市九江的资源是黄梅县下面的小镇无法比肩的。除北上广深等一线城市之外，户口已不重要，房子才是关键，从某种意义上说，你的房子在哪儿，你就是哪儿的人。

戴子像乡下的蒲公英飘进九江，将在那里生根、开花、结果。没想到的是灾难接踵而至，先是一场车祸导致他右脚的内踝骨粉碎性骨折、父亲颅内积血，接着是一岁的女儿后背和臀部二度烫伤，面积占体表40%……

2017年开春，戴子夫妇把出生刚几个月的女儿托付给了母亲，离开家去了广州。在白云区的淘宝村——犀牛角村做网店，卖女装。6月生意刚有起色，每天有三四百元的进项，他们就接到电话：女儿被烫伤了，一热水瓶的开水浇到她的后背和臀部。

女儿在重症监护室住了一周，又转到普通病房住了两周多，孩子只能趴着，不能仰卧，每次换药像受刑，将跟皮肉黏在一起的纱布揭下，再用镊子将坏死的皮肉取下。孩子的尖利哭声像刀子戳在戴子和老婆心上。

他们很后悔，孩子烫伤前，戴子的老婆回家看望过女儿。她想把孩子带到广州，戴子说我们还在创业阶段，条件很差，租住农民屋的六楼，怕孩子受罪。老婆就没把孩子带出来。最愧疚的还不是他们，而是孩子的奶奶。她在厨房做饭时，孩子碰倒了热水瓶。她哭着对他们说：“孩子没带好，我对不起你们，对不起孩子啊！”

孩子住院花了十几万元，困境中当地媒体做了报道，九江市民为他们捐了些款，他们还借了些钱，才把孩子的医疗费支付了。

孩子出院了，由于疤痕堵塞了毛孔，需要涂药防止发炎，一支进口药膏二三百元。医生说，疤痕会变厚，变硬，甚至粘连。后期还需要做激光修复，这还需要一大笔钱。

他们把广州淘宝店关了，没了收入，不要说女儿后期的大笔费用，连生活都难以维持了。那年11月，戴子在九江街头见到一位外卖小哥从身边过，外卖箱上写："你还在为找工作而发愁吗？来，加入我们；轻松干，四五千。"戴子觉得这话就是说给自己的。第二天，他就成了一位外卖小哥，磕磕绊绊做了一个月只赚了2000多元。戴子挺高兴的，这是半年来第一笔收入。他说："赚钱真好啊。"

两个月后，进入了冬季，九江飘起了雪花，戴子穿着雨靴跑到凌晨2点多才回家，全身湿透了，脚冻僵了——车祸留下后遗症，"阴雨天摸这脚，像是摸了别人的脚，没什么知觉，下蹲时脚踝是僵硬的状态。"按照国家标准被评为十级伤残。十级不在政府照顾之列，却给戴子跑外卖留下隐患：拎着餐盒在路上奔跑，特别是爬楼梯时，酸痛的脚踝处会发出吱吱响声。

戴子在西瓜视频晒过一张照片，一双被雨水泡得发白起皱、肿胀的脚。那天天气很冷，雨从早到晚不停地下，一忽儿大如瓢泼，一忽儿细如牛毛，戴子穿着一双既防水又保暖的劳保鞋在外面跑了十几个小时。雨水渗进鞋子，把脚趾泡得肿大，费了很大力气，才将鞋子从脚上脱下来。

春节时，戴子留在九江跑单。大年初二，他送餐时对客户说："过年快乐，您的外卖到了。"

他祝别人快乐，他自己却很不快乐。大年三十，妈妈打电话让他回去过年。孩子烫伤后，妈妈的头发白了很多。大过年的，媳妇带孩子回了娘家，妈妈哪能让儿子一个人过年？按家乡风俗年夜饭要中午吃，妈妈想到戴子白天跑单，就改在了晚上。戴子提前一个小时下班，骑着电动车穿过九江长江大桥赶回家。妻子孩子不在身边，年夜饭吃得很不是滋味，他吃完饭就回九江了。

大年初一单不多，他在街上买点儿卤菜，就算过年了。

心里不快乐，脸上要有笑容，要祝每位客户新年快乐。每叩开一扇门，都洋溢着阖家团聚的喜气和年味儿。他站在门外，浑身裹着寒气，手指脚趾冻透了。当他给一个客户送完货转身要走时，那位慈祥的阿姨说："不要走，请等一下。"她转身进屋，从茶几的果盘拿几只库尔勒香梨，"也祝你新年快乐，大过年的不容易，车子慢点儿骑。"

戴子的心暖了，边道谢边接过梨。他在超市里见过这种梨，想要买，一看九块多一斤，放下了。他拿着梨下了楼，咬一口，很甜。几只梨，一句关怀，驱散了严寒。

"我觉得送外卖其实也不是人们说的那么低贱，不被人认可，"戴子对我说，"网上很多人说外卖小哥、快递小哥素质低，其实真正来说的话，越是底层的人，他越看重与人的交流。你看得起我，或者说你尊重我，我会很感动，反过来也会尊重你。"

为还债，他们把九江的房卖了。签房屋买卖合同时，那痛啊，撕心裂肺，笔握在手里难以签名，卖掉的不是房子，是他和妻子像燕子衔泥似的建起来的家。那里成了他们的伤心地，宁可绕远路也不愿从那经过。虽然卖房钱不够还债，但每月少了 2800 元的月供，扣掉 800 元的房租，相当于每月少了 2000 元的负担。他们租的是两室一厅。他已从专送转到众包，可以蜂鸟即配和点我达一起跑，赚得多一点儿。

孩子烫伤后，原来就不善言谈的妻子话就更少了，她想赚点钱解决女儿后期的治疗费用，把女儿托付给婆婆去了深圳。

出租屋里空荡荡的，一人面对冰冷的房子，想着要还的信用卡（透支），没还的债务，哪里睡得着。戴子一夜一夜地失眠，索性跑起了夜单。"不怕熬到两三点、三四点，或者哪怕是早上六七点。我们最害怕的是一直熬到最后，一个晚上没单。"戴子说，"如果一直有单子在跑，始终是一种很亢奋的状态，不会觉得累。但是如果一旦停下来了，没单子了，就感觉到疲劳，很困。回到家里躺在床上，又失眠了，睡觉的点过去了。"

跑夜单是危险的，街灯像快要闭上的眼睛，睡意蒙眬，有的小街小巷夜色无边无沿，一不小心就会出事。一天凌晨 5 点，骑行过桥时，街灯倒是清醒，他却困得不行了。他不停地告诫自己，要撑住，一定要撑住。前一天他跑到凌晨 4 点，上床时已 5 点，睡到上午 10 点钟，爬起来，跑了午高峰。往常他跑到下午 1 点多，回家休息一下，可是这一天没有休息，一直跑到现在。他像哄女儿似的跟自己说，快了，快了，过了这个桥，送完这一单咱们就回家睡觉了。他突然忽的一下，车撞到护栏上，人飞到路旁的花坛上，两眼冒金星，头嗡嗡作响……

跑夜单最危险的是雨天，对外卖小哥来说，既盼下雨天，又怕下雨天。下雨天下单的多，接单的少，会爆单，单价会上涨，收入会提高。可是，雨天易发生车祸，尤其是夜间，雨雾让眼镜模糊，让他什么都看不清。有一天，凌晨 3 点，老天憋屈得一个劲地下雨，如泪的雨滴打在他的脸和眼镜上，能见度很低。突然，闪出个人影，他慌忙刹车，车一滑，摔倒在地上。

“其实我是为了避让他，我怕撞到他，我就特意一个急刹车，但是他从我面前走过去的时候，头也不回。”戴子说，“路上摔过几次，行人从旁边走过，没有人停下来扶起我。一次一位外卖小哥从身边过去，折回来扶起我，问，‘兄弟，你没伤到哪里吧？’”

“其实没有哪个外卖小哥想发生交通事故，都是受伤以后才想到生命比金钱重要。”

夜单的收入不稳定，时高时低。一次，他深夜 12 点开始跑单，跑到凌晨 5 点，仅跑八单，收入 57.2 元，“没办法，僧多粥少，想赚钱全靠时间磨。”为女儿后期手术费用，戴子每天跑十七八个小时，最多时 20 多个小时，只睡三四个小时觉。“都是生活逼的，都是对生活、对命运的不服输。”戴子说。

赚钱难，难赚钱。对戴子来说，每一个铜板都饱浸艰辛，甚至屈辱。一天上午 8 点 30 分，他接了一单，要过一座小桥，送餐到对岸。那座桥仅上午 7 时到 9 时开放。他手里还有两单，估计桥关闭之前送得过去。谁知人算不如天算，突然一场暴雨劈头盖脸砸下来，他赶到桥头，桥已经关闭，只好绕行一圈，耽搁了半个小时。他按响门铃，里面没好气地应一声。门开了，是个女人，死死地盯着戴子：“你知不知道，你让我等了多久？”

他连声道歉和解释。

“你让我足足等了半个小时！半个小时我可以绕这个城市走一圈了。”

“你说我这么大年纪，”她看上去有40多岁，“你让我这么大年纪的人，半个小时一直在这儿挨饿。我的胃不好，我有胃病，你知道吗？我饿出病来怎么办？”她倚靠着门，中气十足地说。

他说：“不好意思，实在不行，这一单我买下来，我请你吃，好不好？”

“我差钱吗？我缺你这一点钱吗？”女人更气愤了。

“我知道您不缺这点钱，是我的过错，是我导致订单超时了，我要为自己的过错买单。”

“外卖不是我订的，是我女儿订的，你去跟她说。”

一个十几岁的小姑娘从她身后闪出来，接过外卖，门“咣”的一声关上了，震得他脑袋“咣”的一声。

第二天早晨，戴子收到投诉加差评。站长安抚说，下雨天单子延误情有可原。可是，那“咣”的关门声，在他的脑袋响了多日。

还有一次，也是超时，碰巧那对夫妻吵架，争吵声像激战的枪声穿过门板。他敲敲门，吵声戛然而止，男的穿着大花裤衩、裸着上身出现在门口。他说“对不起”，男的接过餐盒没说什么。女的穿着睡衣冲出来：“你知道你超时多久了吗？你这个样子还送外卖？”喋喋不休地骂起来，他连声说“对不起”，转身逃命似的下楼，幸亏是二楼，他三步两步跑到楼下，骑上电动车离开时，那女人还在嚷着……

2019年7月，戴子开始拍短视频，跑完单回到出租屋，把短视频剪辑了，配上文字和音乐，发到网上。几个月后，他挣了2000多元。

10月，妻子回来了。他骑车穿过九江长江大桥，南岸是九江市区的白水湖，北岸是湖北省黄梅县——戴子的家。他到母亲那里接回女儿，一家人团聚了。在出租屋门口，女儿望着穿着淡蓝色薄纱连衣裙、脚着一双红色拖鞋的妈妈，不敢扑过去。她已经半年多没见到妈妈了。

2020年的疫情抢先春节一步到来。1月23日，九江就出现首例新冠肺炎确诊病例，整座城市恐慌起来，口罩和酒精的订单一下就爆了。戴子辗转几家药店都没货，好不容易找到一家有货的，门前已排起长队，一只N95口罩已卖到45元。

九江的肯德基为了外卖不中断，开出十元一单、每天补贴二三百元优酬，仍然留不住小哥。谁愿意家人在疫情暴发之下送外卖，搅得全家提心吊胆地过不好年？戴子却留下了，“心里面也害怕，像我的朋友兄弟，他家人也叫他不要送了，再多钱也不要送了。有句话很现实，虽然很粗糙：‘我穷都不怕，我还有什么可怕的？’我一个人在九江，你叫我在家里待着，我也待不住。我出去跑一天的话，多少还有一点钱是吧？”戴子对我说。他要为女儿赚后续的手术费用。

新闻报道说感染人数在不断增加，戴子配送的很多小区，今天还能送上去，明天就实行全封闭管理，只能进不能出了。戴子说：“我觉得我还是安全的，我不会那么倒霉。”

后来，戴子被外包公司派到大润发送货。武汉“封城”，九江人开始疯狂囤货，大年三十爆单，仅有四位外卖小哥，分为四个方向，送着米面粮油桶装水，一个单就是几袋米几桶油，一趟只能送一单，甚至一单货还拉不下。最大的单是2000多元的，小哥的电动车载不动，是客人自己开车拉回去的。

1月26日零点，通途成天堑，九江长江大桥双向封闭。那天是大年初二的零点，也可以说是大年初一的午夜。戴子回不去家，不能跟家人团聚。

我就是在这时关注的戴子，他的个人公众号上不断出现封闭的九江长江大桥的镜头，上桥口设置着路障，电子屏幕的“因新冠肺炎疫情……”几个红色大字亮亮的。女儿的电话越过长江打了过来：“爸爸，你回来吧，回来陪我玩……”

“这种感情很复杂，一方面你很想她，另一方面不能很好地陪她。想听到她的声音，又很害怕听到她的声音。”采访时，戴子讲到这里，声音有点哽咽。

60多天后，九江长江大桥终于通车了，戴子回到家，女儿像燕儿似的扑进他的怀抱，他的心瞬间融化。他查看了一下女儿的伤疤，增生已变厚连成一片，长出“肉帘”。

第一次术后已三年，要重新植皮，做第二次手术了。他跟在上海打工的妻子商量，决定去上海给孩子做手术。

2020年4月17日，下午3点多，戴子坐着另一位外卖小哥的车离开九江，前往700公里外的上海。中途在加油站吃了碗泡面，打了个盹，次日凌晨4点抵达上海。他们在车上住了三天，吃泡面，喝自来水，然后租房，购买电动车，开始跑单。他们路不熟，加之上海道路复杂，时常被导航误导，绕来绕去，头昏脑涨，超时占四分之三。

戴子边送外卖边找工作，有的聊得好好的，一听他是湖北黄冈的，立马下了逐客令：“对不起，我们招满了。”甚至直言不讳地说：“对不起，湖北的我们暂不考虑。”

后来，他们搬到青浦区下面的一个村子，虽偏僻，月租金仅400元，押金要100元，卫生间厨房两家共用。妻子在一家餐馆打工，那边提供住宿。他们夫妻俩在同一座城市却两处分居。

戴子用手机拍给我看：阴暗潮湿的一楼，不通风，厨房和洗手间两家共用。院子里有水井，门口有片空地可以晾衣服。一张小桌子上放着一碟花生米，一盘小葱拌豆腐。“中午吃剩的，晚上继续。”48元，两个大小伙子两天的伙食费。

我让他买点牛肉卤了吃，没有优质蛋白，哪有力气跑单。他说：“上海菜场好黑，一个摊位一个价，不问价格就被宰。问了价格不买，回头就被骂。”

我说，可以上京东买。

“京东买？配送费好贵，而且我们没有电冰箱。”

他说：“最近不怎么好，（系统）一两个小时不派单，一天就跑 100 多块。”

5 月 18 日晚上，他给我看他送的一单：“前一天晚上下的单，我 7 点 20 就到了那幢别墅，打电话一直无人接听，按门铃没人开。打电话按门铃有 30 多分钟，他人就在里面睡觉。最后没办法，又不敢提前点送达，我打电话找商家协商，录音备份，然后挂门上，拍照走了。大概过了 15 分钟，顾客打电话来说没收到东西，我说放门口了，他也不听我解释，出来看了一下东西就挂了电话。这份订单六公里，配送费十元。6 点 50 出发，8 点多才走。两个多小时只跑了一单。”

戴子在微信里讲述着，话里浸透着无奈和压抑。他跑的众包订单不固定，要靠“抢”。疫情下很多人失业，连做互联网的都跑来送外卖了。从 1 月 20 日至 3 月 18 日，美团平台新注册的有单骑手数达到 33.6 万人[1]。我在街头看到很多外卖小哥扎堆，没单可接，无聊地倚靠着电动车翻看手机。

跟他同来的小哥撑不住了，回去了，戴子不甘心。“我是带着梦想过来的，我想改变生活。如果这样回去，被身边的亲戚朋友笑话不说，钱没赚到，债又多一笔。不管怎样，别让自己饿死，在这个城市活下来，先把女儿的手术做了。”采访时戴子说。

妻子心思灵巧，面点做得很好，“老板总拿她做的包子做示范。可是那老板很黑，要她一天干 12 个小时，月收入仅 2300 元。”戴子时不时给她转一点钱。

6 月初，戴子的境况有所好转，他母亲带着孩子过来了。戴子夫妇带着孩子辗转各大医院，做各种检查，最终确定了手术方案。医生说，这手术大约要五万元。戴子借遍所有亲友，最终借到两万多元钱。二伯说：“你这个是救命

---

[1] 来自美团研究院《2019 年及 2020 年疫情期间美团骑手就业报告》。

钱，一定要的。实在借不到，我跟你堂哥说一下，多多少少挪一点儿给你。”堂哥打来一万元。河南一家慈善机构得知上海的一位外卖小哥的孩子无钱做手术，捐赠一万多元，终于筹够了五万元。

7月14日中午11点钟，女儿被推进上海市第九人民医院的手术室。按照手术方案，要在女儿的腹部取皮，植到她的背部。手术进行了五六个小时，术后又住了一周院。为方便换药复查，他们在医院对面的小旅馆住了14天，才返回距医院60多公里的出租屋。大暑未过，上海犹如蒸屉，15平方米的出租屋溽热潮湿，女儿的刀口容易感染。他们夫妇焦急不已，昆山一位做空调维修的朋友送了一台二手空调。戴子顶着大雨拉了回来，在抖音记录这一幕，自嘲“贫穷真的可以让自己强大”。

女儿的情况稍稳定，戴子和妻子就出去赚钱了。他们在大型会场当过服务员，一天站12个小时，妻子回家时腿一拐一拐的。后来，她又在一家工厂找了份流水线上的工作；戴子去做小时工，钱来得快，卸过西瓜，宁夏石头瓜，一个二三十斤，从车上抱到筐里，再运到库房一个个摆放好。他从下午四五点钟，干到第二天凌晨3点赚了220元。他粉刷过外墙，站在烈日下从早干到晚……

他也跑外卖，一跑就是一个通宵。他说：“上海这座城市很有温度。”刚到上海时，他在凌晨3点多钟去一个老小区送餐，进去后绕来绕去，万籁俱寂，上哪儿去找那栋被夜色淹没的楼呢？这时客人打来电话，超时十多分钟了，顾客没有责备，反而温和地说：“找不到了吗？”戴子说：“我刚来上海，实在不好意思。”他说：“我把家里的灯打开，你迎着灯光走。”

戴子按照顾客指的方向走，果然看到有一扇亮灯的窗户。顾客已等在楼下。

“耽误了你这么久，抱歉啊。”

“没关系，你稍等。”

顾客说着转身回家取了一瓶可乐和一瓶矿泉水，递给戴子：“跑这么累，喝口水吧。”

人在他乡，这件事让戴子倍感温暖，也许会温暖他一辈子。

当戴子送母亲和女儿回家乡时，妻子在平台注册了账号，也跑起了外卖。戴子回来后，阻止了她。采访时他反复地说：“我知道送外卖有多苦，怎忍心自己的亲人再吃这个苦。”

那天傍晚，戴子领我去了上海松江大学城，这里有上海外国语大学、东华大学、华东政法大学等七所高校。校园门口设置了一排排外卖柜，方便小哥送餐和学生取餐。十几万大学生，让戴子和像戴子这样的外卖小哥在上海生存了下来。我和戴子坐在上海松江大学城的一条长椅上，听他讲完这一路的艰辛与努力。他说：“经过了这么多事情以后，我体会到了一点，车到山前必有路。最困难的时候，总会出现一些人帮助你，让你对生活有信心。”

“上海这座城市很有温度。”他最后又说了一遍。

此时正是落日时分，满天云霞。

2 除了死磕，没有退路

冒雨赶到楼下，超时十几分钟，订单取消了，宝宝一天的三分之一住院费没了，他仰起头，让苍天的泪飘洒在脸上。

对有些人来说，外卖像根扁担，帮他撑起了命运。

有些小哥过去不是做外卖的，在家人生病后选择了做外卖。重庆有一位母亲，27 岁的儿子患了尿毒症，需要换肾，家里没钱。这位母亲跑了五年单，骑行 13 万公里，骑坏四辆电动车，最终赚了 50 万元，给儿子换了肾。我没采访到这位叫邹小容的英雄母亲，而采访到这样一位父亲。

2021 年 11 月 22 日，这天为小雪，“立冬交十月，小雪地封严”。位于太平洋西岸，中国南北海岸中间区域的上海地上没雪。天却阴沉沉的，也许为没雪而悻恼，寒凉的西北风顺着街巷一扫而过，树叶纷纷而落。行人的头发被吹乱，感觉凛冬将至。

中午 11 时许，闵行区万源路的一幢赭红色建筑物——复旦大学附属儿科医院，里面有点拥挤，许多父母怀抱患儿，满面的焦虑与憔悴，操着天南海北的方言，他们大都是从外地赶来给孩子看病的。

张伟超戴着蓝色医用口罩，穿着饿了么蓝色工装，拎着餐盒走进医院。

“您好，您的外卖到了。”他把餐递过去，接着说，“祝您用餐愉快！”

张伟超落在患儿和家属身上的目光不仅仅是怜悯、同情，还有同病相怜。送完餐，他没反身离去，而是走进住院部的肿瘤科病房。那是一间有六张床的病房，每个床上都晃动着一个光溜溜的小脑袋，一个叫晨晨的五岁男孩就是他的儿子。晨晨瘦瘦小小的身体罩在蓝白条病号服里，有点肥肥大大。那张小脸犹如灾难掠过，满是青灰与苍凉。晨晨面无表情地望了父亲一眼，没吱声，脑袋绵软无力地垂到胸前。

张伟超把最后一盒餐递给了他的父亲、孩子的爷爷张国平。这一盒不是外卖，是他早晨 6 点去菜场买菜，回家自己烧的：粥和切得碎碎的青菜是给儿子的午餐和晚餐，另一份是张国平的饭菜，也是双份。张国平中午吃剩了，晚上在走廊的微波炉热热，再吃一顿。午夜 12 点左右，张伟超跑完最后一单，会到病房再看看儿子，顺便把餐盒带回家，次日再送过来。

张国平已年过花甲，一直在医院护理着孙子。他把自己那份饭放在一边，把晨晨的取出来，把盛有粥和菜的勺子举到孩子的嘴边："宝宝乖，尝尝爸爸做的粥香不香。"晨晨摇动着小脑袋不停地躲闪。张伟超看一眼儿子，默然离开病房，脑海浮现接下去的一幕：随着撕心裂肺的呕吐声，儿子把吃下去的粥全部吐了出来……

作为父亲他不忍目睹，作为一个南昌郊区农民的儿子，他无论如何也想不到尤文氏肉瘤的恐怖与残暴。20 多个月前，尤文氏肉瘤这个陌生的，远在天际的怪物犹如一枚陨石砸进他们家，砸在他们的心上，摧毁了他们原有的生活。

他和父亲带着晨晨来到陌生的上海，与尤文氏肉瘤死磕，要把晨晨从它的魔爪下拯救出来。

他生于 1991 年，家在江西省南昌市青山湖区，家里还有一个小他五岁的弟弟。他中专毕业后去深圳打过工。父亲知道他为人忠厚老实，不适合在外漂泊，就在家乡给他找了个开出租车的差事。

2014 年，他娶了邻村的姑娘。两年后，妻子早产，生下仅 1.8 公斤、像小猫儿似的晨晨。孩子一降生就住进了保温箱。张伟超晋升为爸爸，有了为人父的欣喜，尽管这个孩子生命微弱，极有可能养不活。民间有一种说法，“七活八不活”[1]，一家人寄希望这个说法能在晨晨身上得以验证。孩子的爷爷天天乐颠颠地把新鲜牛奶用冰袋冰着送到医院。

50多天后，晨晨出院了，悬在一家头顶上那块石头没了。孩子各项检查正常，看来民间说法就是颠扑不破的真理。

家像一条船，本该在静好的岁月顺流而下，晨晨渐渐长大，上学读书，成家立业。他家的这条船却触了礁。2020年春节，张伟超早出晚归跑出租，张国平先是发现孙子有点不对头，吃东西没有食欲，好不容易喂几口就嚷嚷肚子痛，把他抱起来觉得轻了许多，瘦得几乎可以摸得到骨头，走路一个劲嚷着脚痛。

“宝宝不会掺假，他说痛，那就是痛了。”张国平说。他从来不叫孙子为晨晨，只叫“宝宝”。

张伟超赶紧把宝宝送到江西省儿童医院，B超显示，他的肾脏长了个肿瘤。静好的岁月掀起狂澜，一家人决定到最好的医院去治，他们将宝宝送进复旦大学附属儿科医院，确诊为腹膜后尤文氏肉瘤。

“已是Ⅳ期，侵袭到肾脏等部位，生存率只有20%。如果不做手术不做放化疗，只有两三个月生存期。”见惯生死的医生低着头说，也许是不忍去对视患儿父亲充满希冀的目光。

“很突然，当时真的比较绝望，不甘心，又不能看着这么大的小孩子不管，就是舍不得，不甘心。”回忆当时情景时，张伟超说。家里很多长辈说这个病是个无底洞，你不要带他到上海，在南昌治会省很多钱，光吃喝就省掉很多钱。

“上海的医院要比我们江西的高级得多，给他选择最好的医院，用最好的药。”张国平书读得不多，初中毕业到东北、西北等地做过小生意，见多识广，头脑清晰，有决断力。“我想我们要为孩子选择，对不对？”在采访时，张国平说。

[1] 七活八不活：怀孕一旦早产，七个月分娩的早产新生儿能活，而八个月的早产新生儿反而不易活，是民间广泛流传着的一种说法。

孩子的肿瘤比较大，医生说要先化疗，将它缩小再做手术。宝宝开始了21天一个疗程的化疗。这像一场恶战，歼灭癌细胞的同时白细胞也大减，致使免疫力与抵抗力降低。怕宝宝感染，张伟超和父亲在医院附近花2800元租一间电梯楼住了下来。宝宝到上海后只有两个频道，一是住院化疗，二是回出租屋调养。不仅他们的宝宝，多数患儿也都这样。

住在医院里，家属会讨论孩子的病情。张国平说："我从来不去讨论这个病将来怎么样，在救治孩子这个事情上，只要认定我都一直向前。"

孩子进了医院，钱就像漏桶里的水，哗哗一个劲往外流，流得让人心惊胆战，不知所措。这是没办法的，犹如一场较量，跷跷板的一端是孩子的性命，另一端是钱。钱重了，性命就上去了；钱轻了，性命就下去了。钱没了，就得眼看着孩子离去。

没过多久，就砸光了给张伟超弟弟结婚的钱。再没有进项，不要说给宝宝治病，在上海立足都困难了。张国平对他们说："一家人都守在这儿没有意义，打这场硬仗没钱不行。"他动员全家人想法赚钱。

宝宝的奶奶回南昌当了月嫂，月赚七八千元；宝宝的妈妈到南昌一家服装厂打工，月赚三四千元。张国平不能离开，他是主心骨，张伟超也不能走，他在医院附近送快递。后来觉得快递的工作时间长，还不能缺班，改做外卖。

"我看到人家做外卖，不知道好不好送。"做外卖前，他犹豫不决地对父亲说。

"你就去送，不管好不好送，能送一个是一个，现在不是选择，而是必须去送。"张国平果断地说。

宝宝每个月都住院化疗，然后出院回到出租屋调理半个月，不过要经常跑门诊，做检查。平时张国平照顾宝宝没问题，去医院就得张伟超搭把手。

张伟超做的是专送，站点离家和医院都近。上班的前一天，站长给他讲了讲怎么跑单，怎么样的薪资，有哪些奖惩。2020年7月1日，张伟超开始跑单了。有站长和调度的指导，加上多年开出租车的经验，他上手很快，第一个月就赚了 6000 元，对老外卖员来说不算多，对刚入职的菜鸟来说已经算很高了。接下来两个月，他就追上老外卖员，赚到七八千元、八九千元了。站长不得不对这个总是笑眯眯的、能吃苦的新人刮目相看。

化疗两个多月，宝宝的肿瘤缩小到原来的三分之一。2020 年 8 月下旬，医生给他做了手术，摘除了肿瘤和左肾。接着上午化疗，下午放疗。这种治疗“杀敌三千，自损八百”。

“根本就没有停过，血相好一点，你要去放疗，身体好一点，你要去化疗。骨髓抑制，白细胞低得吓人，天天打升白针，一天两针，有时候一天三针，空气稍微有点污染，就会感染，那会要命的。”采访时，张伟超的语气里透着心痛。

“放疗选的是 6000 块（一次）的托姆刀，整个上海只有一台机器，说是对小孩子的内脏损伤小一点。我们也没有办法了，治疗到这种地步了，大夫说这个东西好，我们就直接选了它。”张国平对我说。

医院里也有“阶层”。花 800 元可以住高级病房，一个病人一间，独立洗手间，配有沙发、电冰箱和电视机。宝宝住的是 6 人间，床位费加上家长陪护加床费每天 180 元，病房里患儿加陪护的家长有十多人，拉道布帘就算独立空间。

宝宝吃不下饭，有时好不容易吃一点，又都吐了出来。营养跟不上，血象和白细胞升不上去，放疗化疗被迫停止。张伟超就羡慕同病房的孩子，有的做十几次放疗化疗都没事，宝宝怎么做三两次就不行了呢？要补血，还要补高浓度营养剂。

医生说，间隔时间过长，疗效差。张伟超他们父子为难了，赶紧做吧，又怕孩子承受不住。

“小孩经历得多，其实心理上是有创伤的。他的眼睛看着你，知道你在想什么。”张伟超说，孩子知道医生来了要干吗，护士来了要干吗，每次要做什么检查，他的那双眼睛告诉你，他都知道，你骗不了他。

刚进医院时，宝宝只有三岁多，拍 CT（电子计算机断层扫描）时怕他乱动，医生就给他打催眠针，他在爷爷的怀里睡着了，可是一放到仪器旁，他就惊醒了，哇哇哭起来。后来，他明白了，知道拍CT不痛，乖乖让推进仪器上。打升白针，验血次数多了，每次扎手指，他就看着护士扎，哭都不哭一声了。

张国平一边心疼宝宝，一边心疼儿子，“上海这个地方整天刮风下雨，你在外面跑，裤子都是湿的，衣服换了一套又一套，越是天气不好，外卖还越多，人们都不愿意出来。”

我问他，下雨天会不会惦记儿子，他说：“惦记，是这样一种惦记，就是心里很纠结，希望他早点回来，不要干了，很危险。一想这是他在上海唯一的来钱途径……”他的话里充满了无奈。

宝宝不化疗放疗，张国平早晨就去菜场买菜，回来做好早餐，张伟超起床吃了就去送外卖。有时他跑半路电瓶没电了，回到楼下就给父亲打电话。张国平赶紧抱着电瓶下去，他知道超时要罚款。张伟超通常跑到下午2点回来吃午饭，张国平就掐着点儿，1点多钟把米下锅，把电饭锅插上，张伟超进家前十来分钟开始烧菜，等他进门时饭菜都好了。

“我这大儿子很温顺，对宝宝也从来不乱发脾气，他的性格很稳重。他这年纪不大也不小，有的在他这个年纪还没有结婚，还是个小孩子呢。”

张国平对儿子充满疼爱。他知道儿子在外边受了委屈，回到家也不会跟他说。

钱难赚，千真万确。一次，天下着小雨，客户电话催单，张伟超距他仅一公里。他跟客户解释，我把手里这几单送了就过去，请稍等一下。当他赶到那位客户楼下时，已超时十几分钟，客人恼然取消订单。他顿时感到浑身绵软，拎着餐盒站在雨中，订单取消了，要罚50元。宝宝住院的床费每天180元，这等于没了将近三分之一的床费。雨似乎大了，犹如为他哭泣。他仰起头，让苍天的泪落在脸上。他就那么站了几分钟，他告诉自己站下去是没用的，得想办法把失去的三分之一床费赚回来。

“我不会跟陌生人说我的小孩病了，我很不容易，让人家可怜我干吗？”

他也不会跟客户吵架，把心里的委屈发泄出去，只能接着跑单。我突然想起一则新闻，一个上海外卖小哥，也是孩子生病住进医院。一天深夜，有位客户给了他一个差评，他蹲街灯下放声恸哭。

我问张伟超：“你有没有像他那样的时候？”

他想了一下：“我可能没有，我也看到过那则新闻，比较委屈嘛，心态崩了嘛。”

我问他，跑外卖跟开出租车哪个更辛苦？

“都差不多吧，都是多劳多得。辛苦的方式不一样，开出租坐在车里，风吹不着雨淋不着，跑外卖风吹雨淋。”他想了想，补充道，“开了好几年出租车，腰酸背痛。我感觉还是送外卖吧，跑外卖我瘦了 30 来斤。胖的时候 192 斤，现在 160 斤了，再跑下去，我可能还会瘦一点。”说着说着，他笑了。

2021 年春节，他们一家人是在上海过的。张伟超没有休息，要赚儿子的救命钱。儿子住院时，他一个月赚的钱打进医院的收费系统，多则三四天，少则一两天就没了。春节补助多，他要趁机多赚点。他那个月赚了一万多元。

2021 年 7 月，宝宝感染了支气管炎，合并重度肺炎，被推进 ICU（重症加强护理病房）急救。宝宝以为又要推他去做手术，挣脱护工的手臂，从推车爬起来，边哭边号：“爷爷”“爸爸”，叫得伟超父子心都碎了。

宝宝被送进 ICU，病危通知书像落叶飘来，这字难签啊，相当于宝宝的生命合同。外卖不送了，张伟超父子从早到晚守在 ICU 门外，有医生和护士出来他们就打听：“宝宝听不听话？”

“孩子很乖。”

他们不相信，宝宝生病后被宠得“无法无天”，怎么可能乖呢？不过，又一想宝宝胆小，见到陌生人就害怕，害怕时也许会很乖。想到宝宝那么小就独自躺在 ICU 里，除了打针就是吃药，身边连个亲人也没有，肯定会害怕的。

他会不会哭着找爷爷和爸爸？想到这些，他们的眼泪就要下来了。

孩子进 ICU 后，医疗费像海啸似的扑了过来，有时候一天要交三四万元。交完这笔，张国平就得张罗下一笔，挖空心思地想找谁去借。

“收费是电脑控制的，跟它没有人情好讲。没有钱，不用撵你出院，药断了，你自己就得出院。”采访中，张国平说。

宝宝住院久了，张国平跟主管医生和护士也稔熟了，实在交不上钱，他们就想办法帮忙拖半天，“电脑最多允许你欠一下午。”到时候还交不上，医生或护士就会帮着交点儿钱，先把药拿出来，不让治疗中断。等张国平父子筹到钱再还给医生和护士。

“在那种情况，一分钱都是好的。一分钱难倒英雄汉，就是这个意思。”张国平说。

宝宝创造了奇迹，一个月后挣脱了魔爪，出了 ICU。见到爷爷和爸爸时，他双眼噙满泪水，小嘴委屈地一撅，眼泪就下来了。

宝宝住了 27 次院，医保报销一部分，家里要承担 50 多万元。站长不知道张伟超有个患重症的孩子，只知道他时常请假。站长想，这位老实厚道的年轻人要请假肯定有什么迫不得已的事，也没为难过他。宝宝住进 ICU 那个月，他不能上班，只得跟站长讲明了情况。站长知道后，对他蛮照顾，晨会都给他免了。孩子有事允许他随时下线去医院照顾。孩子出院了，他就疯狂地跑单。

2020 年 8 月，张伟超在饿了么 App 上看到饿了么成立“蓝骑士基金”的消息，说外卖员或直系亲属患大病，自费超过 20 万元的，可以申请救助。他就在网上递交了申请。第一次被打回来，理由是 2020 年 6 月后生病的才具备救助资格。张伟超解释说，虽然是之前生病，现在还在治疗中，最后基金会救助了五万元钱。

同一个站点的一位小哥得知张伟超得到救助的消息向他讨教，原来这位小哥的五岁女儿患了复发率极高的神经母氏淋巴瘤，也是从外地来上海看病。他也像张伟超这样边给孩子治病边送外卖。

2021年11月，在完成第15次化疗、25次放疗后，宝宝的病情进一步恶化，已吞咽不下东西，吃了就吐。宝宝跟爸爸说："怎么办啊，我太难受了，叫医生来啊。"有时他用哭闹表达自己的难受。张伟超只得把儿子抱在怀里，哄劝着，安慰着，做父亲的还能怎么办？孩子吃不下，他照样细心地把粥煮了，菜切得细细的。每天见儿子备受折磨，他就想如果我能替儿子受罪就好了。

医生检查后诊断为肿瘤侵犯造成的食管狭窄，要动手术，将食管切掉一截，重新缝合，手术的风险很大，宝宝血小板就很低，身体又弱得像一株瑟瑟的枯苇。

张伟超问医生，手术后会怎么样？医生说，现在还在化疗中，肿瘤继续转移，已转移到腹膜、胃、骨等各个部位，这说明放化疗对癌细胞失去了遏制作用。气管手术即便成功了，癌细胞也会继续在身体的其他地方疯狂繁殖。

张伟超父子决定放弃手术。一年多前，张国平抱着孙子去上海时说："把我宝宝这个病治好了，我就圆满了，吃再多的苦也值了。我只有这个条件，带他到上海治疗，没有能力带他去国外治疗。"

"我们现在无能为力啊，整个心都空荡荡，空荡荡的。"张国平的话里有种说不出的悲凉。

2021年11月23日，张伟超为儿子办理了出院手续，黯然离开上海，回到阔别20多个月的南昌老家。

后来，他听说上海有一个中医治疗肿瘤很有名气，甚至能起死回生，不过一个星期只看半天病，他的号很难挂，一放出来就被一抢而光，张伟超抢了几次都没抢到。

他说，只要抢到号就带着儿子重返上海。哪怕有一丝希望，也不会放弃。

"回上海怎么办？"

"还是边做外卖边给孩子看病。舍不得，也不可能放弃。"

这是作为父亲的坚持，即便屡战屡败也要不屈不挠地打到底，只有死磕，没退路。

3 为救妹妹，她放弃了考研

为救妹妹，她放弃了考研，跑一单赚五元钱。在一个雪夜，她骑着电动车摔倒在雪地，号啕大哭。

我是通过《河南商报》的一篇报道发现美团外卖员赵盈盈的，报道提示：“如果你们被这对姐妹的情谊感动了，想帮一帮她们，请拨打：187……”

2020 年 5 月，我拨通这个号码。

“我是赵 ××。”一个清脆爽朗的女孩声音传来。

令我惊喜的是报道已过去一年多，居然找到了她。

当初，妹妹患白血病，她放弃了考研，做了外卖，为妹妹赚救命钱……

对于采访，她有点顾虑，说妹妹已复课，再报道会不会影响妹妹的学习与生活。她还说：“好多人之前帮助过我，我现在换了新环境，不想让同事对我怀有同情或是干啥……”

不过，她同意以化名写下这一真实的故事。我姑且将她化名为盈盈，将妹妹化名为芊芊。

盈盈家在河南周口的农村，他们姐弟四人，她是老大。父母没读过什么书，父亲在村里的铸铁厂打工，母亲患病在家。盈盈生于 1993 年，芊芊生于 1995 年。姐俩性格迥异，盈盈大大咧咧，妹妹内向寡言，小时都是盈盈罩着芊芊。“对我妹，我有一种养女儿的感觉。她特别没本事，遇到人都不会主动打招呼的那种。”采访中，她说。

她们的小学是在村小读的，中学是在镇上。刚住校时，芊芊连饭都吃不上，到食堂打饭时见大家争抢，她端着饭盒站在角落，不敢上前。“我妹有时候会饿哭。”盈盈从另一所中学转过来，妹妹才能吃得上饱饭。姐俩晚上挤在一张床上睡觉，“少占一张床，也能省一点儿钱”。

姐妹俩像双胞胎，一样的身高：1.62 米；一样的体重：55 公斤，一样的胖瘦。有时去买衣服，她让妹妹砍价：“你砍亏了也没关系。”妹妹却不敢砍。她的朋友多，妹妹的朋友少，她跟朋友聚会就带上妹妹。渐渐地，妹妹也变得开朗了一些。

第一年高考，她的成绩不理想。第二年，她和芊芊一起考入河南理工大学，却没分到一起，她在郑州校区，妹妹在焦作校区。入学后，她们都“可着劲儿地学，想多拿奖学金，多拿奖学金生活费就可以不向家里要了”。

她还勤工俭学，去餐厅卖饭，到绿博园搞促销，在商场发传单，寒暑假去电子厂给手机贴膜，那个月赚了 5000 多元。妹妹也和同学一起做兼职，她不让，放寒暑假就催妹妹回家。

“我这个妹妹特别单纯，特别没脑子。”她说起妹妹，满嘴的“恨铁不成钢”，“我整天说她，你能不能长点心眼。”一次，妹妹从焦作去郑州看她，中途在服务区上厕所，出来时大巴开走了，把她丢在了服务区。

“妹妹比我优秀多了，考取了会计证、教师资格证，驾照考到科三，那年她也在准备考研……她是很上进的孩子，学习比我踏实，我的杂事太多，想的东西也太多。她静下心来干啥事都特别容易成功。”

可是，妹妹却出事了。暑期，盈盈在校复习考研，没有回家。她的专业课成绩在班里第一，老师认为她考取研究生大有希望。

“你的同学中，有没有认识郑州大学第一附属医院医生的？”一天，爸爸突然来电话问。

“咋啦？”

“没咋，咱家有个亲戚有点儿不舒服。”

爸爸的语气不大自然，他对盈盈从来报喜不报忧，怕影响她学习。

她发微信给妹妹：“咱家有个亲戚生病了？”

妹妹放假就回家了，应该知道。妹妹却没回复，她感到有种莫名地不安，又打电话问爷爷。爷爷被问急了：“你妹得了白血病。”

犹如晴天霹雳，她的泪水一下奔流了。会不会误诊？为什么是善良得连虫子都怕踩死的芊芊，怎么会得这么残酷的病？

她急忙跑到医院去看妹妹，见芊芊像被霜打了似的，脸色泛黄，嘴唇发白，眼神怯怯的，像只小兔子……父母在农村待了大半辈子，进了医院哪儿都找不到，连自己在几号楼，哪个楼层都搞不清，这怎么能行，盈盈放弃了考研，到医院护理妹妹。

辅导员替她惋惜：“以你的成绩即便考不了学硕，考个专硕不成问题。”

她说：“考研以后还能考，妹妹只有一个。”

医生说，芊芊需要做骨髓移植，让家里准备 50 万元。

50 万元对豫东南的农家来说近乎天文数字。可是，这是救命钱，就是知道筹不上也得硬筹！父亲把家里的余粮卖了。玉米晒在屋顶上，要用吊机吊下来。父亲上房装筐，母亲在地下接着。母亲见从屋上掉了一个小东西，“是啥？”她低头一瞧，吓坏了，那是一截手指头。父亲的手指不小心打到吊机的滑轮上，被剪掉了。父亲见血涌出来，一下就晕了。他晕血。

母亲找来爷爷和叔叔，赶紧借车把父亲送到当地的医院。医生说，还好，来晚了就接不上了。父亲沉默片刻，“不接了。我也这么大年纪少截手指没事儿。”

他怕花钱，卖粮食的钱还不够接手指的。他要用那钱救女儿。

2018 年 2 月 15 日，妹妹和父亲被推进手术室，进行造血干细胞移植。配型时，盈盈、三妹和弟弟都没配成功，父亲却成功了。芊芊出移植仓时，已经是 4 月了。医药费一天要几万元，天天跑去交钱，盈盈说“交钱交到麻木”。

出院后，他们在医院附近租了一间50平方米的两室的房子，月租金2500元。芊芊免疫力低，要自己住一间；盈盈和父母住一间，她在父母的床边打地铺。

芊芊前后花了100多万元，扣除医保报销部分，他家欠下50多万元外债。这还没完，芊芊还要服抗排异药物，做各种检查，每月要两万多元。父亲干不了重活，只能在工地看看东西。三妹马上要高考，弟弟也在读书。盈盈临近毕业，想找一份工作，又怕没人陪妹妹去医院。

一次陪妹妹去医院检查时，见一位外卖小哥给病人送餐。她心一动，跟到街上，问小哥：送外卖这差事咋样？

“收入还行，一个月几千元，够一家人吃个饭啥的。”

她找到美团大卫城的站点，站长说：“这份工作很苦，站里六七十个小哥，没一个女的。”

不仅他们站点没有女的，附近六个站点，几百号外卖员，没有一个女的。

站长怕她坚持不下来，另外还有点儿惋惜：一个大学毕业生，做外卖实在可惜。

她说：“我可以做。”

站长打量一下，她圆圆的脸蛋，红扑扑的。他也许想，这个女孩没准真行。

她在站点租了一辆电动车，每月付399元租金。上岗之后，她才知道自己要跑的是老外卖员都打怵的商圈——郑州丹尼斯大卫城。大卫城地处郑州市最繁华地段，周边有郑州火车站、长途汽车中心站，日均客流量超过百万人次。

外卖员取餐送餐，在地下一层到地上12层之间奔波。这所著名的商城内部配有108部扶梯，45部升降梯，像中国绝大部分高端商城一样，规定外卖员只能乘坐货梯。

外卖小哥愤然说：“这是一种职业歧视，认为我们拎着外卖有损于他们高端商城形象。”

“也许是怕餐洒了，洒到电梯间，或是洒到客人身上不好。”盈盈的解释比较“善良”，也不乏客观。

午晚餐高峰期时，货梯前排满蓝衫、黄衫的外卖小哥，赶上商场搬运货物或运送垃圾时，一个楼层就要停留许久。盈盈他们只得协作，你帮我取四楼的，我帮你拿12楼的。

不协作不行，系统派的两单有时候一单在12楼，一单在负一层，等电梯二三十分钟，超时不说，一个午高峰跑不了几单，这外卖还咋干？也有合作不了的时候，你的餐取好了，他的餐没做出来，怎么办？只好拎自己的赶紧走。

盈盈宁愿爬楼梯，也不坐货梯，等不及。她爬得两个膝盖痛，小时候膝盖冻伤过，劳累了或天气不好就痛。“外卖不大适合我，但又不得不做。”

取了餐，开始时路线不熟，有一单送时尚PARTY小区，绕来绕去怎么都找不着，导航把她送到附近的金桥宾馆。让她匪夷所思的是，还有客户指定她送到地铁站内。刚开始系统给她派单派得太多，她对App不了解，派几单就跑几单，“也不知道打电话给后台调单，把自己搞得可累了”。

11月份的郑州已经开始冷了，“刚开始跑那两天，每天回到家里都累得不想动”。

盈盈最怕的是送奶茶、果茶之类的饮料，压缩膜封口还好，盖子盖上的就得万分小心，放在车后面的外卖箱里，不小心就弄洒了。她赔的第一单就是两杯果茶，赔了58元。送一单赚五元，50元够她跑大半天。

“客人若是打电话投诉了，要罚200元。”她说。

一次，她在大卫城的11层取了“胖哥俩”的两单。手里还有几个奶茶单，在负一层。她掂了掂沉重的餐盒，没法再拎奶茶了，奔到商场外面，将“胖哥俩”放进外卖箱，小心锁好。附近有流浪汉，专门偷外卖箱里的餐，站点有好几个小哥吃了亏了。她为此买了一把小锁头。

按商场规定，外卖员的电动车只能放在卖场门口的规定区域，赶上周末或节假日，商场客人特别多，外卖小哥取餐回来，发现电动车被共享单车堵死在里面。

旁边也有收费停车场，哪个外卖小哥舍得花钱？就冒险放在路边，有时取完餐回来电动车不见了，被城管拖走了。站长跟商场沟通后，送餐高峰期允许电动车临时停在负一层电梯出口处。她的车就停在那里。

“盈盈，你的外卖箱怎么不见了？被城管拿了吧？”群里有人呼她。站点就她一个女性，小哥们都挺照顾的，她有时接了特别不好送的单子，就有人主动跟站长说，把单子调派了，他们帮着送。

她飞奔出去，她的外卖箱果然不见了。那两单“胖哥俩”要赔几百元，冷汗当时就下来了，赶紧打电话向站长求救。站长颇有经验，先跟两个顾客沟通：你们的餐被城管拿走了，正在联系商家重新做，可能要晚一点送到。稳住了客人，再赶往商城，这时盈盈已追上城管，一番交涉后，交了“乱停乱放”罚款，她才抱着“胖哥俩”上路。

一天晚上遇到暴雨天气，这种天气路况危险，容易超时，跑众包的老江湖见天气恶劣，早早就关掉系统回家休息了。盈盈还有三单没送出去，暴雨天气爆单，商家出餐晚，耽误了一点时间。她逆着风雨往前骑，手机响起，只好停下车子接电话。一个点了米线的姑娘打来电话：“米线到底什么时候到？”

采访时，盈盈说：“送外卖看似简单，没有做过的理解不了。送外卖的过程中精神高度紧绷，要动脑子规划路线，要做到不洒餐，要以最快的速度送出去，要讲求节奏，有时一个出餐慢，一个催单的电话，就会打乱骑手的节奏，导致超时。”

这姑娘已是第三次来电话催单了。

盈盈说：“天气不好，不敢骑太快，可能会迟一点。”

姑娘很恼火：“久了就凉了，还怎么吃？我要取消订单了。”声音极不耐烦。

盈盈说：“对不起，我尽量快点送过去。请您稍等。”

手里的一单本来比较近，盈盈没去送，专门去送这单米线。

我采访时，老骑手为应对雨雪天气，专门给车子买防滑轮胎，比较贵，但安全。盈盈的电动车是租的，不可能装防滑轮胎。车子特别轻，地面稍有点积水就会飘。转弯处车身微微倾斜，偏偏道路在路灯下闪着微微的光亮，盈盈心说一句不好，车子已冲过去，“哐”一声车子倒了，盈盈一屁股坐在水坑里。她爬起来，不顾身上的疼痛，扶起车子，查看外卖箱……

我采访的外卖小哥都说，跌倒后第一反应是看外卖有没有洒。盈盈的眼泪都要下来了：米线的汤洒出来了。

“米线凉了，汤洒了，你让我怎么吃？”点米线的姑娘对比自己还小几岁的满身雨水和泥水的盈盈叫道。

“对不起，是我的责任，这一餐我赔钱。米线或者您热热吃，或者扔了吧。”盈盈微微鞠躬，诚恳道歉。

“我赔您钱，请您不要给我差评。”一份米线十几元，一个差评 50 元。盈盈想着病床上的妹妹，想着每个月两万元的救命钱，她求这位姑娘。

姑娘答应不给她差评，让她舒了一口气。

她急忙拖着湿淋淋的身子去送最后一单——“胖哥俩”的鸡公煲，一份 128 元，幸而盖子比较严实，摔倒时溢出的汤不多。这一单和那单米线都是大卫城的，比较贵。

菜凉透了，已超时 50 多分钟。她战战兢兢地打通了客人的电话。

“别急，晚一点没事，雨天路滑，千万小心。”也是个女性，她关切地说。

接餐的是个小女孩，十二三岁的样子，说餐是妈妈点的。

“谢谢阿姨，您辛苦了，您稍等。”女孩说完转身进屋。

出来时，手里捧着两袋牛奶：“妈妈让我给您的，天晚了，又这么冷，喝袋牛奶暖暖身子。”盈盈接过来，牛奶是热的。她的心瞬间就暖了。

回到家中，已是深夜 12 点多了。盈盈用力拔下灌满了水的帆布夹棉鞋，是双旧鞋，鞋底断裂了。脱下袜子，冰冷的双脚被雨水泡得发白，轻轻一搓，皮就脱落了。她找出一套干爽的内衣换上，发现晚上那一跤，在右腿留下青紫的伤痕。“幸而没有大碍，不影响明天跑单。”她松了口气。

第三天，她的 App 上出现一个差评，点米线的姑娘给的。“她当时跟我说好了，不给我差评。这人为什么说话不算数呢？”盈盈有点受伤。

“你想一下我们跑一单才五块钱，你一个差评就那俩字，50 块钱，十单就白跑了。”盈盈有点愤愤。

她最多时一天跑 41 单，从上午 9 点跑到晚上 9 点。“晚上回到家，有时候在椅子上一歪就睡着了，饭都不想吃。”

妹妹留意着客厅里的动静，姐姐回来了，她就喊姐姐：“快到床上来，我给你暖暖。”她还在排异期，盈盈哪敢靠近她，整天在外面跑，别再把病毒带给她。

见姐姐不过来，芊芊又叫：“我俩趴门口唠唠。”

盈盈就趴在门口，姐妹俩一个门里一个门外，聊上一阵。芊芊心疼姐姐，专业书已经复习一半了，为了自己放弃了考研，赶上雨雪天气，姐姐回来时手脚都冻僵了。她说：“中午在外面吃一口，别饿透了下午两三点才回来吃饭，不差那点钱。”

隔着门，盈盈拉着妹妹的手反复看：血管都不行了，瘪了，化疗化的。

她不敢在妹妹面前流泪：“怕对她产生负面影响。”妹妹曾跟她说过，在移植仓的时候，被折磨得承受不了，太痛苦了，她说：“我当时都差点有那样的念头，我还不如就这样死了，不治了。”

“听完很难受，我都不敢看她。事后我就跟她说，你不能放弃。”盈盈跟我描绘那一刻的心情。

芊芊说：“有过那个想法之后，我就觉得对不起你，对不起爸妈。”

病房里有一个病友特别消极，一个人影响了病房的情绪，盈盈特别讨厌她。她就给芊芊讲欧·亨利的名作《最后一片叶子》，告诉芊芊不能失去信心。给她讲看过的一篇文章：两个人同时去医院做检查，有一个人得了癌症，另一个人是健康的，结果取化验单时拿错了。得了癌症的人开开心心地活到老，最后安详死去。拿错化验单的人只活了两年，最后被吓死了。“心态可以决定一个人的命运。”盈盈对芊芊说。

盈盈有时请上半天假，陪芊芊去医院检查，回到家，跟母亲一起陪她玩斗地主。盈盈特别喜欢听妹妹的笑声。

我问盈盈："背着这么多债跑外卖，有没有临近崩溃的时候？"

她想了想："有的。那一次，应该是年后了。"

那天下雪，晚上八九点钟时，她骑着电动车，过一个特别陡的小桥，车骑得特别快。芊芊排异引发症状，又住院了。她想尽快赶到医院陪陪妹妹。走到桥边一块结冰的路面，车子直接就滑倒了，车把摔歪了，她摔出老远，腿磕破了。

坐在冰面上，她大哭，"真就不想爬起来了"。早晨五六点钟她就从家里出来，跑了十几个小时，她太累了。身上穿的厚外套不透气，跑单跑得里面湿透了，坐在雪地上被风一打，瞬间就凉透了。

妹妹生病后，她不敢在家里表现出负面情绪，但她只是一个 20 多岁的姑娘，她没有那么坚强。

"压抑的时间太久了，找到一个发泄口了，直接就迸发出来。"她说。

一位路过的阿姨帮她把车子扶起来，劝她："姑娘你别哭了，你肯定碰到啥难事儿了，这人不可能一辈子都顺顺当当的，你赶紧站起来回家吧。"

"没人劝也就罢了，一劝更崩溃，哭得有点说不出话来。"她说。

后来，妹妹慢慢康复了，站点知道她为救妹妹，放弃考研做外卖，发起一场募捐，附近六个站点的几百个小哥近一半捐了款。

盈盈结束了半年多的外卖生涯，她跑坏三双鞋子，骑行几千公里，最高一个月收入 5000 多元。送外卖是她一生最难忘的经历。

她说，妹妹还不能工作，"毕竟伤了元气，像重生一样。还不如一个刚出生的宝宝，免疫力特别差"。妹妹还在写毕业论文，一天写一点。

她说，她现在跟几个小伙伴做电商，收入不如做外卖。

她说，为救妹妹，她自己的人生轨迹发生了巨大变化，但从未后悔。

第六章

外卖“兄弟连”

42% 的骑手是老骑手引来的，

全国出现许多“老乡带老乡”的“兄弟连”。

1　外卖三兄弟

他把哥哥、弟弟找过来，三兄弟抱团跑单，合租一室，相互照顾，轮流做饭，每人每月寄回家一万多元。

“北京好！回杭州了吗？”

“回来了，萍姐。”

我看着宋北京的回复笑了。亲切的一声“萍姐”，拉近彼此的距离，他的情商很高。

我在两周前跟他联系，偏巧他回安徽老家了，女儿要做个小手术。我翻了一下他的微信信息，个性签名是：“大海无水变沙滩，人无朋友变孤单。”我给这位跟我儿子同龄的小弟画像：擅交际、爱热闹、精力充沛。

宋北京发来定位：杭州市上城区大资福庙前 36 号复兴城市家园。

我按他的提示乘地铁 4 号线，在水澄桥站下车。往外走时，宋北京的短信像燕子一个接一个翩跹而至：

“我马上到。”

“你凉快一下。”

“等会儿我。”

从温度适宜的地铁站爬上来，到地表温度五六十度的大街，桑拿兼烘烤的感觉扑面而来。立秋已过12天，杭州却一点秋高气爽的感觉也没有，还热得很。外卖小哥在饼铛似的路面骑行会是什么体验？还没等我想象出来，穿着蓝色外卖短袖T恤，戴着椭圆形墨镜和蓝口罩，长得敦敦实实的宋北京就立在我的眼前。

“我嗓子哑了。”他声音嘶哑地说。

他昨天刚从老家回来，发现上周小队有四个小哥被投诉，还被封了号，他这个队长也受到了牵连。他把队里17个小哥召集到江边的一棵大榕树下。

“训话训得声音都哑了，早晨还好好的……去我家吧，家里凉快些。”

两年来，我先后采访近百位外卖小哥，从来没人邀请我去家里呢，几天前采访宋北京的两位哥哥，也是在外边采访的。我理解，他们住的是条件极差的出租屋，加上起早贪黑地跑单，又没人帮着打理，那种狼藉和味道可以想象，谁愿意将这样的窝给别人看呢？出于尊重，我也不强求。宋北京这一邀请，让我喜出望外，跨坐到他的电动车后座，还有点美滋滋的。

“这里与西湖区交界。”他指指绿植覆盖的馒头状的山峦，“那边就是西湖。”

他又往身后一指：“那边是宋城。”

他的车技娴熟而剽疾，我双手抓紧后座，唯恐过减速带时被颠下来，那样可就出糗了。

“你这么带人行吗？交警抓住要罚款的。”

“没事，这时候没有交警。”他满不在乎地说，顺手又指了指，“这里是杭州最大的装饰材料市场。”

他骑进复兴城市家园，径直骑到地下自行车库。车库的两侧排满了电动车，墙上有一排插座。他取过一根线，插在车上，熟练地付了费，然后领我上到地面。楼高只有五层，间距较宽，疏于打理的树木下面杂草丛生。“这是老小区，不然没有这么好的绿化。这里的房价很高，三万多元一平方米！”宋北京说。在他看来，这个小区挺不错。

我对房价还是略知一二的，三万多元一平方米真不算高，四五万元都很正常，像武林壹号那种高档楼盘已突破十万元了。宋北京走在前边，要进单元门时，我掏出手机请他停下，想给他拍张照片。他很配合地摘下了墨镜和口罩，头盔下那张脸显得更加圆润了。他浓眉大眼，斜挎饿了么背包，脖子吊着手机，像维和部队似的，有点雄赳赳、气昂昂的帅。

宋北京却没进单元门，而是踩着杂草走到一扇窗子前，翻出一把钥匙，把阳台的门打开。他和两个哥哥合住，把一把钥匙藏在窗户缝里，谁回来谁取。我跟他进了屋，这是群租房，被隔得看不出原来几室几厅了，每扇白色铝门框上都写着房间编号，好像没有编号合租的人就会走错似的，饿了么的蓝色走廊棚顶有只像猫头鹰眼睛似的探头，进门的右手是洗衣、如厕、淋浴多功能间，是两进的，外间有台洗衣机，里间有蹲便，便池旁的纸篓已满满登登，快溢出来了。靠窗一侧是脏兮兮的水池，墙上有一面猫似的花脸镜子，另一侧是电热水器和花洒。

隔出的四五个房间都贴着墙纸，摆放着白色出租专用的衣柜、床、床头柜。宋北京三兄弟的房间最大，月租金 2100 元。

房间里弥漫着男人的气味，像抄家似的凌乱，窗帘邋遢地拉了一半，靠阳台横放一张标配的白床，是宋北京的。挨着顺放一张上下铺单人铁床，下铺拓宽一臂，是他两个哥哥的。铺中间横着个枕头，两床夏被像蛇似的盘蜷着，把衣物、抽纸揽了过去，上铺堆着杂物。

地上乱放着外卖箱、电饭煲、炒勺、装有空瓶的塑料啤酒箱，还有横七竖八的电线，铁床对面两个床头柜并在一起，上边堆放着保温杯、剃须刀、敞口的纸箱、充电的手机、挂面、小纸盒……临阳台门的茶几上摞着没洗的碗筷和三个喝啤酒的玻璃杯，还有一个仰面朝天的锅盖、一把黑色的剪子。阳台上吊着洗过的衣服，鞋架上放着 20 多双运动鞋，墙角堆着乱七八糟的杂物。

宋北京也许意识到这房间没地方坐，把我领到一个小房间。我在一张塌了腰的简易沙发上坐下，这也许是整套房子最整洁的房间，租客刚搬走，看样子已打扫过。宋北京取来两瓶矿泉水，还有两只巨大的梨。“砀山梨，我从老家带来的。”

说罢，他窜了出去，接着传来一阵“哗哗”的水声。再进来时，他换了一件雪白的T恤，刚洗过的头发微微卷曲着，电动剃须刀“嗡嗡”在脸上作业一番后，小脸儿顷刻就光洁了。

我们没聊多大一会儿，老大宋远行、老二宋远杰回来了。他们进门就下厨房做饭，我过去看了一下，兄弟俩配合得很好，一个洗菜，一个切菜，不一会儿青椒掰了，蒜薹切了，很均匀，买的熟肉也切好了。这哥俩个头相当，都穿着饿了么短袖T恤，一个后背写着：“知道网商银行了么，很多饿了么小店靠它开新店。”另一个是：“困了么，上饿了么点咖啡下午茶。”这是两个广告，若当成对白却有点小品的味道，让人忍俊不禁。

今天是老大掌勺，菜炒得很好。兄弟俩说，平时也是老大做饭多。

三兄弟坐在一起，老二跟老三很像，不过看上去比老三憨厚。老大长得比两个弟弟清秀，像个读书人。

他们三兄弟和那两只大梨来自同一产区——安徽砀山。砀山县地处皖、苏、鲁、豫四省七县交界处，两年前还是安徽的17个国家级贫困县之一。砀山县过去有139个贫困村，宋北京家是贫困户。

“（我家）在农村属于最穷的，别人看不起，父母没本事嘛。”说起大哥宋远行找个外地媳妇时，宋北京说。

“怎么最穷，怎么被人看不起，能不能举个例子？”我问。

“那时候很穷，人家扔掉的鞋子，（捡回家）补补缝缝（穿），住的是土房子，吃窝窝头。今天吃上了饭，明天不一定吃得上，就去借，找亲戚借，他们有钱人看不起你……我小时候有一次到人家树上摘桃子吃，人家刚打农药，我中毒了，躺在家里一直吐。我妈要送我去医院，家里一分钱拿不出。我妈找人借了100块钱，这才救了我的命。苦日子熬过来了，真得好好孝敬自己的父母。那时候真的，我们姐弟四个，我父母真的很辛苦的。（现在）我姐快40岁了，我爸66岁了……”

家里穷，1985 年出生的宋远行初二就辍学了，“远行”到上海餐馆跑堂，接着跑快递，后来又跑外卖。2008 年，他到昆山的一家电子工厂打了一年的工，在那儿认识了后来成为他妻子的湖北女孩。她的书读得比他多，高中毕业，表达能力也好，来自荆门市的乡下，是个独生女。她家缺个儿子，想招个上门女婿；他家不差儿子，差的是钱，这门婚姻也许算不上门当户对，却很互补。结婚时，岳父母没跟他要一分钱彩礼，他很感激。他去了她家，她家有三室一厅的农民房，成了他的家。

宋北京初中毕业到昆山的一家电子厂打工，干了八年，从作业员到领班，第六年升到维修技师，不过工资很低，仅有四五千元。他也许从大哥的婚姻中得到启示，也许他那八年为的是等她。这是一位来自河南的女孩，他们相识相爱。他等到了她，没有错过彼此，工厂像把卫星送进轨道的火箭，失去了意义，问题是收入太低，他们双双辞职了。婚后，他们在江苏淮安开了一家水果店。

宋远行说：“老三花了二三十万元，他结婚结得晚，后来彩礼兴得重。我二弟（结婚）花的也不多，几万块钱。”

在他们三兄弟中，最先做外卖的是老二宋远杰。远杰比远行小两岁，比北京大三岁。家像汽车厂，开出来的车都向往“远行”。远杰初中毕业就离开村庄，离开那贫穷的家，从深圳漂泊到上海、昆山、杭州，漂泊的都是经济发达地区。饭店、玩具厂、电子厂、轮胎厂，他都干过。2015 年，他在杭州一家酒店当保安，工余时就到肯德基跑外卖，一单七元，一个月赚一两千元。

一天，在一起做保安的同事跟他商量，有一个叫达达快送[1]的外卖平台，不分远近，跑一单八元，比做保安和肯德基这两份工赚得都多。远杰不差别的，就差钱。老婆给他生了一对双胞胎儿子，这两个儿子把老婆困在了家里，不能工作，他成了全家唯一的赚钱人。他的收入就是家里的“GDP”，要想让在老家的老婆孩子过上好日子，“GDP”就得增速。这两个一心想赚钱的人很快

[1] 达达快送：达达集团旗下本地即时配送平台，以众包为核心运力模式，搭建起由即时配、落地配、个人配构成的全场景服务体系。

就达成一致——辞职，去做达达外卖。

第一个月，远杰赚了万把块钱。当下的万把块钱不算多，但在2015年还是蛮多的，那时在杭州未来科技城那一片可以买下一平方米的楼房。远杰首先想到的是老三，“老三，你那个水果店也不怎么赚钱，不如来杭州跑跑外卖。”

“跑外卖？能赚多少？”宋北京漫不经心地问。

宋北京的水果店生意惨淡，起早贪黑忙下来，一个月才赚五六千元，除去女儿的奶粉钱和两夫妻的开销也就剩不了多少。不过，他好赖不济也是个小老板，怎么可能把送外卖看在眼里。

“一天能挣四五百块。”老二说。

这些年来，他的月收入也就三五千元，在兄弟中，数他挣得少。能日赚四五百元，这让他比哥伦布在海上漂泊70个昼夜发现了新大陆还要兴奋，远杰在几个经济发达城市漂泊十多年才找到这个机会。

“月入过万？不可能！”

宋北京不相信，骑电动车送送外卖就比他的水果店赚的还多？这不是天方夜谭吗？

老二知道他不相信，把自己每天的收入信息发给了老三和大哥远行看。

看来还真是。老三动心了，“还不如跟二哥去跑外卖，可以多挣点钱。卖水果要一家人守在那边，挺累的。”2016年，他把水果店盘了出去，把老婆和女儿送回砀山老家，跑到杭州跟二哥做起了外卖。

他们哥俩合租一间只能放一张双人床的小屋。宋北京最初跑达达，他像西湖里的鱼似的哪儿都跑，跑得越远提成越高，最远的一单20多公里。第一个月，他赚了6000多元，跟开水果店差不多。不过，他很开心，开水果店要夫妻俩忙活，这是他一个人的收入，这么一算等于翻了一番。

老三脑袋灵活，眼睛也活，眼观六路，耳听八方。第二个月就发现蜂鸟众包，不仅可以送餐，还可以跑配送，单价还挺高，一单能赚七元多，而且跑单越多，单价越高，跑到最高级别，一单加好几元。他选择蜂鸟、达达两边跑，那个月赚了一万多元。打工八年来，他头一次赚这么多钱。突破一万元！让他兴奋。他越跑越熟，越跑越顺，每月赚到一万五六千元了。

杭州人多，钱多，好赚。老大宋远行和他老婆也被吸引了过来。他们夫妇跟姐姐在淮安开了七年网店，赚到很多钱，生意好时一天能卖几百件衣服。他们在湖北荆门市置下100多平方米的房产，还买了一辆车，成了让村里人羡慕的“有房有车一族”。可是好景不长，网店的生意越来越差，衣服卖得越来越少，2016年就很难再经营下去了。2017年年初，他们夫妇只好放弃了。

宋远行一头撞在高昂的房租上。房租超过他的想象，稍微像样点的房子就要三四千元、四五千元。初来乍到，钱还没赚着，哪舍得让白花花的银子流出去？即便像宋北京那样月赚一万四五千元也不能那么花。他选择了合租屋内的一间。杭州人实在太厉害了，两室一厅的房子愣是间隔出六七个屋。他租的那间很局促，刚能放一张单人床，月租金要1400元。晚上，他和老婆挤在那张小床上，睡不好觉，早晨起来时像干了一宿活儿似的，打不起精神。

宋远行在杭州两眼一抹黑，哪儿都找不到，进了小区就找不到出去的大门，有时跑一单要耗时一小时，还会超时。一天，下着大雨，他上午10点钟出去，跑到凌晨两三点钟才回家，衣服浇透了，冻得浑身发抖，才跑二三十单。

“刚跑单时，单子下来了就着急，心累，怕送不过来，人家又打电话催你，你急得满头大汗，本来送得不多，没赚到钱，人又急得不得了。你跑熟悉了之后，就没感觉到累了，越跑越轻松，而且能挣到钱了，前面挣不到钱才感觉累。”采访时，远行说。

他不怕吃苦，这种苦做快递时也不是没吃过，受不了的是看着老婆和孩子吃苦。老婆到杭州后吃不好，睡不好，在岳母身边的儿子想妈妈，总哭闹。他想跟老婆回家，可是回荆门上哪去找能赚一万二三千元的事做？回荆门跑外卖一个月也就能赚五六千元，付出跟在杭州一样多。他尽管有房有车，也不能坐吃山空啊，儿子才七八岁，花钱的日子还在后边呢，要参加各种各样的辅导班、补课班，还要读大学，结婚买房；他的父母和岳父母年纪也越来越大，说不上什么时候就病了，没有钱医院都进不去，不拼命赚钱哪行？再看看两个弟弟都干得生龙活虎，一天跑五六十单，一个月赚一万二三千元、一万五六千元的，自己是老大，又做过多年快递，咋也不能认㞞啊。

他把老婆打发了回去，像两个弟弟那样一人在杭州跑单。一两个月后，路跑熟了，小区也跑熟了，单量上去了，他的收入追上了弟弟。

兄弟三人合租一间房子，又像小时候那样住在一个屋檐下，相互照顾，轮流做饭，不仅吃得可口，还省钱，平均每人每天40元钱就够了，这样每人每月都可以寄回家一万多元。

宋北京很知足："外卖这个平台还是不错的，以前在厂里面上班，白班、夜班都有，每天下班都要开会，还会挨批评。（跑单）比在工厂强多了，工厂上班撑死最多五六千块钱，去掉开销，根本剩不了多少钱。虽然外卖属于一种高风险的工作，我们只要注意，只要不闯红灯、不逆行、不违规骑车，下雨的时候不急刹，一般来说没事。家人最牵挂的就是我们的安全，出来打工，家里有老婆孩子，钱挣得少一点还可以再接着挣，身体受伤了，人没了，有钱也没用。非常感谢外卖这个平台，让我这几年挣了不少钱，养活了一家四口。"

宋北京做外卖后，又要了二胎。

宋北京说："挣的钱虽然没有人家做生意挣得多，但是（三兄弟）能天天在一起，能吃得好，父母不用担心。我们也想跟老婆、孩子在一起，但现在没挣多少钱，我们想多挣点钱，回家做点小生意也可以，对吧？"

兄弟仨一起跑单相互还可以照应一下，老三跑到半路车子坏了，给大哥二哥打个电话："你手里单多吗？不多的话帮我送一下，我的车子坏了。"他们就会赶过来帮忙。

"别人不会帮忙吗？"我在采访时问。

"有时候人家手里有单，人家也想多挣点钱。有的人会过来，有的人不一定过来，我们兄弟都会互相帮忙。比如你来不及了，我给你帮忙送一下没事的。"宋北京说。

“除了你们三兄弟之外，有没有把亲戚朋友，或村里人带出来？”我问。

“之前，有叫我堂哥过来，跑了一段时间就回去了。他吃不了这个苦，刚开始跑是很辛苦的，两个月坚持不下来是没法跑的。”远行说。

宋北京说：“老家的人（过来）的话，跑得好的话还好，跑得不好的话，这里说、那里说，也不好。我的一位老乡介绍一个老家的人（来跑外卖），晚上出车祸了，撞到护栏上去了，胸口缝了十几针。如果晚一点送到医院可能就没命了，失血过多。所以尽量不要劝老家的人说干这个行业，这个东西要看他自己的，有的人骑车不注意安全，怎么跑外卖？我那位老乡去医院陪了几天。那个人自愿跟他过来跑的。当时我也说他了，能不介绍就不介绍，介绍人的话，万一出事呢？说实话，这也是意外，谁都不知道这个意外啥时候发生。”

他们三兄弟赚钱最多的是老三，不仅擅长抢单，也很能跑。他虽然不愿意把村里的亲友带出来，却愿意当头儿。

“（社区的）跑外卖的、众包的骑手，我都跟他们聊聊要不要跑优选[1]，工资比他们的平台挣得多，这就是优势。我把这个价格给他们看，跑优选不像众包跑来跑去，我们单子集中，送的地方也集中，工资也比较稳定，只要能吃苦耐劳，一天不要说多了，三四百块钱是有的。”

他先把大哥二哥弄到麾下，再招兵买马一番，一支 18 人的小队就组建起来。他当上骑士长，也就是小队长，每月可以多赚三四千元，这样一来月收入接近两万元。在他们小队，三兄弟是骨干。

带个小队也挺操心，那些小哥大都是二十一二岁的孩子，一人吃饱，全家不饿，没有什么压力，跑单量少，有的三天打鱼两天晒网。宋北京经常把他们集中到江边的树下，给他们讲一下注意事项。这次是有四个人天天不拿表单，还有一个没达标。平台要求高峰时段要工作四个小时，不达标就要扣钱，不仅扣队员的，也要扣队长的。还有提前点送达，被投诉了。有一个顾客地址留错

[1] 优选：从属于众包运力形式。众包骑手中较为稳定，且服务质量优异的骑手，可成为优选骑手。

了，他搬家了，忘改过来，小哥给他放在门口就走了。

“我跟他们讲过，这种情况一定要拍照上传，发个短信，也可联系客人取消订单，不扣钱，虽然白送了，可以免投诉，投诉就亏大了，不仅影响小队的奖励，对我肯定有影响……”宋北京说。

他想在近期再组建两个队，大哥、二哥各带一个队，让他们也多挣点儿钱。

宋远行说：“我们不会管理，社交也不行，不像我老弟，他愿意去挣这个钱。他其实也蛮辛苦的，要负责招人，早上要观察数据，哪个没上线，时时刻刻盯着也挺辛苦的。”

宋远杰也说，我当不了。老三以前当过队长，一次他回家了，让别人代两礼拜队长，回来时人家不给他了。老三适合当队长，他喜欢交朋友，嘴也会说，跟什么人都能聊到一起去。宋北京还建了个路况群，“我们送外卖的路上，比如等红绿灯或者手里没单子的时候，看到路上有事故车，随手拍一下，提供信息给附近的 4S 店，4S 店跟这个车主去谈，要不要走 4S 店的维修保养，谈成了，给我们发个 50 块、100 块的红包。”

跑单虽然赚得不少，可是他们三兄弟还是想经商，老大开过淘宝店，老三开过水果店，老二摆过地摊，卖过小吃。除老大之外，那哥俩没赚到什么钱，这却阻止不了他们经商赚大钱的梦想。

“我们想多挣点钱，回家做点小生意。”北京说。

“你们三个人碰到事情，谁拿主意？”

北京说：“都听老大的。”

“比如说啥事？”

“比如家里有什么事，我们都听老大的，给父母打钱，他说打多少，我们就打多少。”

2018 年，有段时间跑单收入下滑，过去一单七元多，降到了四元多，收入少了将近一半。远行在市场调研一番说，做烧烤比较赚钱。两个弟弟都认为老大聪明、有头脑、办事稳重，都听他的。于是，三兄弟投资 12 万元，在萧山开了一家烧烤加盟店。

没想到他们刚开业，附近一下又冒出六七家烧烤店，为了竞争，他们每天要付三五百元推广费，再加上铺租，一天累得要死还不赚钱。他们当了一个月的大老板、二老板和三老板之后就退出了，把店转给了别人，拢一下账，不计他们三人收入的话，还好，没亏钱。他们又回去做外卖了。

“对我们普通人来说最挣钱的就是外卖，一个月赚一万多块钱。在厂里还挣不了这么多，加班加点就拿个七八千块钱。”老二远杰说。

“因为家庭条件比较差，所以说做生意吧，也没有太大的魄力，像人家有那股闯劲，敢去打拼。可能跟家里穷有关系，家里人没有做生意的头脑。”老三北京总结说。

“你觉得一路走过来，有没有丧失过什么机会？”采访时，我问他。

“以前应该去做销售，我朋友让我给他卖房子，我说现在不好卖，早几年可以。他和我一起从昆山出来的，他去了上海，我来了杭州。他在上海卖房子，以前是链家，后来是中联地产，再后来是21世纪，当上了店长，卖房子提成很高的，身价应该有100多万元了，卖房子赚的钱。”

“外卖，你们会坚持做吗？”

远行：“看吧，可能还会坚持个两到三年吧，长期跟家人分开也不好。也许再跑两年，家里情况好一点了，回去做点小生意。”

“想做什么小生意呢？”

“我还想做烧烤，不会做外卖，做堂食。”

“你们上次开的店没有堂食吗？”

“没有。做外卖利润有限，推广成本太高了。”

北京说：“不跟两个小孩在一起也不好。两口子不在一起感情会变淡，但没办法，我要多挣点钱，她也不想让我出来，我在家里挣不到多少钱。”

2 我们村儿的“外卖兄弟连”

这村“兄弟连”见面的问候是：“你今天跑多少单？”哥哥是“王者”，弟弟是“王者”，连“我们村儿的”也成了“王者”。

电话一拨就通了，这是2021年7月31日上午9点多钟。

短促的“嘟嘟”声犹如心跳。我想的是会不会遭拒。采访外卖小哥以来，遭拒的次数已超过我30年的记者生涯。

“昨天被客人投诉，封号了。今天有时间。”听完我的简短介绍，胡超超爽快答应了。

谢天谢地！世事真是鬼使神差，谁能想到“一铺养三代”的神话被当初视为聊天“扯淡”的互联网击破，打垮佳能的不是同行尼康，不是索尼，而是20年前跟它连邻居都做不了的手机。做梦也没想到在关键时刻助我一臂之力的居然是封号。我想起一位朋友的口头禅“真没处讲理了”。

据《新时代　新青年：2018年外卖骑手群体研究报告》的数据显示：“42%骑手是老骑手介绍而来，以‘老乡带老乡’的方式在全国形成多个外卖兄弟连。”李荣原来是河北峰峰矿区的煤炭工人，煤矿减产，只好到北京做外卖。他把做外卖的感受与收入告诉过去的工友后，16位工友去了北京，做了外卖。

我本想去北京采访李荣，可是2020年和2021年这个世界实在是不太平，许多国家在新冠下沦陷，中国的疫情不时出现，不断清零。我怕“中彩”，也怕被隔离，只好就地取材。挖地三尺，挖出个胡超超，他可能是“兄弟连”的“连长”，也可能是“指导员”或“副连长”，总之举足轻重。这是我手里有关“兄弟连”采访的唯一“王炸”，不得不谨慎，倘若被拒，还真不知道下一个在哪儿。

外卖小哥都不愿意接受采访。接受采访会耽误跑单，耽误跑单就耽误赚钱，对他们来说赚钱才是硬道理。对此我能理解，人家又不竞选州长，不想提高知名度成为网红，干吗要用赚钱的时间接受你的采访？不过每次被拒都会让我沮丧，半天缓不过劲来。每逢这时我就想，小哥的收入靠一单一单垒起来，他们的日子——孩子的奶粉钱、父母的医药费、房贷月供，以及他在这座城市的吃喝拉撒也都靠这一单一单支撑的。一次采访至少要两三个小时，还要有一两次，甚至十几次、几十次追踪采访或补充采访，这不知要耽误小哥少赚多少钱。杭州的小哥一天往往要跑十几个小时，留给休息的时间极其有限，我实在不忍心再“压榨”他们。我知道他们一天能赚二三百元，或三四百元，有时会按时间支付一些误工补偿。尽管如此，我还是深感歉疚。

下午 2 点，我乘坐地铁 1 号线在文泽路站下来，上到路面，东边是浙江理工大学，西边是杭州电子科技大学，后边是浙江传媒学院。这里既是经济技术开发区，也是高教园区。

我跟胡超超在地铁站旁的肯德基见了面。他 30 岁，身高约 1.7 米，这位“单王”皮肤白净，肚皮微微隆起，不像外卖小哥，反而像在机关单位工作的人。他的笑容有着河南人的淳厚，时不时来一句“我没什么文化，嘴笨”，“我这人不会说话”，不过却很健谈。我来前有点担心，有人说河南男人说话简练，有个相声说一个河南男人半夜听见动静，问：“谁？”

另位河南男人回答：“我！”

“咋？”

“尿。”

倘若如此简练，天底下从事非虚构写作的人都得失业。

胡超超是跑优选，主顾是高校师生。此时正逢暑假，是淡季。他一天也就跑几十单，这点单量跟放假前相比不过是毛毛雨。胡超超说，他一天的最高跑单数185单，最高收入1300多元，让我震惊。我采访的另一个“单王”——黄远义，数次在杭州拿了跑单第一，他的最高跑单纪录是146单。我想胡超超的日单量也许是外卖的珠穆朗玛峰，我为自己遇到一位“大神”而庆幸。

为了防疫，我戴着口罩。可是，不能让“大神”口干舌燥地一路“干聊”，我叫了两杯咖啡，请他到空气流通的外边，站在那里边喝边聊。一位戴眼镜，瘦瘦高高的小哥跑过来跟胡超超打招呼。

“我们村儿的，胡海明，4月才从老家过来。”胡超超说。

我不知道他说的是现在住的村儿，还是他老家那村儿。他来自司马光的家乡——河南省光山县。位于鄂豫皖三省交界地带的光山县，北临淮河，南倚大别山，过去为苏北红区，那是几十年前的事；国家级贫困县，这是近十几年的事，不过几年前摘了帽。

胡超超家那个村儿的官称为椿树岗村。我在网上搜到一条旧闻：“椿树岗村现有贫困户247户、1018人，通过产业带动、行业扶贫，目前已脱贫232户、970人，未脱贫户15户、48人，计划2017年全部脱贫。”全村648户人家，贫困户占38.1%。胡超超家在椿树岗村的青洼自然村，那里30多户人家。

他说，小时家里很穷。穷到什么地步？他说，在他的记忆中，家里总是没钱，别人家父母都会给孩子点零花钱，放学到路边的食杂店买小食品，他和弟弟却没有，只能看着别的孩子吃，既眼馋又自卑。

“别的孩子都买吃的，你肯定也想买点吃的是不是？”胡超超说。

一天清晨，他们哥俩背着书包不肯去上学，伸着小手跟妈妈要零花钱：给五毛钱就行。母亲不给，他们就抗议：你不给钱，我们今天就不上学。妈妈见这还反了不成？气急败坏地抄起棍子就打，兄弟俩抱头鼠窜。最后，回归原点——两手空空地上学去了。

弟弟过生日，姥姥给了十元。天哪，这么多钱！当时一斤猪肉才一块多钱，这相当于七八斤猪肉。哥俩攥着那十元钱，有种暴发户般的感觉，冲进小卖部想吃什么买什么，连价钱都可以不问了。钱像漏桶的水，没折腾几下就所剩无几了。晚上，他们把剩下的两元钱交给为五毛钱拿棍子打他们的老妈。那天，老妈在建筑工地干了一天活。

“你不说，她迟早也会知道。”胡超超说。

看来若不是这样，他们哥俩也许第二天还能挥霍一把。结果，又遭老妈一顿暴打，为的是那花出去的八元钱。

胡超超初二辍学，外出打工赚钱去了。有人说，抱团也是河南人的特点之一。胡超超他们村的人不论做什么都抱团，像非洲的野牛、斑马似的，很少单枪匹马闯荡。胡超超“随团”打了十多年工，没赚到什么钱。

两年前，弟弟胡洋洋在杭州做外卖赚到了钱。还有人说，河南人只要在外发现商机就会在第一时间告诉亲朋好友，让他们赶快来赚钱。胡洋洋把这一“特大喜讯”传回村后，陆续有乡亲拖家带口地过来赚钱，有的常驻杭州，有的像候鸟似的开春过来，秋天回去“充绒[1]”。光山县有 90% 的人从事过充绒，可称之为“中国羽绒之乡”。胡超超他们兄弟俩也跟着村里人做过六七年充绒。充绒季节性很强，仅有秋冬那几个月，春夏是没生意的。

“听说跑外卖一个月能赚七八千块，还有赚一两万块的！”早在 2017 年，妻子就跟胡超超说过。

那年，他们夫妇将两个孩子留给父母，跟胡洋洋、表哥夫妇，以及表哥的邻居胡刚夫妇抱团到杭州打工。“出来的话肯定是一大帮一起，免得在外受欺负。”胡超超说。

这让我想起非洲角马和雄狮，强者独步天下，弱者依赖群体。

胡超超称表哥和胡刚是“我们村儿的”。其实，他们不是一个村的，胡刚

[1] 充绒：给羽绒服填充羽绒，亦指羽绒服的制作与翻新。

他们是三里桥村的，跟椿树岗村相隔数公里。胡超超经常去表哥家玩，也就跟胡刚熟了。胡刚比胡超超大四岁，他是当老板的，十七八岁就做起充绒生意，带着几个人跑遍山东、内蒙古、新疆等地。好年头每年能赚十七八万元，这几年受电商的冲击，充绒越来越难做了，连老板也出来打工了。他们到杭州后，男的做快递，女的进了服装厂。

“快件太多了，好像永远搬不完，机器一转动起来，你要不停地搬（快件），跟机器赛跑，简直要命。”胡刚说。

收入也没有什么吸引力，三四千元、四五千元，他们几个男人没干多久就不干了，进了女人的世界——服装厂。

“天下哪有那种好事，骑个电瓶车，送送外卖，一个月就能赚一万块钱？这种鬼话谁相信？我们在服装厂加班加点地干一个月才赚多少钱？不也就3000多块嘛。”胡超超根本不相信。

他还说，我们千万不能再上当受骗了。上次要不是被警方解救，说不定要在那家黑工厂干一辈子呢。2007年，他辍学后领着弟弟跟光山县60来位农民去河北打工。乘坐大巴到白沟后，年轻力壮的被领走了，胡超超和弟弟，以及三个表哥堂兄被带进一家厂，手机和身份证被搜去。

“中间人把我们卖给这家箱包厂的老板。”胡超超说。

他们被关进工厂里，监工强迫他们没日没夜地劳作，伙食极差，几个凉馒头，一盘腌白菜。他们不干，监工抡起板凳就打。有一天，胡超超他们兄弟愤然反抗，从门外冲进几个大汉。一人挥起铁锹拍在胡超超的脑袋上，血流如注，瞬间染红衣衫。站在一边的弟弟吓傻了，浑身发抖，不知所措。胡超超急了，冲上去，一把夺过铁锹。

“都别动！谁动打死谁！”老板端着一杆鸟枪冲了进来，高声吆喝道。

黑洞洞的枪口对准胡超超他们几人。农村孩子哪见过这阵势？他们吓坏了，任由监工抡起铁棍打。那伙人专挑不打紧的地方打，打胳膊、打腿、打屁股。胡超超的表哥手臂被打得肿得快赶上腰粗，连衣服都穿不进去。

不能再在这个黑工厂待下去了，再待下去命就没了。一天，他们偷偷摸摸地从厂里逃了出去，就在要搭出租车离去时，胡超超发现弟弟没跟出来。他们逃了，弟弟怎么办？

"我们五个嘛，两个是我大伯的儿子，一个是我姨妈儿子，是堂兄弟、表兄弟、亲兄弟。即使是一个村儿的，也不能不管。"胡超超说。

他们没有逃走，又回到了那个黑工厂。

光山县五六十个大小伙子到白沟打工，从此失去音讯，家人担心了，有人报了警。光山县派两位警察前往白沟。老板闻讯慌了，另租一处房子。搬家时，坐在货车上的胡超超把路线悄悄地记了下来。搬第二趟时，来个客人，老板忙着接待。胡超超对表哥说："你去给家里打个电话，让派人来救我们。回来时买点儿吃的，他们问就说去买吃的了。"

警方赶到白沟，旧厂已人去楼空。门卫说，老板带工人去旅游了。警方警告："胡洋洋未满15岁，属未成年人，如违法绑架罪加一等。"最后，老板害怕了，将胡超超等人放了出来，其他人也被解救了出来。

那次被贩卖的经历犹如一团不散的阴影，笼罩在椿树岗村村民的心头，有好长一段时间都不敢外出打工，怕再被贩卖。

对老婆说的能赚七八千元、上万元的外卖，胡超超连想也没想就给否定了。后来，他们在服装厂实在干不下去了。"一看衣服心里面慌慌的，每天都重复那几个动作，你不动机器就不动，你必须一直动，特别辛苦，做久了颈椎、腰椎都完了。"胡刚在采访时说。

他没跟胡超超他们去东莞，而是回家做老本行——充绒了。他跟胡超超他们不一样，对充绒还抱几分幻想，觉得这生意就像养猪似的猫一年狗一年的，往年不好，不等于今年不好。

胡超超在东莞干得不错，很快就当上了组长，工作也不累，就是赚得少，一个月才3000多元，加上老婆的工资，还不到6000元。胡洋洋在东莞没待几天就打道回杭州了，先是进康师傅打工，认识一位兰州籍的女工友，坠入爱河。男人谈了恋爱才知道钱往往跟责任是连在一起，没钱就心有余而力不足，负责就是个空话。他跳槽到德邦快递，收入从四千来元涨到七八千元。他还是觉得少，不够用，又干起“第二职业”——跑外卖。

“哥，不是骗人的，外卖真的挺挣钱的。”跑十来天单，胡洋洋欣然向哥哥报告，并发去跑单收入的截屏。那时做外卖的人少，赚得多，月收入可达一两万元，像胡洋洋这种兼职菜鸟，一天也有一两百、两三百好赚。

当时东莞的外卖不发达，胡超超所在工厂旁边有个卖木桶饭的大排档，中午可以电话订餐，商家派人送。胡超超还没听说过东莞有外卖平台，就是有他也不见得知道。别人的话可以不信，自家弟弟的话哪能不信呢？他心动了，自己比弟弟大三岁，赚的还没有弟弟第二职业赚的一半多，有点儿英雄气短。

不过，他没有马上去杭州做外卖，8 月份他领着老婆回了老家，干了四个月的充绒。2019 年正月十五刚过，他就领着老婆，还有表哥夫妇、胡刚夫妇来到杭州。前一年是充绒的猫年，他们几个都没赚到什么钱，想试着做一下外卖。

弟弟帮胡超超注册了饿了么众包，教他怎么找商家，怎么取餐送餐。一周后。胡超超就单飞了。他虽然跟弟弟跑了一周，轮到单干时还是感觉两眼一抹黑，哪儿都找不到。在他眼里下沙高教园区的每条街道都差不多，分不清这条还是那条。他跟着导航到了商城，“每层都有很多餐馆，你怎么找？”越找不到就越着急，没办法，他只好跟别人打听。

“杭州人挺好的，告诉你在哪里，有时还把你带过去。”

第一单就搞砸了，那是带汤的餐，他放到了车后面的外卖箱。送到客户手里时，汤洒了，他赔了 20 多元。第一天，他赚了 50 多元。接着就是丢餐，被人偷走了。第一个礼拜几乎天天赔钱，“这种你就得赔钱，你不赔钱，平台一扣就是 50 元，所以说没办法，只能赔钱。”

一个礼拜下来，他不仅没挣到钱，每天回到家就像一摊泥，倒在床上就起不来。这么累还不赚钱，不行的话，还得进厂打工。他转念一想，自己要学问没学问，要技术没技术，进厂打工顶多赚五六七千元，外卖却有望收入过万元。抛家舍业的不就是为了赚钱吗？没钱孩子就得像自己小时那样看着别人家孩子吃小食品干眼馋，还会有自卑感。

他劝自己，赚不到钱是暂时的，这有什么啊，不就是搭点时间吗？又不像做买卖损失个几千几万的，就是损失个几千几万的，不也得受着吗？做外卖找不到路有什么？给弟弟打个电话问问不就行了。单送不过来了，让弟弟帮忙送两单。“打仗亲兄弟，上阵父子兵”，这就是兄弟在一起的好处。

“看到弟弟赚钱了，自己才有信心。”他每天早晨跟老二一起出来，晚上一块回去。路上，老二还晒晒单，给他打打气。老二跑单就像水里的鱼，眨眼间就没影了。老二是做兼职的，每天的跑单量比他高。他见老二跑得那么好，怎甘落后？20多年来，都是他罩着老二，现在说什么也不能落在老二身后。

第二个礼拜，他感觉路熟了许多，道顺了，没那么累了，一天能挣一两百元，这份工作做稳了。跑一个来月，附近的商家熟悉了，一条条街，一个个巷子也熟了，跑单量逐渐上升了。

胡超超这边跑单了，胡刚那边还在左思右想，犹犹豫豫。在杭州实在没啥好干的，服装厂不想进，快递也不想做，做外卖么，骑电动车满大街乱窜有点丢份。自己好赖不济也是做过老板的人，年收入十七八万在经济发达地区不算什么，在贫困村也还算得上是个人物，就是在贫困乡也足以让人高看一眼，怎么能像没赚过大钱的人那样满大街跑，给别人送餐呢？而且还得跟顾客说“祝您用餐愉快”呢！

没过多久，老婆不乐意了：“你这天天玩也不是个事儿啊，不说让你挣多少钱，最起码得能养活自己吧？你看哪个人像你这样整天游荡？”老婆越说越气。

他们在杭州，这几家人经常聚餐，胡超超兄弟俩赚多少钱大家都知道。胡刚想想也是，赚钱总比面子重要。人家杭州是准一线城市，他那张初中文凭犹如秋天的落叶，俯拾即是，含金量近乎零。当下只有跑外卖赚得多，还没学历要求。算了，在杭州跑外卖不像在村里，抬头低头都是熟人，再说自己年收入最多也就十七八万，杭城外卖做得好的人一年也能赚那么多。想着也就想通了，他纡尊降贵跑外卖了。

第一次跑外卖通常一次接一两单，先试试水，胡刚却接了三单，也许想不就骑车送个外卖吗，有啥难的？福雷德广场的商家无数，他左打听右打听，好不容易才找到。取了餐，走出来，他的电动车不见了。商场有好几个门，他搞不清自己从哪个门进的，又从哪个门出的。天色将黑未黑，他捧着三盒餐满心的悽伤。绕着商场转几圈，最后总算是找到了电动车，送三单，超时一单。

胡刚也许发现了送餐跟充绒的相似之处，一要熟悉路线，二要熟悉规则。不过，这比做充绒生意容易得多，只要咬牙坚持下去，避免超时和差评，一个月后就会适应。

这时，胡超超已经适应了。他跑了两个多月，看别人拿到的单子多，赚的也多，自己拿到的少，赚的也少，这是为什么？有人告诉他，平台系统根据每人的送单量和积分将外卖小哥分成青铜、白银、黄金、钻石、王者五个等级，等级越高，拿到的单子也越多，同时奖励越高，“有点像打王者荣耀”。

刚入职的菜鸟没等级，胡超超想，要做就做王者。在他跑单两周后，老二离开了德邦快递，专职跑外卖。老二觉得在德邦虽说一个月有七八千元，可那是死工资，做外卖收入跟单量直接挂钩，多跑多得，上不封顶。

他们两兄弟“别着劲儿”地跑，天天跑到凌晨一两点钟才回家，愣是一口气冲上青铜、白银，用一周时间冲上黄金，接着冲上钻石，登上王者。

“说实话，家里面比较穷，多挣一点是一点，加个班，吃点苦无所谓。”对从“跑单小白”到“王者”的跨越，胡超超说得轻描淡写。

老外卖员都不爱跑社区，愿意跑学校。社区的单是这小区两单，那小区三单，另一小区四单，到了小区还要挨家挨户地送，有的小区不让外卖小哥骑电动车进去，怕超时你得跑着进去，跑着上楼下楼，一小时送不了十单，跑学校只要几分钟，一小时能送四五十单。

胡超超却说：“不管什么地方的单，不要好送就送，不好送就不送。有时在那里等你想要的单，一两个小时都等不到，还不如跑一趟，跑一趟就能挣几十块钱，骑个电动车，说白了，就是吹个风，没有什么。（下沙这边的）小区都有电梯。”

有人摸索出平台派单的规律，采取挂单。

“什么是挂单？”我问。

“比如你接 12 个单，你把 12 个单全取了，你输单号输 11 个，留 1 个。你把那 11 个送完，你又回来了，平台又开始给你派单，还是那个方向的。”胡超超解释说。

“问题是你还有一个单没送啊。”

“我给他送去了，跟他说别签收。有好单一挂就挂一天，有时能挂来 100 单，这是技巧。平台不允许挂单，但是说白了，你不允许，我没违规，没超时，比别人还快，有的人说你怎么送这么快，下单还不到几分钟就送到了。你想挂单的话，拿到就要送，别人不挂单肯定要等，不能接一个送一个，要多等几个一起送。我接了几个，拿着就走了。”

“你是咋发现的？”

“刚开始肯定不知道，就跟别人一样，派几个，就拿几个，偶尔出现商家卡餐，不出餐，那也爆单了。没办法，说实话，人家一个小时出一两百单，做不出来。我就拿几个走了，留下几个，把那几个送完回来再取。回来时，发现平台又派了。你不就想到留下一单，让他再派？我就试一下，跑学校的单时留下一个，之后就一个劲儿地给我派那所学校的单了。”

杭州电子科技大学过去是允许外卖小哥骑电动车进校园的。外卖小哥把一位学生撞了，此后学校规定不准外卖小哥骑电动车进校园了。校园很大，有 30 多栋大楼，两条腿跑一圈儿就要几十分钟，送餐岂不超时了？

胡超超哥俩想法儿把一辆旧电动车弄进了校园，一人一把钥匙。送餐时，他们拎餐进校门，骑车送餐，别的小哥还没跑完两幢楼，他们已经送完，出校门了。

有的小区不让穿工装的外卖小哥进去，可是有的顾客要求你必须把餐送到他的手上，而且以你不这样就投诉，或给你差评来要挟。大的小区进去跑一圈儿起码要二三十分钟，能不超时吗？每逢这时，胡超超就把蓝色的外卖箱换成黑色箱子。临近小区门口，他就把工装脱去，换上便装。

“那些小区，你只要不穿外卖工装，不带外卖箱，随便骑。”胡超超说。

遇到平台抽查时，他就赶紧从箱子里掏出工装穿上。

“没有办法，是不是？你穿着工服哪个小区让你进？”胡超超说。

平台有“天排行榜”“月排行榜”，胡超超拿过多次第一名。

“没办法，两个小孩子都上学了，压力比较大，再过个八年十年，压力更大。家里穷就要多挣一点是一点，加个班，吃点苦无所谓。”胡超超说。

胡刚也渐入佳境，已感觉到做外卖的好：门槛不高，只要肯付出辛苦就行，时间可以自己掌握，感觉好就多跑，累了就少跑。跑众包还有一个好处，当天就知道自己赚了多少，2019 年时众包的单价还不低。胡超超兄弟俩时常问对方：“你今天挣了多少？”得知自己赚的超过对方，会感到欢欣鼓舞；发现赚的比对方少，第二天悄悄加把劲儿追上。

随着胡超超他们两兄弟冲进王者，胡刚也发力了。要冲进王者，一个礼拜要跑四五百单，平均每天要跑六七十单，这是很不容易的，他们那一片有四五十个外卖小哥，王者仅三四个人。可是，没过多久，胡刚也冲进了王者。冲进王者很难，保住王者不易，稍一松懈，就会降到钻石、黄金，甚至一降到底。胡超超的两个孩子放暑假来杭州玩了些日子，他的等级就掉了下来。不过，他很快又冲进了王者。他说：“冲上去以后，我基本上每个礼拜都是王者。”

胡刚渐渐发现这座城市的不同。盛夏的正午，胡刚去奥特莱斯那边送餐，杭州的路面像燃烧似的烤人，走到半路上，电动车像罢工的驴子躺平了，他只好打电话跟顾客说：“车子出了故障，你这个单我买了，你再下一个单。实在对不起。”

“你先不要着急，这么热的天，你还没吃饭吧？这个餐你拿着吃。吃完了赶紧去修车，钱不用赔了。”一个声音甜美的年轻女性说。

那一餐20多元，胡刚送一单五元，送五单才能买下这一餐。他特别感动。

在大学城跑单，胡刚说大学生的素质就是高。一次他把餐放到指定位置，离开不到两分钟，接到学生的电话，说餐找不到了。他急忙返回去，见一个学生拎着餐盒跑过来：“哎呀，不好意思，刚才拿错了。”两人相视一笑。

“人家学问高，话也说得好。”采访时，胡刚说。

还有一次，他送了两份餐，是同一家餐馆的，一样的外包装。他把两份餐放在学校的同一个位置，离开不久接到一个女生的电话：“这里有一份餐，餐单上手机号码不是我的。”胡刚说，“那肯定是另一个学生拿错了，我马上回去。”女生说：“不用了，我们自己解决。”她用餐单上的虚拟号码与对方联系，对方也是个女生，连声说：“对不起啊，美女，你的餐被我拿了。”很快就送了回来，俩人交换了一下，也就没事了。

“你说那小女生多聪明，还知道用虚拟号码打过去，还说不好意思，给小哥添麻烦了。”采访时，胡刚赞叹道。

榜样的力量是无穷的。表哥见胡超超月收入过万元了，也离开了康师傅，加入了跑单阵营。“开机器得站着，太累了。”于是，“我们村儿”的“外卖兄弟连”渐渐发展壮大了，他们建了一个微信群，谁找不到取餐送餐的地方，在群里问一声就会有人告诉他；电动车没电了，吆喝一嗓子，在附近的就会送过去一个；受商家或客人欺负了，在群里发泄几句，大家安慰一下，气也就消了。

胡刚却突然卷起铺盖回家了，他的发小在老家县城跑外卖出事了。那位发小当年跟他们一起到杭州打工，后来跟胡超超又去了广东，同吃同住同劳动。后来，他老婆要生小孩回去了。他想在家附近找点儿事做，既可以赚钱，又能照顾老婆孩子。他也许想到胡刚和胡超超都在做外卖，于是买辆电动车，开始在县城跑单。县城的单量少，单价也低，不能像杭州那样月入万儿八千元，赚几千元养家糊口倒是没问题。一天，光山县下大雪，他深夜跑单出了车祸，丢了性命。

父亲本来对胡刚做外卖就有看法，说送外卖冬天又冷又危险，还不如在家做衣服，或者找一个稳定的工作。“人家都能找个好点的班上，你不能也找一个？”难怪父亲这么想，村里很多人都觉得外卖不是正经职业。胡刚跟父亲说，以前在服装厂倒是挺好，风吹不着，雨淋不着，太阳晒不着，还有空调，可是累死累活一个月只能赚五六千元。送外卖虽说辛苦点，时间可以自己掌握。他把工资收入截屏给父亲，一个月八九千元，甚至一万多元，父亲看了说：“这个工资嘛，还行。主要还是一个安全问题。”

见同村的出了车祸，父母打电话把胡刚召了回来。在家不能坐吃山空，他只好带着老婆和三个伙计干起了老本行——去山东临沂充绒。

“那一年太悲凄了。”采访时，胡刚说。

他临行前在老家骑摩托车可能有点快，再加上路滑，摔倒了，脚伤了。他也许在想：怕出车祸放弃在杭州跑外卖，回到家门口却出了车祸。临沂的门店定好了，充绒的用料也备好了，他只好硬着头皮干。在临沂，他既是老板又是伙计，既在前台接活儿，还要裁剪。伤脚不能沾地，他就金鸡独立地站着。累得不行了，把伤脚放在椅子上缓一缓。糟心的是干了好几个月，去掉人吃马喂，没赚到钱。

他开始想念在杭州的日子。“一天跑多少单，赚多少钱，一清二楚。早上顶着晨曦出来，一直干到晚上回家，时间安排得明明白白，感觉特别充实，干得特来劲儿。”2020 年过完春节，他就背着行李回到杭州，花 630 元租一间屋子，又开始跑单了。

2021 年春节前，胡超超开着花 12 万元买的帝豪，拉着老婆回到了村里。“送外卖天天骑电动车，回家过年了，得买个代步的工具。”胡超超说。

胡刚也买了一辆，他买的是长安 CS75plus，花了 13.9 万元。他说买的车是留给老婆用的。他们夫妇有两个孩子，大的是男孩，在读小学五年级，小的是女孩，小学二年级。两个孩子同在县城读书，却不在同一所学校，老婆每天要去两所学校接送孩子很辛苦。另外，河南冬天寒冷，路上结冰，骑电动车接送不安全。

“现在的老师动不动在手机上布置作业，家里不留一个人肯定是不行的。”胡刚说。

胡超超和胡刚都有房，不同的是胡超超的房子在村里，是结婚时父母给盖的。胡刚的房子在县城，是一幢二层楼，300 多平方米。20 多年前，县里鼓励农民进城建房，胡刚的父亲想到自己有两个儿子，农村老宅给了大儿子，小儿子还没房，就在县城批块地，建了那幢房子。胡刚和父母住在一起。

胡洋洋在兰州机场附近买了 100 多平方米的商品房，说那个楼盘是老婆的亲戚开发的，给打了折。胡超超说，弟弟在外地买了房，他若再离开家去外边买房，家里就剩下老爸老妈了。前一年孩子放假时，他把母亲接到杭州，待了十多天。老妈很不适应，总嚷着要回去，说在这边没意思，在老家可以干干活，种种地，在这边就是吃饭睡觉、睡觉吃饭。胡超超说，农村人你让她享清福她是不乐意的。再说家里还有老爸，扔不下，奶奶也还在世。

胡超超两兄弟一个买了车，一个买了房，衣锦还乡，在村里引起轰动。在他们回家前村民就知道他们在城里赚到了钱。他们的老妈有姐妹四个，农村妇女大都爱串门子，爱聊天。有人提起胡超超兄弟俩，她们就说他们在杭州送外卖，每月赚一两万元。村民不知道外卖究竟是个啥，却知道一两万元意味着什么。他们两兄弟一回村，外卖就成了全村谈论的焦点。

“外卖真能赚那么多钱吗？”

“肯定比在厂里打工好，在厂里挣的是死工资，跑外卖多努力一点就多挣一点。做外卖时间还自由，上班自己说了算。”

“在老家的话，要么去工地干，要么进厂打工，要么去充绒。待在家里面，一个月连 1000 块钱都挣不到。”采访时，胡超超说。

他的堂兄弟、表兄弟，干的都是充绒，一年只有四个月的活儿，八个月赋闲在家，正闲得慌。他们被外卖那一个月七八千元、上万元的收入所吸引。其中就有胡海明，就是我第一次采访时在肯德基门口见到的那个高高的、瘦瘦的、戴眼镜的年轻人。胡海明说自己是胡超超的堂哥，胡超超说胡海明不是自己的堂兄弟，也不是表兄弟，按族谱论，他是胡超超的远房堂爷爷。

胡海明比胡超超大三岁，还没成家。初中没毕业就跑到工地上提灰桶子、砌砖，一天赚 20 元。这几年他改做网游陪练，卖号卖东西，一年最多赚几万元。网游对别人来说是娱乐，对胡海明来说是辛苦，游戏一打就是通宵。他说："盯着屏幕看久了，眼睛疼，头疼。电脑还有辐射，房间的空气也不好。"打游戏还要盯牢游戏的发展，他没跟上变化，被淘汰了。他跟胡超超说，过完年把打游戏的装备卖掉就去杭州做外卖。

过完年回杭州时，胡超超的车上多了要做外卖的堂兄堂嫂。刚一出正月，他的表兄弟和老婆的堂兄呼啦啦一群人也赶了过来。4 月份，胡海明把打游戏的装备处理掉了，也赶了过来。

其实，早在一年前家乡就有人投奔过来。

"你在哪？"2020 年 3 月，胡刚的另一个发小在微信中冒出来。

胡刚告诉他在杭州跑外卖，还讲了跑单感受与收入。发小一听跑外卖一天至少赚三百来元，使点劲儿就能挣四百多元，一下就激动了。这位发小跟胡刚同庚，也做过充绒生意，开过加工店，当过老板。春夏两季无绒可充，赋闲在家不仅不赚钱，还要花钱，他有点儿心慌。

"做外卖需要技术含量吗？"毕竟做过衣服，裁剪缝纫都有技术含量，起码要一年半载才能出徒。

"这有什么技术含量？把餐取了，送给顾客就行了。手机上有导航，有地图，没什么难的。"

"要准备些什么？"

"手机、电动车。你想干的话，我这边房子也有。我可以带带你，学学就会了。感觉行的话再租房子，再花钱，钱花出去就回不来了。"

发小真就背着包来了。他很聪明，让胡刚带三两天就单飞了，没多久就能一天赚两三百元。七八月份，又到了充绒季节，他跑回老家充绒了。第二年春天又来了。

老家来人，女的进了服装厂，男的跟着胡超超他们跑外卖。胡超超帮他们花 2000 多元买个电动车架子，再租块电池，给他们下载跑单 App 和专用的导航，装备就齐全了。他把他们领到华元十六街商圈熟悉商家。他说："这边商家好跑一点，不像高沙小区和步行街那边取餐太麻烦。华元的商家都在一楼，商家也少，没事玩的时候就把商家熟悉了。"

"他们过来跑单你也挺操心的。"我问。

"没操多少心，就是帮点儿小忙。领他们取餐送餐，带两天以后，他们基本上就会了。"

说没操多少心，其实也没少操，一位老表取份早餐，送到定位地点，找半天也找不到，只得向胡超超求救。他让老表拍张现场图片发给他，他瞄一眼就知道定位偏了，告诉老表怎么走，很快就找到了。

一天，胡超超早晨刚要出门，电话响了，堂哥声音沙哑而颤抖地说："出车祸了。"

跑单最怕就是出车祸，胡超超的心也许像挂在树枝的桃子掉了下来，落入河底。"别着急，慢慢说。"

原来，堂哥离家不远，经过一片农田时，前边骑电动车的农妇突然来个右转弯，堂哥没刹住车，撞了上去，两人都摔倒在地，衣服擦破了，皮肤擦伤。

"怎么处理嘛？"堂哥说：

胡超超："打电话报警，警察就会处理的。"

他放下电话就赶了过去。他最担心的是那位农妇已年过半百，堂哥被讹上就麻烦了。她是当地人，堂兄是外来的。

两年前，弟弟骑电动车直行，前面的电动车突然急刹，他撞了上去，把那女人的腿撞了一下。他提出和解，赔 500 元。那时，他们哥俩正在冲级，已从青铜冲到了白银、黄金，眼看就要冲上钻石了。怕冲级功亏一篑，弟弟急于脱身。那女人不同意，要 1000 元，说她的月薪有一两万元，要赔她误工费。他只好选择报警。交警过来，让他带她去医院拍了片子，花了 300 元，又赔了 500 元营养费。

“什么事都没有，她就是讹钱。”采访时，提起那件事，胡超超愤愤地说，“这种人嘴上说我不讹你，你们也不容易，其实她根本就没事。”

胡超超说他也被讹过一次。他拎餐等电梯，旁边一个小伙子低头看手机。电梯来了。“我就站在那儿没动，他低头往电梯里走，撞到我的肩膀上，手机掉到地上了，屏幕碎了。他说是我撞的。”两人相持不下，最后只得报警。警察调出了监控，显示的是那小伙子往前走了一下。换屏要 800 多元，那小伙子让胡超超出一半。警察让他们俩协商，最后胡超超赔了 200 元。

“你没办法，为了跑单。这么大热的天，一天白跑了，本来高高兴兴地送单，出了这样的事，一天的心情都不好。”胡超超说。

按说转弯让直行，农妇应负全部责任。胡超超却担心堂兄被讹上，他做外卖没几天，还没赚到钱。

交警来了，说对方全责，不过堂兄的电动车车速超标，各修各的车，各治各的伤。堂哥有点不知所措，乡下人胆小。交警见胡超超不服：“不愿意和解也行，把他的车子弄去做个测速，如果超标他也有责任。”

“在这边是比较好的，在我们那边遇见这种事就不得了，不赔几千块钱是走不了的。”胡超超说。

一天，胡海明在“外卖小分队”群里说，他出了交通事故，被车撞了。

“你在哪儿？我过去看看。”大家纷纷说。

“不用了，交警过来处理过了。”

原来，他骑行到天元公寓东门时，前面一部白色 SUV 突然没打转向灯调头。他避让不及，车前轮撞到汽车尾部，连人带车摔倒在地，手和膝盖摔伤了。交警判对方全责。

胡海明去医院拍了片，幸好骨头没伤，在家养了十来天。他感到丧气，原来跟胡超超跑饿了么众包，有一天连续两次取消订单，被平台封了号，只好跑美团。胡超超说："美团派单模式与饿了么不同。饿了么派单最多派方圆一公里内的，几个单很快就送完了。美团不这样，他们派单是东一个、西一个，方向不同，有时一下派八九单，把你累得要死。"

胡洋洋却喜欢跑美团，一天收入四五百。胡海明也不适应美团派单模式，收入锐减，接着又出了车祸，跟肇事方谈赔偿，对方在电话里答应赔偿 8000 元，约好一起去保险公司。结果到约定日，胡海明却打不通车主电话。没办法只得走法律程序。

可是，这程序怎么走，他茫然无知。"我们村儿的"那些人也帮不上什么忙，他只得东问问，西问问，律师费要 4000 元。最后，在一位打过官司的外卖小哥的指点下，他写了一份"事情起因"，提出赔偿医疗费和其他费用共计 3.76 万元。他说："当时并没想要那么多，但是他不接电话，我就随便写了。"

后来，法院判对方赔偿胡海明各项损失 5156 元。胡海明认为赔偿太少，法院判决书解释了原因："原告主张的其他费用，未提交相应的证据加以证明。"在我采访的外卖小哥中，出车祸大多选择私了，因没时间打官司，也不熟悉司法程序，有畏惧感，胡海明却是有勇气的一个。

那天，我在肯德基门口跟胡海明聊了几句，他就去跑单了。小伙子看起来有点吊儿郎当，我担心他坚持不住。胡超超却说，他上手很快，手机怎么导航、怎么操作他一看就明白。有的商家定位不准，你一说他就能找到。他还挺能吃苦，别人跑到晚上 9 点多就回来了，他天天干到十一二点，一天挣三四百元。胡超超说："他肯定能坚持住。"

胡超超说："我们村儿也有坚持不下来的，有个人太懒了，总想着送学校单，小区单不抢，像我们'王者'也要抢。他刚来没等级，地方又不熟，等单时就看网络小说，一天挣几十块钱，感觉没意思，回家跟他爸去工地贴地砖了。"

2021 年夏天，"我们村儿的"外卖小分队已扩大到八九人。他们的年纪没差几岁，不是亲戚，就是发小，彼此的脾气秉性都清楚，等单的时候就在一起交流跑单经验。胡超超过去总担心被人讹诈和欺负，现在人多了，有事情可以互助。一天中午下起大雨，胡刚跑到文金路时，电机进水，车不走了，灯也灭了。他刚好接了十一二个单，超时扣钱不说，跟顾客也不好解释。他只得向“我们村儿的”人求救，有人骑电动车赶来。胡刚骑上送来的电动车就跑，还好没有超时。

在他们中，胡超超是最能干的。胡刚很佩服他：“这家伙跑单特别厉害，就像有这方面的天赋。”

“我们村儿的”人多了，没事就聚一聚，打打牌。“送外卖这个行业风里来雨里去，有的时候特别糟心，需要放松一下心情。”胡刚说。

他们聚居在距文泽路地铁站七八公里的海宁“小农村儿”，据说那有一片农民自建房，大多都空着，所以房租较低，胡超超夫妇住的月租 1000 元，有独立厨房和洗手间。像胡海明那种一人住的只要六七百元租一间。那里有许多外卖小哥，被人称为“外卖村”。

我很想到“外卖村”看看，问胡超超：“你那电动车能搭人吗？”

“搭人是可以的，等会儿你回来怎么办？”他说那边有点远，叫不到出租车，“滴滴”也叫不到，“再说天也晚了。”

胡超超说，弟弟周五休息。周四我发微信，他说：“他们不想接受采访！礼拜五他们要加班跑单。”

第七章

活着与尊严

全国有多少残疾人在送外卖，

我没找到统计数据，

却找到这么几位通过送外卖找到尊严的残疾人小哥。

1　驮着女儿送外卖

LOGO 是袋鼠，他是袋鼠中的袋鼠，女儿在他的怀抱中长大，很小就能对他的眼神和肢体语言做出准确的反应。

中和广场，餐馆聚集，烤肉馆、烤海鲜、火锅店、饺子馆，空气中弥漫着诱人的美味。这里距南湖的红船三公里左右，我去采访那天是 2020 年 7 月 1 日，嘉兴到处洋溢着节日的喜庆。

晚 6 点刚过，中和广场的少年路就出现“肠梗阻”，公交车、私家车、三轮车、电动车挤作一团，或缓缓蠕动，或停下不动。鹅黄的美团、湖蓝的饿了么见缝插针，没缝也要挤出一道缝，在梗阻处灵活穿插。这时是晚餐的饭口，是外卖的晚高峰，也是小哥们一日之际的决战时刻。

李帮勇的电动车像一尾小鱼，摆下头，甩下尾就越过一辆车。他像一个蓝精灵，穿的是蓝色的，戴的也是蓝色的，蓝头盔、蓝口罩，骑的是蓝色车，两腿夹着蓝色的外卖箱。跟其他小哥不同的是他身后驮了个叫梓涵的女孩儿。她黑亮的短发，齐眉的刘海，穿着鹅黄的短袖 T 恤，口罩兜在下巴上，鼻子和嘴露在外面，胳膊蜷曲，手搭在爸爸的手臂上，纤弱的身子贴着他的背，眼里没有四岁孩子的清纯，有种让人心疼的忧郁。

红灯进入 60 秒倒计时，李帮勇右转，直行 20 米，又一个迅疾调头，回到十字路口，再一个右转，抢下二三十秒。下个路口又是红灯，倒计时还有五秒，横向车流断了，他冲了过去，又抢下几秒钟，外卖箱里有五六单，要半小时内送达。他怕超时，超时会罚款50—200元，意味着白忙一个饭口，甚至一天。他可以白忙活，胃肠不肯，要吃要喝；出租屋也不肯，要付房租、水电费……

为赚钱，他有时一小时送12单，前后两个外卖箱塞得满满的。有些单因偏远难送没人接，他仗着对这3.5平方公里“版图”了如指掌，统统捡过来。

着急时，他似乎忘了背后的女儿，急剧加速和转弯时，女儿就揽紧他的腰，身子跟他贴紧些，再紧些。坐的时间长了，她脸上会浮现倦意，小脑袋贴着他的背，耷拉下去……过减速带一颠簸，她慌忙抓紧爸爸的衣服。

到了地方，他从外卖箱掏餐盒时，背后的小梓涵像松鼠似的“哧溜”一下跳下车。他右食指勾着餐袋，左手抱着女儿，沿楼梯迅疾而上。他的右手布满疤痕，小指黑黑的，僵直着，拇指、中指、无名指失去了部分功能，灵活的仅有食指。

客户开门，看看递餐的手，再看看他怀里的孩子：“抱着孩子还送外卖？”

李帮勇笑笑。

他出生于云南省昭通市永善县的一个小山村。据《新服务催生新就业，新就业反哺新乡村——阿里巴巴本地生活骑手就业扶贫报告》显示，云南昭通、贵州毕节、江西赣州、安徽阜阳、河南信阳都是骑手输出的集中区域。在饿了么平台贫困户骑手的籍贯地聚集前20位的区县中，昭通市镇雄县排在第一位。

这并不意味着李帮勇生来就该做外卖。一个婴儿啼哭着降临这个尘世，作为一个生命本可有无限多的选择，可是作为孩子父母的局限制约了他的选择。这就像风儿吹散蒲公英的头状花序，种子像降落伞飘在天空，降落在一片沃土，还是薄地，这是命运。

人和蒲公英不同，人可以改变自己的命运，需要个人努力，还需要机遇。

20岁那年，李帮勇怀着过上好日子的梦想离开了家乡，去了广东的佛山，随后就像风儿下的蒲公英的种子飘来飘去，从佛山飘到东莞、广州，又从广州飘到嘉兴，也从20岁飘到34岁，没扎根，也没成家。乡村的“蒲公英”要在城市扎根很难，尤其是像李帮勇这种没读过什么书，没什么文化，为人老实，不擅钻营的人。想在农村成家，繁衍后代也是不容易的。

对“高富帅”来说，34岁正值当年，面对的是可以大有作为的广阔天地，对于来自乡村的穷青年来说，34岁已深入“高危地带”，可能要打一辈子光棍。这时，不仅当事人急，亲朋好友看着也急。

2014年，表叔托人在四川大凉山给李帮勇找了个对象。他已34岁，也就不挑剔了。女方家要八万元彩礼，看那架势只要交钱，她就是他的了。他打工14年没攒下钱。在乡村当民办教师的老父亲东挪西借，总算凑够这笔钱。李帮勇把她领回来，他终于脱单，成了有家的男人。他把老婆安置在老家，自己回到嘉兴打工赚钱。他要养家糊口，让老婆吃好穿好。

2016年10月，她生下了女儿。第二个月，他把她们娘俩接到嘉兴，租间房子，把家安置下来。七个月前，他在涂料厂出了事故，右手被绞进机器里残了，被定为五级伤残。厂家给他每月开1000多元的生活补贴，三口人的日子捉襟见肘。

2017年4月30日傍晚，老婆说跟闺蜜去逛街，走后就没回来。他抱着女儿找到天亮也没找到。他说，她又懒又馋，在家啥活都不干，躺在床上玩手机。她不管孩子，还拒绝让女儿吃母乳，都是他半夜起来给孩子喂奶，换尿布。有一次，她要去赶集，他给她2000元钱，她拎回一大堆小食品。

李帮勇说，老婆是被苦日子逼走的，他们跟表弟，还有两个老乡合租一室两厅的农民房，还是毛坯的，卧室除床之外，什么家具都没有。

采访时，他看着我说了好几遍：“好歹让女儿有个妈，不是吗？”

李帮勇小时也是“没妈孩子”，十岁时母亲病逝，他的女儿又是“没妈孩子”，比他还惨，不会叫“妈妈”就没了母亲。残疾的右手，给这位单亲父亲带来诸多不便，给女儿换纸尿裤，右手怎么也抓不住，只得俯身用肘压住，再用左手往上提。他的右手还不能沾水，没法给女儿洗澡。

要生存就得赚钱。2018 年 9 月，女儿 21 个月大时，李帮勇加入了美团众包。

美团的 LOGO 是袋鼠，抱着孩子送外卖的李帮勇则是袋鼠中的袋鼠。在“对骑手工作最看重的点”[1] 问卷调查中，“时间灵活”成为外卖小哥的首选，达 60% 以上。对带有一到三岁孩子的单亲父母来说，还有什么比“时间灵活”更为重要？众包骑手的时间更为宽松，想跑单就接，孩子头痛脑热离不开，可以不接单。

晚上，6 点 42 分，李帮勇回到中和广场。小梓涵仰头看父亲去取奶茶。这次，在他跨上电动车后她才爬上去，比平时慢几十秒钟。晚高峰尚未过去，送餐要争分夺秒，慢几十秒钟有可能会多遇到红灯，甚至赶上拥堵。

小梓涵跟父亲送餐快两年了，已熟悉这种疯狂节奏，知道什么时候上车，什么时候下车。李帮勇少言寡语，很少跟女儿说话。小梓涵两岁多还说不出一句完整的话，时常半天蹦一个词。不过，她很聪明，对父亲的每个眼神儿，每个细微动作都能做出准确无误的判断和反应。

刚做外卖时，李帮勇在网上买了一个红色的前边带护栏的儿童椅，面朝后安装在电动车的踏板上。他们父女可以脸对脸，从表情上读懂对方。她那时还不满两周岁，头发短短的，乱蓬蓬的，谁见了都以为是男孩儿。为让女儿有热水喝，他带个暖水壶；她尿了，他就找个地方给她换尿不湿，每天至少换四次；怕她让雨淋着，让风吹着，他买了一条蓝格挡风被；她寂寞了，按几下护栏上红色摁钮，小喇叭就响了；她睡了，他就用两条腿把她夹紧。她渐渐习惯倚着父亲的腿睡觉。

---

[1] 美团研究院、中国饭店协会外卖专业委员会 2019 年 10—12 月外卖骑手调查，有效问卷 17.6 万份。

背孩子爬八九层楼不算高，李帮勇有一次抱着女儿，拎着餐爬到17楼。那天中午，李帮勇去医院送餐，电梯排起长龙，眼看就要超时，只好选择爬楼梯。抱着女儿爬到十多层时，他就上气不接下气，说什么也爬不动了。他长得黑瘦黑瘦的，身高1.7米，体重仅55公斤。

有人说，你干吗不把孩子放在楼下？女儿哪能放在楼下，被人抱走了怎么办？别说17层，就是117层，他也要抱她上去。自从她妈妈跑掉之后，他从没让女儿离开过自己的视线。

爬上去时，他已快累趴了。送完餐下楼时，女儿说："爸爸，走楼梯。"

"爸爸走不动了，咱们坐电梯吧。"

过了午高峰，他在小西门横街的一家小餐馆停下，点一份餐。他经常在这家用餐，早晨点包子和豆浆，午餐不点盒饭，就点一碗面，开销要控制在12元以内。这天中午，他点的是小份的黄焖鸡。老板娘给他加了点儿肉，还送一瓶牛奶。他把肉拨到女儿碗里，女儿将牛奶送到他的嘴边，让人看了既温馨又辛酸。老板娘很同情他们父女，冬天见小梓涵的小脸冻得通红，脚上连袜子也没穿，她就让他把孩子留在店里，帮忙照看一下。单亲家庭的孩子缺少安全感，小梓涵死活也不肯离开爸爸，他只得继续抱她送餐。

晚上10点时，李帮勇还抱着女儿在街头等单，失意与疲倦轮番袭上这位单亲父亲的心。跑众包自由，可是单少，刚开始跑时一天能赚200多元，接下来就越来越少，今天只赚几十元。再等下去也没什么钱好赚了，他决计带女儿回家睡觉。

暴雨骤降，他看一下手机，惊叫一声："天爷啊，单价翻了四倍多！"

爆单了！几元的单价暴涨到20多元。他急忙抢单，取餐送餐。夜深了，狂风大作，树枝张皇摇曳，马路映着碎乱的街灯，空荡无人。风扯起他们父女的雨衣，雨点噼里啪啦打下来，顺着脸颊往身上流淌。小梓涵吓得号啕大哭，尖利而颤抖的哭声像无数的刀戳在他的心上……他目视前方，咬紧牙关向前冲去。

终于到了地方，他用右手的中指勾着餐，左手抱起湿淋淋的女儿，爬上了楼。他怕女儿受惊吓，怕她着凉感冒，还怕她在电动车上坐久了，稚嫩的骨头吃不消会变形，可是这仍然阻止不了他抢单，抢单，再抢单。他似乎抢的不是单，是女儿的牛奶、面包和果蔬，是父女栖身出租屋的房租和水电费……

他只得对女儿狠点儿，不狠怎么活下去？那天晚上，李帮勇抢了五单，赚了100多元。凌晨1点多钟，他们回到家，他给女儿脱下风雨衣，脱掉湿透了的纸尿裤，把她放进塑料盆，给她洗个热水澡。女儿实在太累了，放到床上，脑袋一歪就睡着了。

女儿，你可千万别生病啊。他看着睡熟的女儿，在心里念叨着。

女儿很皮实，这一点像他。当年在富士康打工时，他得了阑尾炎，医生说要做手术，手术费要4000多元。他一听就果断地放弃了手术，挂了三天吊瓶就奇迹般好了。还有一次，他得了肾结石，听医生说震石要交2000多元，他选择了服药，后来也好了。

李帮勇放弃众包，改做饿了么专送。这样自由度小了，单却多了，可以维持他们父女的生活。站点体谅他一人带孩子不易，允许他上早8点到晚8点那一班。他在站点附近租了房子，夏日午高峰过后可以带女儿回家睡一觉。

晚上8点43分，李帮勇再次回到中和广场时，小梓涵已把脑袋靠在了他的背上，打起了瞌睡。这样很危险，2020年交通新规，儿童乘坐电动车须戴头盔。李帮勇却怕女儿一天戴十几个小时头盔会影响颅脑发育。

为了女儿的安全，李帮勇是肯花钱的，他花一万多元买了两辆安全性能很好的电动车，还配上防滑轮胎。他网购了一个儿童安全座椅，等收到后安装在后座，女儿睡着也不会摔下来了。修车的师傅同情他，换刹车片，收别人30元，收他20元；换电瓶收别人一千三四百元，只收他1200元。还是好人多啊。

过去女儿坐在前边，外卖箱放在后面，餐盒里的汤容易颠出来，奶茶容易爆掉。有一次，九头牛餐馆的小服务员点了三杯奶茶，他送过去一看：全部爆掉了。

“实在对不起，你点的奶茶爆掉了，我赔给你，请不要投诉我，好不好？”

那姑娘低头看看爆掉的奶茶，抬头看看他怀里的孩子，跟小梓涵那乌溜溜的大眼睛对视上了。她点点头，什么也没说。

他懊恼不已，在微信给她转了32元。送一单才赚五元，这笔损失要跑六单才能赚回。这些日子失误不断，前几天下大雨，有个医生点四杯奶茶，他左手抱着穿雨衣的女儿，右食指勾着奶茶跑进医院，脚下一滑，摔倒了。女儿没摔伤，奶茶摔爆了，赔了55元。

意外的是九头牛餐馆的姑娘给他打好几个电话，由于路上嘈杂，听不清。他冲着电话大喊：“你重新下单！我很忙，系统会派人给你送去的。”有时就是这样，赔了钱，客户还不依不饶，甚至给个差评。

回奶茶店取餐时，商家告诉他，九头牛餐馆又下了单，你赔偿的32元被退回来，让转还给你。他一想那姑娘收入也不高，点三杯奶茶一口没喝，还搭了32元钱，自己还误解了人家，过意不去。

后来，小梓涵大了，可以坐到后座了，外卖箱放在脚踏板上，奶茶爆掉的事就少了。

李帮勇划一下手机，今天跑45单，感到挺满意。单多时，他每天跑五六十单；单少时，他就延迟回家，凑够40单。公司规定一天够40单，每单赚五元，不够的话每单要减三至五毛，差不多减掉二到三单的钱。

据调查，外卖小哥日接单量在21—30单，按照每天20单、平均里程数三公里计算，那么这些外卖小哥一天要跑60公里[1]。按此算法，李帮勇每天要跑120公里以上了。在美国，外卖小哥是开车送外卖的，每人的日接单量仅为十单，李帮勇是他们的五六倍；“目前美国最大的外卖平台叫做Grub Hub，日订

[1]《中国外卖小哥的最强对手，是印度外卖小哥》，公众号“吴晓波频道”2019年12月8日。

单量是 50 万单左右，而美团的日订单量为 3000 万单，两者相差 60 倍”[1]。

据 2020 年饿了么的调查，蓝骑士中“90 后”占比约为 47%，“95 后”新增注册的外卖小哥同比增长 1.3 倍[2]，其中“95 后”增长最快，在许多地区外卖已成为年轻人就业的新选项，如曹德旺所说：“年轻人宁愿去送外卖，也不愿意去工厂了。”外卖小哥的学历逐渐走高，大学生整体占比接近二成。李帮勇觉得外卖小哥明显增多，聚集中和广场的不是蓝色饿了么，就是黄色美团。提成在减少，过去超 1200 元每单奖励 0.4 元取消了，把一箱啤酒或一袋 25 公斤大米扛到八九层楼也没有补贴了，配送范围从 3.5 公里扩至 4.5 公里，“越来越多骑手日均配送距离超过 90 公里，日均配送超过 120 公里的骑手数量同比增长 2.3 倍”。[3]李帮勇的月收入从五六千元降至四千多元，接下来也许会更少。

李帮勇抱孩子送外卖的图片在媒体发表后，在社会上引起关注，嘉兴一家民办幼儿园免费接收了小梓涵。李帮勇早晨把女儿送到幼儿园，下午 4 点 50 分接回，晚上带她送外卖。

李帮勇领着女儿走进一个单元，摸黑爬到五楼。为了离幼儿园近些，他把家搬到南湖区菜花泾西区的一个老小区。开门进屋，那是一担挑[4]房子，迎面是厨房，左右各有一间卧室，家具简陋，月租金 1000 元。

李帮勇下厨，洗菜，切菜，左手抓起鸡蛋，在碗沿磕一下，轻轻一捏，蛋清蛋黄流进碗里。他已不习惯用残疾的右手了。小梓涵搬个小板凳，站上去看着父亲做饭。

床上的手机播放着《小猪佩奇》的动画片，小梓涵只要回家就一刻不停地制造各种各样的动静。让李帮勇担心的是女儿已经四岁多了，却很少说话，语言发育明显低于同龄孩子。

---

[1]《中国外卖小哥的最强对手，是印度外卖小哥》，公众号“吴晓波频道”2019 年 12 月 8 日。
[2][3] 来自阿里研究院《2020 年饿了么蓝骑士调研报告》。
[4] 一担挑：指进去是厨房，房间在厨房的两侧。

李帮勇用电炒勺煮面，出租屋本来有个煤气罐，怕小孩乱摸乱碰不安全，让房东取走了。他把两碗鸡蛋面端上桌时已是晚上 10 点多钟，小梓涵在看手机上的动画片。他叫几声后就自己先吃了。女儿吃过面包和冰激凌，可能不饿了。

小梓涵上床时，已接近午夜 12 点。李帮勇收拾一下厨房，说："干净了没有蚊虫，孩子少受点儿罪。"

有人想收养小梓涵，李帮勇拒绝了。父亲去世了，女儿是他唯一的亲人。

次日清晨 7 点 45 分，李帮勇叫醒女儿，从电冰箱里拿出一瓶软塑料瓶牛奶，放到案板，一刀切断瓶嘴，递给女儿。她吸完奶，他从衣柜拿出口罩，麻利地给女儿戴上，拿把塑料梳子给她拢几下头发。他背起女儿的书包，父女出门。

卧室里，昨晚打开的电风扇还在转动；餐厅的桌上，女儿那碗面坨住了，一双筷子斜插在面上……

2　一条腿支撑的人生

一条腿能撑起怎样的人生？他头戴白头盔，身着外卖工装，左腿弯曲 70 度，双手持一根长长的铁杖，像划船似的向我走来……

《单腿外卖小哥 41 秒上 7 楼》的报道像秋天的红叶飘入 200 多家媒体的 2018 年 8 月版面与网页。头戴白头盔，身着点我达土黄工装，左腿弯曲 70 度，双手持一根长长的铁杖，像划船似的摆动，伴随四五下跳动的王建生出现在受众的视野。

1981 年，他生于四川达县（达县已于 2013 年 7 月被撤销，并设立达州市达川区）的一个村子。打从记事起，他的左小腿就与大腿筋腱粘连，弯曲 70 度，脚掌外翻，而且仅有大趾和二趾。小时候，他没问过母亲，自己为何跟别人不一样，长大就更不能问了，怕母亲伤心。现在想问也问不了了，母亲去世了。

王建生命苦，刚懂事，父亲就没了。母亲领着他和哥哥、妹妹改嫁。母亲和继父生了两个妹妹，家里还有一个爷爷，全家八口靠继父种的两亩地维持生计。他和哥哥像要饭花子似的衣服补丁摞补丁。村里有人办喜事，小孩子都去看热闹，他和哥哥却躲进家里，怕人看见。

七岁之前，王建生像小狗似的爬行。上小学时，哥哥背他去学校。有一天，他见一位像他似的残疾人拄棍而行，哎呀，我也可以这样行走。他欣喜地爬到屋后，砍下一根竹子，拄着竹竿站了起来。

别人的腿是爹妈给的，只有两条，王建生的“左腿”换了五六条，从竹竿变成木棍，又从木拐变成铁杖。这根高他一头的铁杖是他花十元买下铁管，又花 15 元焊接而成。有人问他，你为什么没像范伟[1]那样拄双拐？他说，拄双拐时间长了，身体会变形，会显得猥琐，铁杖会让自己保持挺拔。

2015 年的夏日午夜，杭州天气溽热，街灯昏昏欲睡，身高 1.6 米的王建生拄着铁杖沿街走来，探着脑袋，佝偻着腰，目光从一个光点扫到另一光点。他想拣点儿纸板或矿泉水瓶，天亮时换点钱，买点吃的抚慰一下饥肠辘辘的肚子。

“你捡这个能捡多少钱啊？”一辆电动车突然停下，外卖小哥问。

“多时四五十，少时一二十。”

“够用吗？”

“谈不上够用，对付着活吧。”

啥叫够？钱这东西有多多花，有少少花。他在余杭租间农民房，月租 200 元，早晨一睁眼，六七元就没了，拾荒所得只能勉强糊口。

“去跑外卖吧。”小哥热心劝道。

跑外卖？王建生跟一个哥们儿说起过此事儿，那哥们儿打量他一番，不屑地说：“你能跑个啥！”他想想也是，就自己这模样，谁能看上？也就放弃了。

“腿有毛病没关系，不影响。”小哥说。

“那加个微信吧。”他惊喜地说。

王建生跟着这位叫徐容相的小哥加入了外卖大军。其实做外卖很简单，只要在外卖平台输入手机号、姓名和身份证号就可以成为外卖小哥，不论丑俊还

---

[1] 在小品《卖拐》中，范伟饰演一个腿被忽悠瘸的人，拄起了双拐。

是残疾，按时把外卖送到即可。

王建生选择的是点我达，相当于美团专送，与众包相比有点儿门槛。他顺利通过面试，经过培训之后就上岗送餐了。

王建生自以为在杭州游荡十多年，对临平了如指掌，没想到第一天送餐就颠覆了他的认知，有一单是开发区的，他不知方位，只得跟导航走，结果两个多小时后才送到。如在俄罗斯，点份外卖，等两三个小时是很正常的，他们的外卖小哥主要靠步行、乘公交车和骑单车。在中国，这是严重超时。超时要被差评，差评则要罚款，汗流浃背，白跑一趟不说，还要贴钱。王建生行走江湖十几年，哪里会吃这眼前亏？

“非常对不起，我刚刚入行，不认识路，耽误您吃饭了。这是我的一点心意，请不要给我差评啊。”他把餐和自己花十元钱买的两瓶饮料一并递过去。

客户一脸愤懑，看看王建生那诚恳的表情，再打量一下那杆长长的铁杖和弯曲萎缩的左腿，怨怼与责备咽了下去，默默地收下餐盒与饮料。

王建生是在冷落、鄙夷、嘲讽和责骂中走过来的。在继父那个村子，他被视为拖油瓶而遭受霸凌。读村小时，同学欺负他，骂他“瘸子”。小学三年级，去镇中心小学读书时，家离学校五六公里，他要提前几十分钟离家，放学时同学跑没影了，他拄根棍子踽踽独行。

做外卖的第二个星期，白天骄阳似火，人似热锅里的蚂蚁。后半夜，电闪雷鸣，大雨瓢泼，许多外卖小哥下线关机。天气越是不好，订餐的越多，平台爆单，商家又喜又急又懊恼，外卖送不出去，眼瞅着钱流到眼前却捞不起来，还失了信誉。有些商家平素在小哥面前居高临下，一副你爱跑不跑，不跑拉倒的架势，这时不同了，见到小哥就像久别的亲人似的，偏偏却见不着了。

突然，门开了，一个湿淋淋编织袋子蹦着冲过来，袋子底部露出一个脑袋。王建生入职没过考核期，外卖装备没有发下来，骑的电动车是自己的，车后座放个塑料筐代替外卖箱，没有雨披，他只好找个编织袋子，在底部和左右各剪一个口，将头和手伸出去。那晚，王建生取餐送餐，马不停蹄，而且没有一单超时。一周前，送餐超时后，他骑着车子在周边的商圈和小区转悠了整整一周，把线路画在本子上。今天，是他复工的第一天。

王建生赢得了商家的认可与尊重。每当他们道声“谢谢”时，他就感觉自己一点点地站起来了。

小学毕业时，他虽然拄着棍子，自尊却趴在地上。邻居和同学商议读中学时，他凑过去，他们还翻着白眼看他。他从那些目光读到的是：你一个瘸子，上中学跟你有什么关系？再说，让你读，你交得起学费吗？有人直言不讳地说：“你去放牛吧。”那似乎是他唯一的选择。村里有个患癫痫的人，跌倒在火堆烧坏了手脚，干不了农活，只好去放牛。

王建生不甘心那么活着。他一条腿蹦到镇上，求见校长。学校说，校长去乡政府了，他又蹦到乡政府。那天也下着雨，他心里泥泞得不可收拾。在乡政府门外等了许久，见校长和乡干部有说有笑地出来时，他扑了过去，“扑通”跪在泥水里：“校长，我要读书，不想放牛！”

采访时，王建生说：“除了下跪，我没有别的资本。”他穷得只能下跪。

他小学就读的是九年一贯制学校，校长既管小学，也管中学。全校像王建生这样的学生不多，校长认识他。他这一跪获得读中学的机会，校长免除了他的学杂费，这也为日后遭受霸凌埋下了伏笔。同学们动不动就说：“你很牛么？你是特殊人才！”

“你瘸就有理由不交学费？”

“你的学费哪来的？是我们大家替你出的！”

距中考还有十天时，王建生实在忍不下去了，跟同学打了起来。

老师没有主持正义，他一气之下离开了学校。

辍学的第二年，19岁的王建生拄着木棍，肩搭一条装换洗衣服的编织袋，在尘土飞扬的村道上拦了一辆卡车，爬了上去，离开了那片伤心地。那个放牛人癫痫病发作，栽倒田里，窒息而死。王建生想，自己待在村里也将步他后尘。母亲在他读初二时去世，哥哥六年前去了郑州，他已没什么可留恋的了。

王建生从郑州找到杭州，也没寻到哥哥，变成了流浪汉。他扒过火车，蹲过桥洞子，当过乞丐，蹬过三轮车，卖过烧烤……这15年来，从没人对他说声“谢谢”，没人对他如此尊重。

进入三伏，杭州已开启蒸烤模式，火辣辣的阳光直扑大地。王建生觉得自己就像烧窑中的馍要烤干了，那根铁杖变得滚烫，好在他的虎口日积月累磨出厚厚的又黄又硬的老茧。

系统派下一单：一袋25公斤大米、两桶油，还有一箱矿泉水。王建生找个编织袋子把米装进去，打个结，搭到肩上。一手拽着袋子，一手拄杖，单腿蹦到电动车旁，再蹦两趟，油和矿泉水也搬到车旁。装车，捆好，十分流畅，如鱼得水地穿梭在车流之中。

王建生主要送餐地南苑街道位于杭州东北，汇集众多商场和超市、宾馆，以及多家金融机构和政府部门，是聚集生活、娱乐、休闲为一体的商贸往来经济中心。这一带最有名的商厦是银泰，那里的非机动车停放处较远，取餐要穿过整个商城，送餐容易超时，令许多外卖小哥打怵。王建生不怕，他身高1.6米、体重42公斤，一条腿蹦着进去取餐，又蹦着出来，蹦来蹦去，敏捷得让人吃惊。

不过，王建生也有怕的时候，眼下就是。货送到一个老小区，楼房没电梯，客户住七楼。

“您订的货物到了。家里有人吗？能不能下来搭把手？”王建生把东西卸在楼梯口，想有人搭把手一趟就上去了。

“家里没人，我是孕妇。”

要是送餐，别说七楼，十楼也不怕，他会像袋鼠似的敏捷地蹦上去。可是，这是25公斤的大米，近20公斤的矿泉水，还有两桶油。他仰头看看，七楼高有20来米，挺打怵。打怵也得干，谁让自己是送外卖的呢，不论多重都得送上门去。他扛起大米，单腿一个台阶、一个台阶往上蹦。蹦到第二层已气喘吁吁，汗如雨下，腿疲软了。这气温就是坐在树荫下，什么活儿不干都冒汗，扛着 25 公斤的米往上蹦，哪受得了？他只好单腿站立，喘口气，接着再蹦。

蹦到七楼时，他已撑不住了。

“哎呀，我不知道你是这情况……”孕妇吓了一跳，慌忙捧着肚子，怕惊着胎儿。

知道这情况又能怎么样？她伸了伸手，想接一下，又缩回去，捧着肚子把门口让开，让他放下。

他转身下楼。米、油、水全搬完时，他累成一摊泥，恨不得贴在地面上，再也不起来。这一单，他赚了 5.6 元，流的汗起码有两矿泉水瓶，一瓶 2.8 元。不过，他挺自豪，自己凭着一条腿愣是把 100 多斤的东西送上七楼，一点儿不比腿脚健全的小哥差。他跨上电动车走了。

对王建生来说，最难承受的不是重件，而是歧视。一天深夜，王建生拎着外卖，站在楼下，给客户不停地打电话都没人接。单元门锁着，他进不去。外卖小哥最怕的就是客户不接电话，原因有多种，有的打游戏入迷，有的手机静音，有的睡着了，还有一种可能，电话号码错了。王建生还有两单，这一单不马上送出去，那两单就要超时，超时就会被差评。一个差评罚款 50—200 元，相当于半天到两天为罚款打工。对单少的小哥来说，这等同于断掉几天口粮和房租，让人抓狂。据《新快报》报道，有一外卖小哥一个月遭三次差评，担心月超五个差评被解雇，差点服毒身亡。

王建生正焦急，一个中年妇女走过来。他急忙把铁杖藏在身后。晚上送餐，楼道漆黑，在敲门之前，他要把铁杖藏在门后，怕是客户见他手持铁杖，以为打劫，吓得魂飞魄散，如有高血压，或心脏病，也许一头栽倒在地，那麻烦可就大了去了。别说配送费不够给人家治病，万一人家心梗猝死，可就是一条命啊。

那女人见他是送外卖的，问去几楼。

“六楼？巧了，我是房东，要去收租。你腿不好，我帮你捎上去吧。”杭州人就是这么富有爱心，王建生已屡见不鲜，急忙道谢，递过外卖。

没想到次日竟有个差评。去商家取外卖时，老板给他看，昨晚客户留言：“××，你一个瘸子！你知道自己是瘸子还送什么外卖？”

也许房东把餐捎上去，客户跟房东因房租搞得不愉快，把火撒向了他。这一差评扣掉王建生当月 200 元奖金。因为残疾而被差评，还有没有天理？这位客户违反了《残疾人保障法》——“残疾人在政治、经济、文化、社会和家庭生活等方面享有同其他公民平等的权利”。可是在有些地方讲的是丛林法则，讲的是谁大谁小，谁强谁弱。

王建生说，他没有向平台申诉，一是自己没有亲自将餐送到客户手里；二是他申诉什么？客户嫌弃自己是个瘸子，本来就是瘸子么，申诉后平台也许注意到他是个残疾人，如失去这份工作岂不更加悲催？

客户是上帝，可王建生遇到的则是恺撒。对客户而言，你花钱订的是外卖，又不是外卖小哥，凭什么要求他四肢健全？

王建生还不算最倒霉的，更倒霉的可能是成都的刘之翔。

一天，外卖平台收到两个点评：“差评，严重差评，不是我歧视聋哑人，今天收到快递，送来的饭菜心里满满高兴，结果快递人员掏出一张残疾证，意思还让我捐点钱。本来有工作，还顺便乞讨，这种做法真让人厌烦。”

商家回复客户，已向公司投诉，表示“绝对不会再有聋哑人送餐了”。

有记者采访商家，老板说有位聋哑送餐员取过几次餐，“看上去多老实的一个人”。

这个“老实人”就是刘之翔，22 岁，聋哑人，颈上挂着一个卡片，一面写有：“您好，美团外卖的骑手刘之翔，因为我是聋哑人，所以不能说话，请你检查菜品是否齐全，并对我的服务作出评价，谢谢您！”另一面写着：“您好，我是美团外卖的骑手刘之翔，因为我是聋哑人，所以不能说话，我现在来取餐，请问在哪里取餐？谢谢您！”据刘之翔回忆，那晚，他将外卖给客户送去之后，将卡片给对方看看，对方不耐烦地挥挥手，让他走。

他不仅被罚款，还失去一个商家。“上帝”就可以不讲公平正义？平台怎么可以不分青红皂白？

残疾，这是8500万[1]王建生、刘之翔们洗不掉的“原罪”，为此，他们要在荆棘之路忍辱负重，匍匐前行；这又犹如他们肉体上的一道深深创口，不时被现实撕裂与深割，永不愈合。

一个风雪交加的深夜，王建生抢单疯狂，连抢十单，前后两个外卖箱塞得满满的。其中有两单是面条和水饺，要赶快送去，时间长了就坨了。

天越冷，餐凉得越快，虽说外卖箱保温，可是开几次箱就凉了。送出一半时，王建生就发现剩下的已不大烫了，赶忙脱下冲锋衣的抓绒内胆，包起来。没有内胆的冲锋衣空空荡荡，四下透风，冻得他直哆嗦。冷也得这样，自己暖和了，餐就凉了。这样的雪夜，谁能吃冷餐？

几公里的送餐路是没有监管的真空地带。商家放心地把餐交给自己，客户放心地吃自己送的餐，说明啥？对自己的信任。为了信任，他王建生宁可被寒风吹着，被雨淋着，也要保护好所送的餐。有时摔倒，他的第一反应就是餐盒别洒了。流浪十几年，尝遍了世态炎凉，这份信任弥足珍贵啊。

雪天，他最怕的是减速带，稍不注意就会“啪”地一下摔出老远。有时人摔伤了，车摔坏了，餐也洒了。每当这时，他从地上爬起来，不顾伤痛先联系商家，让他们赶快再烧一份，派别人送去。另外，他还要小心斜穿出来的骑车人，刹车不及时就会撞着对方；刹车狠了，轮胎打滑会摔个人仰马翻。有时汽车停在非机动车道上，逼得你不得不进入机动车道，这要是撞上汽车风险可就大了，弄不好小命就没了。

外卖不好做啊，平台用规则约束你，客人用差评和投诉逼迫你，商家拖单，交警罚款，你的生存缝隙越来越小。可是，对残疾人来说，外卖不是理想

[1]《8500万残疾人，这不是一个简单的数字——张海迪常委的扶贫思考》，《人民政协报》2018年6月26日。

的选择，而是无奈的选择。不做外卖能做啥？

最后一单约五公里，送到时已凌晨 1 点多，超时一个多小时。订餐的是个年轻人，接过餐盒发现还是热的，打开一看还冒热气。

“我前面叫的外卖送来都是凉的，你的还这么热，太谢谢你啦！”

这一声“谢谢”又让王建生感动了。这种天气，外卖小哥最需要的就是尊重与理解。一次，天下着瓢泼大雨，一个小哥浑身湿透，牙直打战，客户却说：“你 ×× 的怎么这么慢，是干什么吃的？”小哥火了：“你一个月拿几千块钱，点个外卖有什么可矫情的？装什么装？”

宁可差评，他也要怼回去，钱可以被扣掉，尊严不能没有。

冒着风雪往家走，王建生浑身暖暖的。他也许会想起另一个寒冷的日子，凌晨 3 点多钟，那是一天最冷的时刻，也是天亮前最黑暗的时刻，西北风像刀子似的刮在脸上生疼，黑暗耗掉最后的温暖和光亮，他骑行到楼下，拨通电话。

客户让送上去，这一刻谁愿意下楼接餐呢，他双手拄着铁杖往上爬，没有抱怨，没有委屈，这是他应该做的。他感到冷，犹如一个罩，把他紧紧地、严丝合缝地罩住。他爬上四楼，敲开门。门里灯下的小伙子见到一根铁杖，一条蜷缩在后的残腿，忘掉去接王建生那笑容和递过的餐盒。他惊呆了，内疚了：“对不起，对不起，哎呀，我不知道……”

灯光像水涌出，抚在王建生的脸上。它不能改变温度，却让人感到温暖。

小伙子慌乱地接过餐，掏出一张百元钞票塞过来。王建生谢绝了，他已感到了满足。

“那么你帮忙买包烟吧。”

送餐时经常有人求王建生买香烟，买打火机什么的，也有让扔垃圾的，他从不拒绝。

王建生买了烟，还没等送过去，小伙子的电话就打了过来：“烟你拿去抽吧，剩下的钱收下吧。”

这样的事儿很多，一次他背着一箱啤酒爬到六楼，客户说着东北话“你电话里吆喝一声，让我下去取嘛”，说罢，非要给 50 元小费不可。他没要，那客户还非给不可，最后通过平台转给了他。

杭州太好了，客户接餐时大都会道声“谢谢”。有的小区禁止外卖小哥的电动车进入，保安见王建生腿脚不便，破例把门打开，让他骑进去。

3 外卖让他找回了自己

他在微博上写道："做最好的自己，不曾后悔。"一个一级智力残疾的人，不要说"最好的"，连"自己"都做不到。外卖让他找回了自己。

在生命的河床上，苦寻尊严与价值的残疾人何止王建生一个？

阿龙也在寻找。阿龙的本名叫许庆龙，他身高 1.88 米，有网友说他长得像金城武，也有人说他像吴彦祖。我觉得金城武跟吴彦祖长相相差很远，也许金城武的粉丝说他像金城武，吴彦祖的粉丝说他像吴彦祖，意思是一致的，那就是阿龙长得很帅。

凭长相阿龙可以迷倒一大片女孩儿，一说话就完了，帅气的面孔被残酷地扭曲，甚至有几分狰狞与丑陋。一句简单的话，他费九牛二虎之力才挤出来几个词，还含糊不清。

阿龙比王建生小 11 岁，出生在江西省南昌市南昌县一户农家。在微博上，阿龙风趣地写道："一九八九年农历十二月二十七日，在我们这里大年三十的前三天是过小年的日子，家家户户忙着做豆腐，放鞭炮，我仿佛闻到了豆腐的香味就出世了。"语言像村边的小溪自然流畅，他说话要这样该有多好。

阿龙的父亲是木匠，母亲是个很要强的农妇，在阿龙出生前几天还帮邻居家搬砖。阿龙出生时，父母欣喜若狂，有了一个女儿，又添了一个儿子。没想到阿龙还没满月就得了一场大病，高烧数日不退，抽搐得眼睛往上翻。父母把他抱到土郎中那里，针灸了一下，就好了。他两三岁时不会走路，表情狰狞，手指僵直，不能抓握。父母抱他四处奔走，花光家里的积蓄，也没能治好。当他被确诊为脑瘫时，父母一下栽进冰川。

阿龙跟王建生一样，在欺凌下磕磕绊绊地读完初中。升学无望，只好找工作，他不停地填表，不断地面试，怕自己说话不利索，让姐姐陪着去，结果得到的最好答复就是：回去等消息吧。

就这样一年年过去了，阿龙绝望了，也萎靡了，猫在家里打游戏，从起床打到凌晨三四点钟。妈妈喊他吃饭，他不吃；妈妈骂他，他听不见，后来得了胃穿孔，差点儿丢了性命。再后来，姐姐买了两套门对门的房子，一套自己住，一套给父母和阿龙住。阿龙帮姐姐带孩子，接送孩子，姐姐有两个孩子。

阿龙为鼓励自己，在微博上写道："做最好的自己，不曾后悔。"可是，他却没机会"做最好的自己"。

阿龙电脑坏了自己修，打字也没问题，怎么就不能给他一份工作？阿龙想做个保安，这也不行吗？妈妈感到纳闷。

一天，阿龙骑电动车去幼儿园接姐姐小孩的路上遇见堂弟。他和堂弟一起在农村长大，关系很铁。堂弟穿着外卖的工装在送外卖，这让阿龙羡慕不已。

"要不你也试试做外卖？门槛不高，会骑车就行。也不用面试，在网上注册就可以了。"

阿龙一听心都要跳出来了："我会骑车，我会骑车……"

阿龙小时候学骑车不知摔过多少次，脚受过多少伤。他没放弃，终于学会了，没想到这会成为做外卖的必要技能。阿龙注册了美团众包，有了第一份工作。

"妈妈，我在送外卖。"十多天后，阿龙说。

"你送外卖？谁要你啊？"

母亲打量一下阿龙，他既没穿外卖的服装，也没戴外卖的头盔。

“我送外卖，一天赚几十块。”

母亲这才发现阿龙的变化，脸晒黑了。联想到阿龙数日来早出晚归，便相信了。

她热泪盈眶地说：“感谢平台，给了我家小龙这么好的机会！”

为了儿子，母亲在外边打零工，父亲去做装修。他们担心哪天自己走了，阿龙怎么办，谁来养他？

其实，母亲最该感谢的应该是儿子，是阿龙！

阿龙与人交往能力差，运动能力差，再加上对路不熟，容易超时被罚。对他来说，一天能赚几十元已经非常了不起了。第一个月，阿龙赚了 2000 元。一想到他整天在车水马龙中穿梭，被车撞死怎么办？母亲便不让他做下去。阿龙却坚定不移地说：“我在家里也是死，出去还有机会！”

“我今天赚到 170 块钱！”一天，阿龙回家跟在吃晚饭的父母说。

哎呀，他太高兴了，这是做外卖以来赚得最多的一天。后来，他越赚越多，突破了 200 元。从第二个月之后，他每个月赚 4000 多元。靠别人养活那是跪着活，就是父母也不行；阿龙要站着活，他站起来了。他用自己挣的钱给父亲买了一部华为手机，花了 1000 多元；给母亲买了一套衣服，花了 400 多元；还给农村的爷爷奶奶买了一些吃的和用的。过去都是别人给他买礼物，现在他可以花自己赚的钱给别人买礼物了。他很珍惜这种快乐与自由。

中国有多少残疾人在外卖这个平台找到工作？我没找到统计数字，据报道饿了么蜂鸟即配有 2000 多名残疾人；成都馋爱善食外卖店的 25 名员工有 72% 为残疾人，其中聋哑人占 61%；南京有一个“无声骑士团”，12 名送餐员全部是聋哑人；山东济南的董洪喜，大学毕业后，因没有左手和右腿而找不到工作，2018 年 9 月加入饿了么蜂鸟即配，每天能送 30 多单，行两万步，被新华社评为“中国网事·感动 2019”十大年度网络人物。

南昌县东莲路，黄昏的灯光像水泼在街上，气温降至 5℃，时不时飘洒一阵小雨，化作绵密寒冷的针，刺人骨髓。街道如清场的影院，不见人影，偶尔有汽车疾驶而过。这是2020年1月17日午夜11时，阿龙穿着黑色短羽绒服，头戴鹅黄色美团头盔，电动车把手一个套着红色方便袋，一个套着白色方便袋。

“这么晚还没回去啊？”美团众包的小哥陈小刀在阿龙身边停下车。

“没跑到单啊……”阿龙笑了。

他的眉眼挤作一团，摇晃着脑袋，嘴角吃力地撇着，下巴向下拉动，随之翻一下白眼。他对陈小刀说，他从早晨7点跑到现在才赚100多元。

他们是一个月前认识的。那天，阿龙遇到了麻烦，在餐馆取餐时，跟老板交流出现障碍。他越说越急，越急越说不出话来。

“什么情况？”陈小刀发现这位兄弟不大对头。

“我这个餐……到现在没做。”阿龙右手中指灵活地在手机屏幕上滑动着说。

陈小刀听懂了，阿龙送的餐眼看要超时，餐馆还没烧出来。他帮阿龙跟老板交涉，餐馆赶烧了出来。阿龙右中指勾起外卖，对陈小刀说：“那我现在要走了。”

阿龙那种不怨不怒、孩子般的天真和真诚给陈小刀留下了很深的印象。

几天后，俩人又在等单时相遇，一聊他们还是同一个小区的邻居。说起业绩，阿龙说，他已跑了十单，赚50元。一天挣“100元左右，200元就比较辛苦”。陈小刀有点儿惊讶，他这天刚跑六单，还没阿龙多。

陈小刀跟阿龙是脚前脚后进入外卖这一行当的。他比阿龙大三岁，之前开过旅行社，送外卖不过是权宜之计，除此之外他还做自媒体，拍拍短视频，写写报道什么的。

“兄弟，我看你跟我们不太一样，怎么回事？”他直截了当地问。

“有点残疾……小时候发高烧，”阿龙用右手中指指着脑袋，“烧坏了。”

“你有没有遇到过什么困难？”

“打电话……”

阿龙说话很吃力，跟客户打交道时，语速慢，吐字不清，对方接电话时常常听不明白。阿龙知道自己这一短板，跟客户尽量不说话，另外还怕自己说话时的表情吓着客户，超时也不解释。

“有没有差评？”

“这个很多……”

阿龙笑了。他的笑容像万里无云的蓝天那么单纯，又像日出东方似的灿烂。陈小刀感到奇怪的是阿龙说起让人恐惧与诅咒的差评却这样云淡风轻。

阿龙遭受的冷暴力实在太多了，也许智力残疾的他没记住，也许不想记住。一个雨天，他送餐晚了，客户责怪：“咋这么慢？”他张张嘴，想告诉客户，我在路上摔倒了，脚摔伤了。他刚开口，客户就不耐烦地打断了他。他索性就不说话了，赔给客户 18 元。

有的客户发现阿龙不正常，不仅没有同情，反而嘲讽：“你这样的人还送什么外卖！”写下“形象差”的差评。

还有一次，阿龙去家附近的一个小区送餐。那个小区有好几个门，他绕来绕去超时了。订餐的男人一句话都没讲，接过餐盒扔到地上，“砰”的一声关上了门。

“还跑两个平台吗？”陈小刀问阿龙。

陈小刀知道阿龙在跑美团和蜂鸟即配。他跟阿龙说过，即便是健全的小哥也就跑一个平台，跑两个平台很容易超时，劝阿龙舍弃一个。

“一个，美团被封号了。”阿龙也许见陈小刀有点儿意外，接着说，“就是……昨天下雨嘛。”阿龙说着用手指翻弄着手机，四指僵硬如鸡爪，只有中指灵活自如。

“‘微笑行动’嘛，下雨天没通过。”阿龙张开手掌，给陈小刀看手机上的美团的页面：“账号异常，无法识别，被封三天。”手机屏幕的一角有爆炸性裂纹，那是雨天路滑摔的。

这意味着阿龙不仅三天不能接美团的单，还要被罚 100—500 元。

陈小刀听明白了，阿龙白天赚得少，想熬夜多跑几单。

“两个平台钱多一点儿。”阿龙说。

阿龙说话时，用真诚的目光直视对方，即便发生了封号、罚款、收入减少这样的悲催事儿，也没有任何吐槽和不快，笑容还是又暖又萌，带着点羞怯。

陈小刀将阿龙的视频发在西瓜视频上，瞬间冲上热搜。

“蹲厕唱情歌呦”：“看到莫名心疼。阿龙真的很棒！视频都看了几次，眼泪都在眼眶打转！也希望大伙都能多些宽容和理解。”

“雪儿小燕”：“中午看的时候就想哭，晚上再看还是忍不住流泪。多么可爱的外面（外卖）小哥，那么努力工作，希望顾客都能给小哥（点）赞。”

“秘密的穿梭机”：“本来我自己人生也算是在低谷，但是看到小哥哥我真的哭了，不是同情，也不是怜悯，是真的被感动了。生而为人短短几十年不努力一把愧对来世上走一遭。”

“娆娆 1”：“怎么忍心给差评。看得我眼泪汪汪。生活本来都不容易，何况人家还残疾，希望人们多给予别人宽容。”

“看我的猪”：“遇到这种情况还给差评的人心胸是有多狭窄，十几块钱的东西，又不影响生活，但是对于他就是生活的希望。”

“照世 Y 明灯”：“希望碰到这个哥们送餐时多一点理解，不要给差评，谢谢大家了！他比正常人还正常，不要催单，挣钱不容易，多给他点时间，在（再）说又不是最后一顿饭了，催什么催，多包涵！”

……

美团得知后给阿龙解封了。

有网友通过微信转来 200 元钱。陈小刀找到面带倦意、胡子拉碴的阿龙，也许天气冷吧，也许是灯光的问题，看上去他的脸有点儿苍白。

“我找你半天了，很多人关心你。”陈小刀把钱递过去。

“这个钱不能要，”阿龙像烫手似的，连连摆手，“我自己凭自己的努力赚钱。我自己多努力一点儿……”

他的眼里有光，眼神明亮："谢谢大家的关心。这钱不能要。"

南昌的一个网友在视频上看到阿龙的手机摔坏了，要送他一部手机；有个商人想资助他几万元，他都谢绝了。他坚定地说："我自己可以再努力一点儿，早晨 7 点出去，后半夜 1 点回家。我能养活自己。"

"要你们的，那还要我干什么？"阿龙说。

据中国老龄科研中心的统计，全国"有 30% 的年轻人靠'啃老'过活，有 65% 以上的家庭存在啃老问题"[1]。

阿龙是一级智力残疾，生活需要照料，却尽心竭力，自食其力，百折不挠地想法活出了自己的价值！

---

[1] 据参考消息网《中国"啃老族"是怎样炼成的》。

第八章
“封城”中的“摆渡人”

隔离期间，

一位小哥一天可减少 25 人出行。

没有他们，将有多少人难以度过那段日子。

1 汪洋中的一条船

那是汪洋中的一条船，他出现在被隔离的人群中。尽管那是条小船，是舢板，但给他们送去了亟须的物资。

“封城”的消息，王涛是在站点的早会上听说的。

这已不算新闻，绝大部分武汉市民已知道。武汉市新型冠状病毒感染的肺炎疫情防控指挥部在 2020 年 1 月 23 日凌晨发布的第 1 号通告，23 日上午 10 时起实施“封城”。

王涛一听就懵了，1 月 23 日是农历腊月二十九，再过一天就是大年三十，要不解封，他将不能赶回红安老家跟父母、妻子和儿女吃团圆饭。大年三十和家人一起吃这顿饭他已坚持了几十年，从来没断过。后天不解封，他连大年初一也要自己在外边过了。

王涛在武汉饿了么做专送，站点位于武汉的繁华地段，距武汉协和医院 500 米，距武汉同济医院 1600 米，附近还有一条美食街。王涛每天要跑几十趟医院，给医护人员和病人送餐。

“你怎么不戴口罩？”几天前送餐时，一位医生用异样的眼神盯着王涛问。

“戴口罩干吗？”他愣了一下，问道。

闲着没事戴那玩意干吗？憋得难受。

医生垂下眼帘，轻声说："还是防着点吧。有种像流感的病，比较厉害。"

他没太当回事。学医的人大都神经过敏，他们说的事 90% 以上是不会发生的，谁会为十分之一的可能整天提心吊胆呢？除非患了焦虑症。

早会上，站长跟往常一样，通报前一天的单量，接着像老僧念经似的叮咛大家注意安全，别让车撞着，也别撞了车。听者稀稀拉拉，有点儿溃不成军的样子。几天前，站长说，春节要确保外卖正常，原本有 100 来个小哥的站点，留下 10% 的人，其余的回家过年。

"谁能留下来？"站长问道。

没谁举手。在外边跑了一年的外卖，谁不迫切想回家过年，看看年迈的老爹老妈，有家室的还要看看老婆孩子。一年到头就这么几天团聚日子，这是法定的，谁也不能阻拦的。

"我可以。"王涛说。

他跟旁边的同事说，这是赚钱的好机会，单量大，还有补贴。

他确实想赚钱。赚钱谁不想，不想赚钱的话，谁会抛家舍业地跑到武汉来送外卖？不过赚钱也要看时候。他也没把赚钱放在第一位，排在第一位的是躲债，这话不能跟别人说，说就是傻子。对背负债务的人来说，这年关要躲藏起来的，千万不能被债主堵在家里。他不能早回去，无论怎么想老爸老妈和老婆孩子也不行。何况他家距武汉挺近的，仅 130 公里。他打算年三十送完最后一单，打个顺风车，两三个小时就进了村，神不知，鬼不觉。过完年再偷偷离开。过年期间是没人上门讨债的，讨不到的话将会晦气一年。

站长也许听到他的话，"别想着过年单量大，你一天能跑五单就不错了。"

"为什么？"

站长慢悠悠地说："谁家过年不吃顿饺子？不烹鸡炖鸭张罗一桌子菜，哪里会叫外卖？不愿下厨的或厨艺差的早就提前订好了酒店。"

王涛想想也是，要不站长怎么会把 90% 的人打发回家，仅留 10% 的人。

距大年三十仅有一天，时间紧迫。此时，黄冈市红安县七里坪乡大别山南麓的山村，年味儿已浓，老爹老妈翘首盼望了一年，不能“常回家看看”的儿女大都赶了回去。父母把留了一年的好吃好喝的端上了桌，没等过年就先吃上了。接下来就是大年三十的年夜饭，那是最丰盛的一顿，那是“最好的体现”。大年初一要满村转悠拜年，在农村不是远亲就是近邻，不是看着你长大的，就是你看着他长大的。像王涛这种常年在外的，乡亲见了总要打听一下：从哪回来的，在那边干啥呢，混得咋样，挣多少钱？他混得好的那些年，盼的就是那一刻，可以滔滔不绝地炫耀一番自己这一年的“光辉伟业”，干了哪些项目，赚了多少钱。有时吹吹牛也没关系，他们也不查账。这几年，他“败走麦城”，包工头当不成了，还欠下几十万元的债，像老鼠过街似的被人追得没处躲没处藏的，好不容易“潜伏”到武汉的外卖群体。现在已没什么可炫耀的了，整天骑个电动车汗流浃背地满大街跑，一个月赚七八千元。

站长说完“封城”之后，接下来就强调：外卖箱要消毒，手要勤洗，要用洗手液。最后又追加一条：从今天起必须戴口罩！

王涛蓦然想起几天前那位医生的善意提醒，暖流像一杯三九天的热茶很快就冷了，随之而来的是一阵寒战，自己天天跑医院会不会“中彩”，会不会在哪儿招惹上那个叫“新冠”的幽灵？不会，应该不会，自己才 35 岁，身体好着呢，这两天吃嘛嘛香，哪会染上？让戴口罩就戴口罩吧，喘气不流畅也得戴，总比染上新冠肺炎喘不上气来，甚至不再喘气好得多。

早会 10 点半结束，王涛单腿跨上电动车，开始在手机上接单。

武汉像被一只魔手点过，车水马龙的大街安静了下来，像接近干涸的溪流，人少车稀。让王涛感到陌生，感到惴惴不安。街上见到的不是送外卖的就是送快递的，夺路而逃似的疾驶而过。

武汉是一座拥有 1000 多万人口的著名“堵城”，以往像患了心梗脑梗似的，恨不得给它上几个支架。每逢那时王涛想武汉不堵该有多好，现在真就不堵了，500 多万人在“封城”前就离开了，凌晨 2 时得到“封城”消息，又有数十万人通过飞机、高铁、长途客车、私家车逃离了这一凶险城市……剩下的人都躲在了家里，马路空空旷旷，像一张白纸，任由王涛的电动车涂鸦。他却高兴不起来，还有点儿莫名惶恐。据说这病毒染上不会立竿见影，立刻显现，要潜伏数日，要在你身体内招兵买马，然后发起全面攻击。自己中没中招，有没有被传染，恐怕只有老天知道了。

要是传染上怎么办？自己一人在武汉，病倒了连个倒水的人都没有。

武汉“封城”，电话就像被夹住的老鼠似的叫个不停，都是亲朋好友打来的，讨债的是不会打电话的，他们只会偷偷为他祈福。他要是“中彩”对他们是损失。

“大路封了，你能不能骑电动车从小路回家？”老妈焦急地问。

130公里的路，续航只有三四十公里的电动车哪里跑得到？老妈已将重中之重的年夜饭置之度外，想到的是大难来临，无论如何也要跟这个宝贝儿子守在一起。老爸老妈生了四个孩子，只有他这么一个儿子。他家几代单传，可以想象得出他出生时的盛况。现在他已有了儿子，完成了传宗接代的历史使命，可是对于他的老爸老妈来说，他仍然是他们的天，是他们的地，是万万不可有一点闪失的。

“你要注意消毒，尽量不要出门，不要跟别人讲话……”老婆像小学老师教育顽皮的、不听话的、眨眼之间就不知能闯多大祸的孩子似的叮嘱道。

自从王涛破产，欠下外债后，在家做全职太太的老婆只好走出家门，到镇上一家服装厂去打工赚钱。

日子像三趾树懒慢慢腾腾地爬行着，不管爬得多么慢该过去的总会过去。腊月二十九过去了，大年三十来了，这是王涛有生以来过得最凄凉的除夕，没有父母，没有姐姐，也没有老婆孩子，独自面对宿舍那盏孤灯。

大年初一的早晨，王涛从睡梦中醒来，这是他的生日。有人说他的生日好记，忘不掉。没有想到这个让人忘不掉的生日会成为他的烦恼，这生日咋过？宿舍静得瘆人。那是两室两厅的房子，平日住着二三十个小哥，举头望见床，抬头还是床，汗味儿、脚丫子味、被褥味掺杂在一起，醒来听到的是洗脸声、漱口声、脸盆碰撞声，还有清的浊的、大的小的呼噜声。那时烦得要命，现在没了，整个宿舍只剩下他和一个“95后”男孩，各居一室。

“千万不要出门，你就老老实实在宿舍待着。这次太严重了，新闻联播天天播，原先是30分钟，现在都一个多小时了，不是开玩笑的。”老妈在电话里反复唠叨。

不怪老妈唠叨，噩耗不断，不是这个地方封了，就是那个地方封了。家乡那边传来消息，说黄冈感染人数飙升，已成为继武汉之后的第二个疫区。家里那个行政村子下边有四个小组，村里人称为四道湾子，湾子与湾子间相距三四公里。他家那个湾子没有感染者，另三个湾子有发病的。搞得他家那个湾子关门闭户，惶惶不可终日。

村主任下令：任何人都不允许进村，哪怕本村本湾子外出务工的也不行。他找人拉来一车石头卸在村口，还让车横在路中间，作为路障。村里各家各户都像刑事犯罪现场似的用带子隔离，每人只能在自家的“现场”活动，不可去别人的“现场”。好在农户吃的是自家种的菜，喝的是自家井里的水，柴火也是早早备下的，自给自足，让疫情搅得都没探访其他“现场”的迫切。

老婆带着两个孩子回了娘家。她娘家在黄冈市红安县下边的一个镇。那是离武汉最近的镇，感染人数较多。镇上居民已居家隔离，吃的、喝的、用的由镇干部组织派送。

“封城”后，住在另一个房间的小哥跑了两单就不再出门了。也许阅历浅，没经历过什么事儿；也许大街上从没有的空旷让他惶恐；也许湖北乡下的父母的千叮咛万嘱咐把他吓住了。“封城”后，他的父母就不断打来电话，把他吓得不要说出去跑单，连房间都不敢出了，似乎出来就会被感染，感染了就没命了。何止于他啊，站点留下来的10%的外卖小哥大多“潜伏”了，若不是房倒屋塌是不会出来的。

俗话说，“站着不如躺着，好吃不如饺子。”但此时，王涛也许感受到躺着是最难熬的姿势，他起床穿衣，犹豫了一下，点开接单系统，跳出很多代买单，却没有人接。他想了想，也许想让尿憋死恐怕是世上最难受的死法，决定接单送货。

他把接的第一单送到一个小区，客户感激不已地接过去，转手递给他一个红包。这让他感到意外，打开一看，五元钱。钱不多却让人开心，何况大年初一，讨个喜庆。记得上一次收红包还是读书的时候，这一转眼已十几年了。

紧接着，一个订单的备注让他感到眼睛发热："小哥你好，由于我没赶上"封城"前回家，请您一定帮我妈买点儿东西，谢谢。"

王涛想起远在红安的父母和妻儿，或封闭在家，或封闭在村，在镇干部、村干部，或志愿者的帮助下度过这一非常时期。他毫不犹豫接下这一单，电话拨过去，通话的是个女性。

"谢谢小哥，病毒把我隔在外地了，老妈今年 80 多岁了，不能出门，不会网购，只好拜托您了……"说到这儿声音有点哽咽。也许挂单很久，失望很久，总算有人接了，犹如抓住救命稻草。她要给妈妈买生活用品，还要买连花清瘟胶囊等抗病毒的药。

王涛顶着刺骨的寒风骑行，年前站点发了车把套，还是冻得手有点僵硬，不大听使唤。虽说今天是春节，距立春还有十天，当下还是大寒，"小寒大寒，冻成一团"。他在超市备齐了生活用品，又找药店买药。有许多药店关了门，卖药的也怕染上新冠。好不容易找到一家开门的，排着长队，门口都竖着一块牌子："本店口罩无货，酒精无货。"新冠无药可治，口罩和酒精是不可或缺的防疫品，在整个武汉脱销。王涛跑了解放大街、万松园小区和西北湖的十几家药店，也没凑齐单子上的药品。

他打电话给那位女性。她已在手机的外卖平台看到他奔波了一个上午，已感动得一塌糊涂。她沉吟了一下，王涛感觉到了她对母亲的担心。病毒肆虐，武汉的谣言满天飞，她远在外地无能为力，唯一能做的就是给老妈备齐生活用品，不要少吃少喝；备齐药品，感觉不舒服了，有药可医……

"别担心，我再去医院看看。"王涛说。

医院已成高危地带，这时还有谁敢去？除非感觉自己得了新冠，不去不行。

王涛去了协和医院。他搞不清楚自己为什么要为一个陌生人铤而走险？难道发现了被人需要的价值？有价值才会受到尊重？人需要受到重视，受到尊重。

红安县过去是国家贫困县，王涛说，他家过去很穷很穷，父母都是农民，靠种田养活他和三个姐姐。如不是几代单传，如不是连生三个女孩，父母也不会生下他。王涛在家深受父母器重，可是，家里太穷，父母无力给他过多的物质倾斜，从小吃的是父母种的，捡三位姐姐穿过的衣服穿。上小学时，他突然拒穿姐姐穿过的衣服，因为穿女孩的衣服让他遭到同学的嘲笑。在他强烈的抗议下，老妈第一次给他做了一件男孩穿的外套，不过要把姐姐穿过的衣服罩在里边。

靠种地供四个孩子读书实在太难了，每逢交学费时，父母就要挨家挨户，打躬作揖地借钱。大姐二姐初中毕业就外出打工了，饱受艰辛后，叮嘱三姐一定要读好书。三姐很争气，不仅考上高中，还考取全国重点大学——武汉理工大学。

接下来，他们一家五口像伫立海边观看日出似的把目光聚集在王涛身上。2004年高考，王涛从考场出来就告诉父母他不想读大学，想像大姐二姐那样去打工。他想如果能考上像三姐那样的重点大学就读，读个二本三本也没什么意思，不如放弃。他估了分，进一本分数线有点难度。

他不顾老妈跟在他身后哭泣，毅然决然地背上行李去了上海，到建筑工地学油工。说是学徒，前三年给师傅端茶倒水，洗衣烧饭。为掌握刮大白的技术，在夜深人静时，他背着一盏作业灯跑到建筑工地的天井里偷练。刮大白是建筑油工的基本功，也就是在墙面装饰前刮一层腻子。

四年后，王涛终于出徒，有了一份像样的工资。2009年，他返鄂结婚，留在了武汉，那年他25岁。他又在建筑工地打了两年工，然后拉起一支工程队，承接工程。开始时小打小闹，挣了点钱，没多少。2014 年，他终于揽到大项目——武汉市青山区中交江景湾小区的墙面粉刷，总造价 600 多万元，整个工程干下来可赚百八十万元。

没想到他却栽了，一个带班的工人从烟道坠落，被钢筋插穿后背；数日后一名小工又被 18 楼坠落的重物砸成重伤，导致截肢……那个项目不仅没赚反而赔了，王涛被击垮了，有半年多的时间天天买醉。

一天，一个电话把他激活，对方说某个宿舍要翻新，问这活儿他接不接。他粗略算了一下，虽说这活是个鸡肋，也算有点进项。于是，他借资垫付工程款把工程做了，却找不到人结账。他多了几位债主。老婆问他，你到底欠了多少债？他不敢说，怕她承受不了，只得说 12 万元左右。其中有两万多元是信用卡透支的，老婆给他还清了。

他实际负债几十万元，追在屁股后面讨债的人连成串，他只有像贼似的到处躲，有家难归。在妻子的劝说下，他在服装厂干了四个月，每天干 12 小时，一个月挣 4500 元。这份差事实在激不起他的兴趣，最后辞了。

他索性躺平，躲在一位工友在汉阳的出租屋蹭吃蹭喝。那位在工地打工的工友隐忍了一个多月，最后发火了："房租不出，水电煤气费你总得分摊点吧？"

他把衣服口袋都翻出来给他看，分文没有。他拿出一套装修工具："就用这个抵偿生活费好了。"工友见他整天闲荡、无所事事就恶语相向。他终于不堪羞辱，愤然离去。他跑到另一位朋友那儿，在人家的沙发上"窝居"了一段时光。

2019 年 8 月，晚上八九点钟，他蹲在江汉区万松园附近的路灯下发呆，这是他最为落魄、最穷困潦倒的日子，口袋一分钱也没有。

一个穿蓝衣的外卖小哥骑电动车飞快而来，转弯过急，刹车过猛，摔倒了。王涛本能地站起来，把他扶起。小哥活动活动四肢，没有大碍，拍打拍打衣服上的尘土，跟王涛道谢。俩人聊了起来，也许很久没人说话，满肚子苦水无处倒，他讲述起自己的不幸。

小哥打量了一下他，真像他说的“‘80 后’农民工被岁月摧残得像‘60 后’”。

“你看你现在人不人鬼不鬼的，也不是个事儿啊，还是先把生活问题解决了吧。”

“唉，有钱的时候前呼后拥，王总长、王总短的，倒霉了，人人都躲着你，要不是有人讨债，连电话都不来一个。”

边走边聊，他们到了站点。小哥给他看了一下跑单记录，一天一两百，三四百。

“你看这样行不行，你跟我送外卖。你没钱买电动车，我们共用一辆，轮流跑单；没地儿住，先住我那儿。我花 700 元租的房，挤挤就是了。没吃的，我先替你垫付伙食费。你只要跑一天单，第二天就可以解决了。”

这位小哥也是湖北乡下的，比王涛年长几岁。也许他也经历过走投无路的至暗时刻，看出王涛已山穷水尽，于是动了恻隐之心。王涛过去在大街上与外卖小哥擦肩而过，从没多看一眼，没想到危难之际，一位素不相识的外卖小哥搭了把手。他还能说什么，吃、住、送外卖的车子，人家都替他考虑了。

他感动地叫了声“师傅”，便跟着师傅去了出租屋。

师傅带他跑了两天，他就单飞了。师傅叮嘱，你路不熟悉，一次接一单好了，过几天再加一单。王涛想，我跟你跑了两天，没觉得这事有多难。谁知第一天单飞，他去科技馆附近一个商场送餐，怎么也找不到地方。给客户打电话，一个女的接的，说正忙着，没时间出来接餐。王涛只好给师傅打电话。不一会儿，师傅骑了辆共享单车赶了过来，把餐送到客户手里。师傅安慰他：“商场里路线复杂，找不到也正常，熟了就好了。”

他那天跑了九单，赚了四五十元，感到挺高兴。第一个月，他赚了 3000 多元；第二个月，赚了四五千元。他搬出师傅的出租屋，买了电动车，进了专送站点。

后来，师傅回了老家，他们时常在微信上聊几句。师傅是恩人，逢年过节，他会想起师傅，打电话问候。

这场疫情颠覆了许多事情，改变了王涛，他过去跑外卖为的是赚钱，现在不是了，有了一种被需要、受尊重的感觉，有了使命感、责任感与神圣感。王涛也许发现做一个被需要的人是幸福的。在医院发热门诊门口，他在登记、测体温和手部消毒等一系列程序后，用手拉了拉口罩，确认戴得规范才进入大厅。这里他很熟，过去哪天不跑十趟八趟？这时却迥然不同了，大厅里排着长队，气氛紧张得令人窒息，重症患者瘫软地倚在椅子上。当身穿白色防护服的医生护士走过时，有人喊着“救命”。

排到他了，他跟医生讲明情况，开了药。转身要走时，被医生叫住了。

他愣住了，为什么？医生发现自己有什么不对头吗？发现自己“中彩”了？莫名的紧张感袭遍全身。

“小哥，你和我们医护人员一样都是冲在第一线的，请注意安全！”医生说罢，把几个口罩和防护手套递给他。

瞬间一股暖流从心底涌起，冲散了紧张，他感激不已地对医生说：“谢谢！”作为外卖小哥，他一天不知要说多少遍“谢谢”，也许他在这时才真正感受到这两个字的内涵，承载的分量。

天气愈发阴沉，雨夹着雪纷纷扬扬从天而降，落到王涛的头盔和外套上，很快外套就湿透了。恶劣天气下，他不敢骑得太快，平时一公里仅要一分钟，现在得慢慢往前蹭。车把套灌进了水，结成冰，骑一段就要停下来，搓搓冻僵的手。

手机响了，老妈打来的。

“我在睡觉，能干什么呢？现在又出不去。”

他将手机贴近耳朵，怕老妈听到车声和人声。但大街上车已断流，除了救护车之外，很少见到其他车辆，行人除快递小哥、外卖小哥也见不到其他人的身影，死一般地寂静。

“千万不能出去啊，别担心你们一家的生活费，我让你三个姐姐打给你。”

他感到双眼发热，随之是愧疚，自己都30多岁了，还让老妈这么操心。

他挂断电话，赶到收货地点已接单三小时了。敲敲门，听到里面有人应。

“东西放哪里？”他问一句，然后退到一米开外，保持着安全距离。

这两天，大多客户都让他把东西放在门口，等他走后再开门取货、消毒，然后再拿进屋。

此时，门却打开了，一位老人出来，看了他一眼，说了句：“孩子你等一下。”转身进屋，抱个热水袋出来，塞给了他：“快暖暖手。”老人可能听女儿说了，他跑遍武汉药房给她买药，买不齐，还冒险去了医院。老人心里肯定充满着感激和担心。对病人来说，医生就是亲人，托付给医生的是世上最宝贵的东西——生命。此时，医生遥不可及，眼前这位为自己买药的小哥就是亲人。

王涛暖了20来分钟，两手有了知觉。老人又端上菜饭，让他吃。这些日子，酒店餐饮都已歇业，他早晨两桶泡面，晚上泡面两桶，吃得一闻到泡面味儿胃里就翻腾。这饭是“封城”后吃的最可口的一顿。

做工程失败后，他失去了自信，觉得自己成了被抛弃的破抹布。“封城”前，取餐送餐，他像个没血没肉的机器，客户也是如此，面无表情地接过去，没等他转身离去，“砰”地关上门。他完成一单就赚几元钱，过程冷冰冰的，超时、罚款、差评让他紧张、焦虑、委屈、愤怒。

终于从地狱回到人间。这种被需要的感觉真好。

人与人之间就该这样，为什么非要等到危难之际？

风愈来愈大，夹杂着雨雪，天地楼宇一片灰蒙，仿佛被冻结了。王涛上路了，还有人需要他。

两天后的早晨，王涛吃完泡面，打开手机，信息像一大群鸽子飞落下来，还有几十个未接电话。在两天前送货时，一位社区志愿者抓住了他：“小哥，留个电话吧。”隔离家中的市民凡有需求就打电话给社区，他们已不堪重负。

王涛把手机号码给了他，不料被公布在社区的微信群里。他的电话便成了热线，不管午夜还是凌晨，像空袭警报似的响起。有的人还抱怨他的手机老是占线，半天都打不进来。有的人上来就下“代买”单，下完单要求加微信，为了下次方便。隔离在家里的人终于逮着一个能在外面奔跑的，犹如困在孤岛的人看见茫茫洋面划来了船只，哪怕只是舢板，也寄予希望。

2020 年 2 月，王涛成为武汉最被需要的人之一。他想象不出这个社区多大，有多少个小区，一个小区有多少人。也许就像他老家的行政村，下面有四个湾，几百号人。代购的单子如入秋的落叶，数量越来越多。谁也不知道疫情啥时候会过去，逮着机会就要多储备一些，免得到时候找不到跑腿的。他们恨不得让他把超市、药店搬回家。一个单子时常要跑好几家超市或药店才能凑齐，一单要一两个小时，甚至两三个小时。

单子太多，他跑不过来。他想动员住在宿舍另一个房间的“95 后”，要伸手敲门时又缩了回去：这男孩已吓破了胆，睡觉都戴着口罩，怎么可能会去跑单？这些日子，他每天回来都要先敲敲他的门，怕发生意外，还怕他饿着，把带回来的瓶装水和泡面放在他的门口。

偶尔他们会打个照面，男孩觉得他每天满大街跑，不知带了多少病毒，要他先用消毒液消毒，再在门外站一会儿，才会打开门放他进去。房间里到处是空水瓶和泡面盒。他帮着收拾一下，整出两大袋垃圾。

他不得不将订单筛选一下，分出轻重缓急，医护人员的要先送。一次，他接到武汉市中心医院的一位女医生的单，她要为母亲买些水果等物品。他跑了三四个小时才买齐，花了 183 元，她打来 200 元。他一天跑不上几单，赚不了几个钱，老婆孩子靠姐姐资助度日，这让他心里很不是滋味。

还有个订单，要求简单，到盒马鲜生买好菜，送到门外即可。客户是腿脚不便的老人，抑或轮椅上的残疾人？他距那家超市不远，接下了这单。他按要求买好了菜，拎了出来。一辆宾利开过来，后备厢开了，让他把菜放进去，后备厢关上。那人没下车，给他打了 200 元赏钱，逃命似的开走了。

生命无价。谁的人生都是单行道，命仅一条，没了就什么都没了。这 200 元钱赚得容易，却让他高兴不起来。

采访时，我问王涛当时怕不怕。他说，有时会紧张、会害怕，“尤其是目睹新冠病人死掉，被抬上殡仪馆的车时，心里肯定有点不是滋味。想想自己没采取什么措施，也就戴了个口罩。家里老是说你多戴几个口罩，我觉得没那个必要，憋得难受。没有手套，口罩要求一天换两次吧，口罩两侧用红色的笔写上日期。”

2 月 8 日，正月十五，在王涛的老家是个大日子。王涛起床，扯开一碗泡面，拿热水冲开，还没来得及吃，老妈的电话就打了进来，叮嘱他做点儿好吃的。老妈不知道他宿舍的厨房还不到两平方米，是不许开火烧饭的。

我采访外卖小哥戴子、阿龙等人时，发现他们都戴着耳机，夜晚独自行驶街头，或倚着电动车等单，音乐是最好的陪伴。有时逆风疾行，随着音乐吼那么几嗓子，吼完心里舒服多了。王涛自诩“五音不全”的歌者，他说，几乎每个外卖小哥都有自己的歌单。他喜欢早上起来哼一哼《干就完了》，“人生的道路难免大起大落，拿得起放得下别瞎琢磨。举起杯走一个何必上火，同样的世界不一样的我，辉煌的时刻要靠自己拼搏，脚下路怎么走自己掌握……”早上想偷懒，想放弃的时候就听《相信自己》，“多少次挥汗如雨，伤痛曾填满记忆。只因为始终相信，去拼搏才能胜利，总是在鼓舞自己，要成功就得努力。热血在赛场沸腾，巨人在东方升起，多少次挥汗如雨，伤痛曾填满记忆，只因为始终相信，去拼搏才能胜利……”王涛说，唱歌、听歌让我送外卖的效率提高 1.5 倍。

在这个阴森森的，让他恐惧的夜晚，他唱的也许是小时候经常唱的那首歌：“小小红安，真不简单，铜锣一响，四十八万，男将打仗，女将送饭……”他经常对别人说：“我老家是湖北红安七里坪。可能你不知道，那是中国第一将军县，出过 200 多位将军、两位国家主席——董必武、李先念，都是从我们那里走出来的……”他为家乡感到自豪。

他在黑暗中走走停停，辨识路两边的招牌。他本来戴有 300 多度的近视镜，“封城”前的一次雨中送餐，镜片被雨水搞得一片模糊，他索性把它摘下放入口袋，送完餐却发现眼镜不见了。紧接着疫情来了，眼镜店关门了。没有了眼镜，白天还好说仗着路熟，夜间就麻烦了，尤其去不熟的地方，只有凑到跟前去看路标和招牌。

在武汉“封城”的 70 多天里，王涛跑了 800 多单，在空荡荡的街道上跑了 5000 多公里。

2 武汉的平民英雄

“封城”的雨夜，一位老奶奶孤苦无助地站在路边，手握着 CT 片子，绵软无力地哀求道：“你能不能送我回家？”

2020 年 1 月 25 日——武汉“封城”的第三天是春节，也就是大年初一，这是王涛的生日。武汉还有一位外卖小哥，叫赵彬，他比王涛小六岁，他俩没有交集，素不相识，不过这不影响他跟王涛在同一天过生日。

赵彬不是湖北人，来自河南省南阳市唐河县的赵庄村，也是两个孩子的父亲。王涛有一儿一女，赵彬有两个儿子。还有一点不同，赵彬不像王涛那样头顶有一团难以飘散的雾霾——债务，阳光很容易照耀到他。

作为两个孩子的父亲，赵彬不会像八年前那么任性。那时，他在深圳博物馆当保安，花三个月的工资买一台尼康 D90 相机，丢下工作跑到西安去学雕塑。他现在上有老，下有小，犹如一枚游移不定的石子，被固定在一个网的某一点上。他的小儿子是 2019 年 10 月出生的，才三个月，大儿子也只有三岁，两个孩子把老婆拴在了家，他成了这个家里唯一的赚钱人。

如不是这样，他也许就回家了，哪会被封在武汉？春节前夕，站点的小哥一个接一个地回家过年了，赵彬想自己刚从老家回来时间不长，春节就不回去了，留在武汉多赚点儿钱。对于整天在外跑单的外卖小哥来说，已察觉到武汉弥漫着不祥与恐慌，行人已开始戴口罩，目光变得焦虑、恓惶和不安。多数小哥已回家过年，赵彬的单量不仅没有增加，反而在减少。他过去一天跑四五十单，现已降至30单左右。

接着宣布“封城”了，不过赵彬想回家还是回得去的，老家唐河位于河南西南部，豫鄂两省的交界处，距武汉300多公里，不算远。据他所知，国道以及有些小道还没封。他想自己回去的话，家乡人可能会怕他把病毒带回去，搞不好他们一家人都得被隔离。既然“封城”了，那就留下，别给家里添乱。

赵彬说：“我跟湖北就很有缘，尤其是武汉。”他犹如一棵常青藤，根在河南，生长在湖北，30年的人生，一半是在湖北度过的。2004年，读初中一年级的赵彬辍学，到湖北十堰打工。那年他14岁，个子仅1米多一点儿，在一家卖早餐的饭铺洗碗打杂，凌晨3点起床，煮热干面，掸面，拖地，生煤火炉子。两年后，他来到武汉，在酒店洗碗打杂……后来漂泊到了深圳。2015年，他又漂泊回武汉，在湖北美术学院当保安，2018年转行在湖北美术学院藏龙岛校区附近做外卖，从美团专送到饿了么众包，收入还不错，每月有七八千元，去掉房租和个人开销，足以养活老婆孩子。

“封城”的第一天下午，赵彬就挎着他那台尼康D90出去了，边送外卖边拍照，他想用相机记录下“封城”的武汉。他是位摄影爱好者，在深圳接触摄影，买下相机后，就没放弃过对艺术的追求。后来，他到湖北美术学院做保安，结交了许多雕塑、油画、版画、壁画等专业的师生，有时间就去蹭课，当模特。

26岁那年，他回老家结了婚，妻子毕业于医学专科学校，对他的追求很理解。婚后，他去了北京，在798艺术区找了一份工作，有空就去看影展、画展，参观美术馆。孩子出生了，生活压力大了，他又回到武汉。做保安难以养家糊口，他在湖北美术学院附近做了外卖小哥。不过，没放下相机，他加入由OFPiX与澎湃新闻“湃客”创作者平台、饿了么联合发起的“蜂鸟骑手摄影计划”，做街拍客，用镜头记录送餐路上的见闻。

有人认为外卖小哥层次低，没文化，并非如此。在他们中，不仅有像赵彬这种学历不高却读过很多书，有追求的，也有读过本科，甚至读过研究生的。据《蜂鸟发布 2018 年外卖骑手报告》显示，外卖骑士最爱看的是金庸、鲁迅和唐家三少的作品，有 1% 的蜂鸟骑士爱读博尔赫斯、杜拉斯，2% 的骑手喜欢王小波。做外卖的自由度很大，小哥的爱好和兴趣衍生出许多兼职。他们在不同职业和身份间自由切换，为自己争得更多的发展空间，也赚到了更多的钱。

赵彬去了武汉地标性建筑——光谷广场，那有 1400 多吨的“星河”雕塑。“封城”后的广场犹如一片荒地。赵彬感到心痛，默然观望着寂寞的雕塑。一个月前，他来这里拍照时还熙熙攘攘、人流如织。一场疫情使得武汉像要窒息一般，赵彬失声痛哭，举起了相机，拍下空寂无人的广场。

赵彬又去了武昌火车站，拍了一些渴望离开武汉的旅人。在超市，他拍商家贴在门上的告示：“口罩、酒精、消毒液、体温计已售完，正紧急备货中！”他还在街头拍了一位卖菜的河南老乡，菜价不比“封城”前贵；在长江大桥下，他拍了一位下江游泳的人，还有站在岸上伸着脖子遥望着主人的金毛狗……

“封城”的第二天是除夕，整个武汉已毫无年味儿。天还没亮，雨就落个不停，把武汉人的心浇得湿淋淋的。赵彬早起就跑出去送外卖了，一位客户很感激，送给他一个口罩，还有一瓶奶。雨下了整整一天，到了傍晚大了起来，他只好跑到一家酒店的大堂避雨，借机跟老婆视频，看了看家，还有两个儿子。视频后，老婆不放心，给他发来一条微信，千叮咛万嘱咐地说：“一定小心，照顾好自己！”还说等疫情过去，她带儿子过来看樱花。他知道她是在安慰他，怕他过于紧张。她是学医的，应该知道这场疫情意味着什么。

“封城”第三天是初一，武汉的天空阴沉沉的，下着雨，大街小巷仍然空着，出租车、救护车犹如长江的漂浮物，偶尔冒出一个。赵彬没把生日当回事，不过饭总是要吃的。他骑车在街上转悠几圈儿，店铺绝大多数关着门。他找到一家营业的便利店，可选的吃的实在有限，他要了拌粉和豆奶。

他边吃边掏出手机，进入接单系统。“封城”后，900多万居民或被隔离，或不敢出屋，蔬菜、水果、粮食、药品和日用品全部网购，订单就像狂风下的落叶，铺天盖地，快递和外卖小哥仅有平时的十分之一，还有一部分像王涛宿舍的“95后”“闭关锁国”，像那些武汉市民躲在房间让人送吃送喝不出来。

据饿了么数据显示，1月23日以来，武汉“帮跑腿”订单量持续高速增长，单日最高订单甚至是12月日均的五倍多。2月以来，外卖小哥单日的跑腿距离总和是过去的三倍多，但是每单距离却缩短了18%。在订单中，名列第一的是食品，订单量指数为100；接着是药品，指数为64；日用品，62；其他，60；生鲜果蔬，58……[1]

赵彬跑的那片营业的饭店只有两家，其他都关闭了。订餐的极少，不是客户不想订，而是订不着。他们只好选择购买商超的食品，药品的订单也多，那些患有肝病、肾病、糖尿病、心脑血管病的患者每日必服的降压药、保肝降酶药没了，必须注射的胰岛素告罄了，还有那些患感冒的，感冒的症状与新冠相似，发烧、咳嗽、流鼻涕、嗓子痛、乏力……在家怕传染家人，去医院又怕被传染，网上药店停业了，只得在“帮跑腿”上下单买药。药店营业的不多，赵彬他们满大街找药店。有时为一个单骑行几十里地，跑了七八家药店才凑齐客户要买的药。

有家庭的小孩奶粉没了，孩子吃惯某一品牌，换个牌子就拒绝吃，这可怎么办？若没疫情，父母就是跑遍天涯海角也能给他买到，现在不行了，连屋都出不去了，只得拜托外卖小哥。赵彬跑了多家超市也没买到，绝望之际却在沃尔玛超市找到了。他高兴极了，在那些日子每逢找到客户要的商品，都会有种莫名的成就感。

赵彬有些单是熟人通过微信订的，一位河南老乡想吃馒头，问他能不能帮忙买几个。他跑了十几公里才找到一家有馒头的超市，给那位老乡买了60个

[1]《谁来保障“武汉的餐桌》，央视网2020年2月28日。

馒头。有人让帮忙买鸡蛋，赵彬送到半路又接到电话，问能不能再帮忙买点儿青菜和面粉？他回到超市，帮着买了新鲜的青菜，面粉没买到，看西红柿挺新鲜的，打电话问："超市的面粉卖完了，西红柿不错，给您买点吧。"客户感激不已，通过微信转来一个大红包，他谢绝了。

医院的订单占有相当大的比例。平时没病的人就不愿意去医院，疫情暴发后他们更不愿去医院了。可是，医院除了病人还有医务人员，他们是战斗在抗疫前线的战士，他们日夜奋战，筋疲力尽，说什么也不能让他们饿肚子，要保障供给。在这一点上，赵彬跟王涛的想法一致。不过，也有小哥拒绝接医院的单。

赵彬每天都接协和医院的单。协和医院是新冠肺炎定点治疗医院，网传那里的走廊和候诊厅已挤满发烧、咳嗽、鼻塞、流涕，甚至呼吸困难的病人。他路遇一位同行，聊起去协和医院送外卖的事，那位同行突然瞪大眼睛，打量他一番后，像撞到瘟神似的，急忙骑车仓皇而逃。这也无可非议，大疫之下，谁不怕被传染？在这种境况下，能坚持送外卖已很了不起了。

赵彬住的那个村子租金较低，他的房间每月租金 600 元。那个村子吸引了许多外卖小哥和快递小哥。"封城"后，村民见这群外卖小哥不老实在屋待着，整天在外边跑，连医院都敢去，怕他们把病毒带回村，不让他们出村了。村民说，你们实在要出去也可以，那就不要再回来住。为阻止他们出去，村民在路上设了路障，电动车过不去了。

这哪能阻挡外卖小哥？他们索性把电动车停放在村外，没地方充电就用共享电池。电量不足了，就近找个电池柜，换一块就可以了，不过每天要十元钱。车放在外边，人是拦不住的，赵彬他们每天早早翻墙出去，晚上翻墙回来，在村里就遇不到什么人了。

赵彬到协和医院送餐也很紧张，要跟病人擦肩而过，说不定病人呼出来的气被自己吸进了肺。医院考虑到外卖小哥的安全，让他们把餐放在医院门口。可是，赵彬不放心，万一医务人员没接到餐，那不就饿肚子了？穿着白色防疫服的医护人员接到他的电话后走来，跟他打着手势，让把餐放下，赶快离去。他放下餐，退出几步，直到看他们取走。

赵彬从早忙到午夜，雨淅淅沥沥下个不停。订单太多，效率太低，每一单都要很多时间，赵彬送完最后一单已是零点 20 分，感觉筋疲力尽，浑身发冷。生日就要过去了，他很想赶回出租屋，钻进被窝，好好睡一觉。

他骑行至武汉市第五医院不远时，突然路上出现一个身影。白天空荡荡的街道到了夜晚就有点儿瘆人，昏黄的街灯下，冷不丁冒出一个人来，让他有点儿心惊胆战。这是一位老人，孤苦无助地站在那儿，不停地摆着手。

赵彬过去，见她手握着 CT 片子，手背贴着输液留下的白胶带。她有气无力地哀求说："你能不能送我回家？"

他有点儿紧张，这些日子虽说跑过很多次医院，但跟病人和穿防疫服的医务人员从没近距离接触。他前两天到医院送餐，见门口堆放了很多爱心物资，仅有几个小护士在搬运，想过去帮忙。"别动！你进来会有危险的！"一位穿着防疫服，戴着 N95 口罩和护目镜的小护士制止了他。这位老人也许就是新冠肺炎患者，赵彬的防疫设施只有普通口罩，会不会被感染上？他有点恐慌。

老人也许看出了他的犹豫与恐慌，不想隐瞒自己的病情，也许在大年初一与初二交割的午夜，孤独比凄冷更为可怕。老人絮絮叨叨地说道，她可能感染了新冠，想要住院，可是医院没有床位，只得回家。从"封城"起，武汉的公交、地铁、轮渡、长途客运就停运了，即便不"封城"这个时间也没车了。她在这寒冷的雨夜等了一个多小时也没等到出租车。私家车或送家人去医院，或接亲人，他们开得很快，似过街老鼠，仓仓皇皇，夺路而逃。她家住在汉口，距医院十来里路，她走到这里就走不动了。她说，老伴去世了，孩子在外地回不来，她找不到别人帮忙，再说这时候谁都害怕传染上新冠……

她站在雨里，无助地哭了。她孤苦伶仃，她很可怜，也很坚强。谁都知道这时出城是出不去的，进城是进得来的。不是孩子回不来，肯定是她不让回来。假如父母在外地，儿女生了病，他们就是拼死拼活也会赶回来的。这就是现实，父母为儿女活着，儿女为自己或自己的下一代活着。每一位老人的离世，对儿女来说都是“世界上最疼我的那个人去了”，可是老人在世时有多少儿女会像疼子女那样疼过“世界上最疼我”的人？

赵彬是理解父母的那一代，他的岳母病危之际想的不是自己，而是女儿。他的妻子不是岳母亲生的。岳母患有先天性心脏病，不能生育，于是抱养了一个女孩。她把女儿养大，供女儿读了大学。在女儿毕业实习期间，她的病情恶化，随时都会撒手人寰。她想的不是自己，而是女儿的终身大事还没有着落。

岳母的弟弟认识赵彬的父亲，在他们的介绍下，赵彬就跟她的女儿相识相爱。他们婚后，岳母病重住进了医院。这时赵彬的妻子已大学毕业，在唐河县的一家医药连锁店上班。赵彬放弃了打工，在医院照料岳母几个月。岳母出院后，他去北京打工和学习。两个月后，岳母突然去世，他回到唐河，直到儿子出生才来武汉送外卖。

赵彬怎忍心把眼前这位老人丢下？这么凄冷的春节，白天大街上连个人影都见不着，这大半夜就更没人了。自己要不管的话，走路颤颤巍巍的她也许天亮也回不到家，也许会冻死在路上。不管谁遇到这种事都得搭把手，帮一下，否则一辈子都不得安宁。尽管他住在武汉东边，离汉口二十七八公里，送她要多跑很多路。

他让老人坐在电动车后，却发觉她身体虚弱，绵软无力，车后座没依没靠，万一仰面栽下去怎么办？这实在是太危险了，可是他又有什么办法呢？只能小心骑行，让车平稳些。

雨还在下，细密的雨丝下，昏黄的街灯有点儿朦胧，街路潋滟。雨打在头盔上，打在脸上，有几分寒冷。雨雾挂在睫毛上，路上湿漉漉的，反射着灯光，他不敢快骑。老人也许是因为衣服被淋湿了，有点儿发抖。

行至一半时，遇到一辆出租车，他急忙招手。出租车停下了，开车的是一位年纪跟他差不多的小伙子，全副武装，穿的是白色防疫服，戴着 N95 口罩。

他跟司机讲明情况，“封城”后坚持出车的司机大都富有爱心。司机二话没说就答应了。老人坐在了后排座上，赵彬望着出租车亮着红红的尾灯从眼前消失，突然感到失落，感到后悔，为什么没留下老人和司机的电话？老人后来怎么样？得没得到救治？

他想到老人坐在自己后边，呼出来的气喷在他的后背，会不会传染给自己？感染会有潜伏期，自己再传染给别人怎么办？自己要被感染了，不也跟她一样无人可依么？他急忙骑行到一个执勤点，全身消一遍毒，然后才回出租屋。

有个朋友听说后批评他，你在这一时刻挺身而出是件好事，不过从另一角度说，新冠疫情刚暴发时染病的死亡率很高，你在没穿防护服、没戴 N95 口罩、没有护目镜的情况下做这件事是对家庭的不负责任。假如你被感染了，假如死掉了，你的妻子怎么办？孩子怎么办？父母怎么办？

他想想也后怕，一家四口靠他赚钱养活。前段时间老岳父在工厂打工时头部被砸伤，他赶到郑州照顾了一个多月。现在，他老婆既照看两个孩子，还要照顾老岳父，好在他们两家离得不远，骑电动车二三十分钟。她忙不开时，他的父母会搭把手。

在“封城”的日子里，赵彬拍了 1000 多张图片，他用镜头讲述的武汉“封城”第一天的故事引起媒体的广泛关注，央视、腾讯、澎湃新闻纷纷转载，他的摄影作品在阿里巴巴西溪园区、支付宝蚂蚁 Z 空间、饿了么上海总部都展出过。他也被誉为“武汉的平民英雄”。

第九章
顶破“天花板”

有人问外卖小哥：“你难道要送一辈子外卖？”
他可知道，有的小哥获得过全国五一劳动奖章，
有的小哥从外卖员做到服务商区域经理、城市经理。

1 外卖界“第一劳模”

外卖界“第一劳模”：“这不是我一个人的荣誉，更是属于整个外卖骑士群体的荣誉，也是社会对‘外卖骑手’这一新兴职业群体的认可，感谢这一充满机遇的时代……”

2021 年 7 月，我在上海采访戴子时，他向我推荐：“有一个人你可以采访，他叫宋增光。”我恍然想起在网上读过关于此人的报道，媒体称其为“外卖行业第一位‘劳模’”。遗憾的是由于行程安排问题，我没能去采访他。

2021 年 11 月，我再次去上海，又有人提起宋增光，结果又失之交臂。后来，我在网上搜集到几乎所有对宋增光的报道，心里渐渐映现出他的轮廓：宋增光出生于黑龙江省的一个山村，2014 年辞去江苏盐城货车司机的工作，到上海跟新婚妻子团聚，转行做了外卖小哥。

有人说，外卖小哥的“天花板”低，吃的是青春饭，“有钱途，没前途”，可是农家子弟宋增光却一路开挂，送外卖八个月就当上饿了么直营站的站长；三年后，成为饿了么上海培训专员；2018 年获得上海市五一劳动奖章；2020 年获得上海市劳动模范；2021 年 4 月 27 日，他迎来人生的高光时刻，获得全国五一劳动奖章……

原以为还有机会去上海采访，不料随之天气转冷，各地疫情不时出现，去上海面对面采访宋增光有了风险。对非虚构作家来说，最好是沉浸式采访，起码也要面对面访谈，可是疫情改变了一切，我只好以电话的形式采访了宋增光以及他的家人。

“我出生于1984年，出生地是黑龙江尚志市珍珠山乡富源村。”完全听不出东北人“那疙瘩”的口音，一口标准的普通话，声音清亮悦耳，亲切温和，恍然有种错觉，像是在收听中央人民广播电台的播音。

尚志市位于黑龙江省南部，张广才岭的西麓，属长白山系分支小白山系。宋增光的家乡珍珠山乡在尚志的东南部，亚布力滑雪场大锅盔山西麓，“九山半水半分田”，乡辖百余里大山，村民们靠采集木耳、猴头菇、元蘑为生。随着资源的减少，转为养殖黑木耳，珍珠山乡成为“中国黑木耳之乡”。

宋增光的父母和亲戚都成了黑木耳养殖专业户。养殖黑木耳极为辛劳，“比农民耪地还辛苦”，他的父亲宋广春在接受采访时说。宋增光的大舅先走出了大山，到城镇租摊位搞起山货批发与零售，并将亲戚召集在身边，宋增光的父母也过去了。

十岁时，宋增光跟着父母到吉林省珲春市，在那读了小学和初一，他的初二、初三和中专是在沈阳读的。“(那所)中专的话以前叫汽车工程学校[1]，学的是汽车与维修专业，现在的名字记不太清楚了。”宋增光说。

中专毕业后，宋增光帮父母做了一段时间的生意，卖木耳、蘑菇等山货。嗅觉灵敏的大舅发现商机，将山货摊盘给宋增光的父母。到了2010年，生意不好做，父母就收起了摊子，回老家又搞起了养殖。这时，在江苏盐城的小叔在格兰仕做代理商，缺个送货司机，宋增光有驾照，就将他叫了过去。

“大人叫去就去了，我是比较听家里人话的，在认识我老婆之前，我自己的想法是没有的。”宋增光说。

2014年1月1日，宋增光从盐城匆匆赶到连云港东海县白塔埠镇埠后村，

---

[1] 汽车工程学校：即沈阳市汽车工程学校，该校是沈阳市教育局直属的国家级重点中等职业学校。

奶奶和叔叔在那个村。这事说起来话长，宋增光祖籍是江苏，20 世纪 60 年代，爷爷和奶奶到黑龙江“讨生活”。宋增光两三岁时，爷爷意外去世，奶奶领着未成年的两儿两女回到埠后村。那时，从珍珠山乡到东海县要坐三天三夜的火车，老大宋广春担心孩子年幼禁不起舟车折腾，再加上妻子的亲属都在珍珠山乡，也就留了下来。

宋增光去白塔埠是相亲，有人给他介绍个对象，叫周平。

这年，宋增光 30 岁，在盐城当了三年多的货车司机，谈过一两个对象，处的时间不长，均无疾而终。“我的恋爱观不是那么太积极。”宋增光说。这却急坏了父母、奶奶和叔叔婶婶。

“给你介绍对象的话，首先要有个房子，这是一个硬基础。你要是没有房子，到时候别人介绍起来，首先这一关就过不去了。”二姑父劝他买个房子，“你工作这么长时间，也没存下多少钱，（买房）也算是变相的存款吧。”

宋增光觉得二姑父说得有道理，当时楼市价格节节攀升，买房除了居住，还有投资属性。恋爱不积极，对投资倒蛮积极的，他在白塔埠镇买了 100 平方米的住宅，不到 3000 元一平方米。父母凑了首付，宋增光贷了 18 万元。“这是我的第一笔投资，现在能涨个 50% 差不多。”

这笔钱如果投在中国一二线城市，九年的光景也许翻了两三倍都不止。如果投在长三角或珠三角的三四线城市，也翻了一两倍。他投在了县城下面的一个镇，有 50% 的收益算是幸运了。

宋增光成了“有房一族”，在婚姻市场身价倍增，“下网”敢于瞄上层女孩了，网到在上海的周平。她是白塔埠人，父母是农民，家有一个弟弟。

相亲那天下午，介绍人家里满满登登，坐着头天晚上坐一宿火车赶回来的周平，以及她的母亲、弟弟和侄子。

宋增光晚到一步。“她身高 1.65 米，一个比较漂亮的女生。”采访时，宋增光说。

他身高 1.74 米，两个人个头上比较般配。

“印象还可以，看着清清爽爽的那种。”采访时，周平对我说。

她觉得这小伙子身材匀称，白皙的面颊一对酒窝儿，性格有点儿腼腆，属于很容易让女孩子心动的那种。

从宋增光发给我的照片上看，两个人眼睛都细细长长，浅浅的双眼皮儿，鼻头儿肉肉的，颇有夫妻相。

“你们出去转转，聊聊天吧。”周平的母亲发话了。套用相亲节目的一句话，“眼缘这一块”算是过了。

两个人就出去晃荡了一个下午，聊聊彼此的情况，各自的喜好。

周平高中毕业后到上海继续学习，学的是计算机信息管理专业。毕业后在上海一家公司，做展位招商业务。

“她是做业务的，在一起聊天的话，你能感觉到她的言谈举止更加职业化一些，我平常很少能接触这种女性。”宋增光说。

“心里的压力还是有的，我这边每月就3000块，要还1400块钱的房贷，她的工资是我的两倍，有的时候甚至更多。”宋增光说。

两个人挺聊得来。“其实我不算是那种善于表达的人，就努力地去找话题，就是说能把印象加深一些。”宋增光说，原计划第二天回盐城，临时延了期，第二天再去找她。她1月3号回上海上班，他也3号回了盐城。

两个人再见面就是春节了，他把她领到奶奶家。两个叔叔和两个姑姑都回来了，热热闹闹的一大家子，她惊奇地发现几个男人在厨房忙着做饭，女人在聊天吃东西，“就感觉这个家庭比较尊重女性吧，一家人其乐融融的，就感觉挺喜欢的。”周平说。

两个人在这一年的3月份订了婚，4月29日领了结婚证。“一个是感觉对了，再一个家里给的压力也大，她比我大一岁，父母催婚嘛。”他们将房子简单装修了一下就结了婚。

婚后，他们夫妻在上海和盐城之间奔波。一次，她去盐城看他，正赶上整整一大货车200部空调台机到货，卸货的是他和小叔父子，他们三人要把空调背进库房。“那么大的空调，挺沉的，他就这么搬来搬去的，”她很心疼，接着说，“接下来还要给下面的经销商送货，一年365天没有什么休息日，待遇又低。我说，不行你来上海吧。”

他担心找不到工作。她说：“你到了上海后，工作慢慢找，慢慢看，反正我的工资能cover[1]两个人的生活嘛。”

2014年十一长假刚过，宋增光去了上海。妻子住的是单位宿舍，三四人一个房间。她给他找了间公寓，一个房间摆放三张双层床，一个床位一个月650元。她还给他找了个零工：在展会上扮布偶，来回走动分发传单，一天赚200元。他干了三天。

她还带他去南昌报考南昌大学市场营销专业的成人自考。上海稍微好一点的工作都有学历要求，她在上海这么多年，一直在给自己充电，看书、学英语、逛各种展会、看舞台剧。“都有在坚持。”她说。

我问她：“上海的大学那么多，为什么去南昌？”

她笑了，朋友说南昌这边考试容易一些，最后发现也没那么容易。

“在认识我老婆前，我（对职业）是没有规划的。她推着我往前走。”老婆比他优秀，在大上海凭一己之力就混进了白领，他没有道理不听她的。

刚到上海时，他的工作目标：一个是司机，一个是快递。司机是老本行，快递上手快，而且这两种工作都没有学历要求。他在网上看到饿了么招聘外卖员的信息，“因为快递员跟外卖员的界限比较模糊”，他就去面试，稀里糊涂就进了饿了么普陀区近铁城市广场的专营站点。

入职已是10月底，转眼间就进入了冬季。上海的冬天阴冷潮湿，动不动就阴雨连绵，跑单时人罩在雨衣里，动不动就是一身热汗，内衣湿漉漉的，高峰过后闲下来，湿冷像一根根针刺进骨头。“又冷又无处可躲，作为一个北方人来说，体验感是非常差的。”宋增光说。

---

[1] cover：英文，在这里是“资产和收入足以支付”的意思。

一天去送比萨饼，盒子较大，外卖箱放不进去，他只好将一部分放进外卖箱里。送到客户手里，往回走的路上接到客户电话，“这东西已经凉了，硬了，没法儿吃了。”

“对不起，餐凉了，是我的责任。”他只好返回去，真诚地对客户说。

“我比较腼腆，比如配送完后，要跟客户说：‘祝您用餐愉快！’刚开始，我很小声，甚至不好意思说出来。”宋增光说。

不好意思说也得说，道完歉，他将钱赔给了客户。

回到站点，他越想越不安，怕客户投诉。第二天，他买了两个公仔，再次登门向客户道歉。客户那张像扑克似的面孔终于露出笑容。

宋增光心想，这种情况以后还会碰到，赔钱不说，还影响客户用餐。他跟站长和商家建议为外卖箱装不进去的比萨饼提供保温袋，得到了支持。

餐品洒了要赔钱，超时了要扣钱，一天还跑不了多少单，心里的失落是非常大的。“在这种情况下，我会发信息给我老婆，寻求一些安慰吧。”他很幸运，不像大多数小哥那样，孑然一人在大城市苦熬。

周五下班后，周平就从浦东坐公交车，穿过大半个上海到普陀来看他。她会给他带一饭盒吃的，有时是在宿舍给他包的饺子，烧的小炒肉、土豆丝，或红烧排骨。他在盐城当货车司机时，饥一顿，饱一顿的，导致肠胃不大好。送外卖，她想不能老让他吃外卖呀，有时间就弄点吃的给他带过来。她会赶到他等着接单的商场边上，揭开饭盒，看着他吃。她的厨艺很好，他吃得津津有味。她不时抽出纸巾，递给他擦擦粘油的手。他穿着一身外卖工装，她一身白领职业女装，惹得路人纷纷侧目。

他们晚上有时会到电影院看场电影，然后入住酒店。他每周有一个休息日，选在她过来的那天休。她既有南方女子的细腻温婉，又有职场女性的理性。“我老婆对我的工作一直持有的态度是不管你收入多少，这份工作只要你觉得值得做，只要你开心，我就支持你。这种鼓励没有任何压力，这个时候我就想做好这件事情。”他说。

他每天要从上午10点干到晚上9点，回到宿舍已是晚上9点多钟了。他做外卖后就住进了站点的宿舍，那间20来平方米的房间，摆放有三张双层床，住四到六人。单身男人宿舍大都脏乱，东西扔得乱七八糟，充斥着汗味和脚臭味。宿舍和站点连在一起，其他小哥下班就休息了，站长和调度还在那儿忙着，宋增光有时会过去凑热闹。

“你愿不愿意帮站点分担一些东西？比如说收收小票，核对一下账目？”站长对这个温和、一笑俩酒窝儿的小伙子印象是“挺实诚”，换个“刺头”会顶回去：“收收小票？收一个小票给多少钱？”

那时还没有网上支付，外卖跟现在也有所不同，客户下单后，小哥要在商家将餐品买下，跟客户收取餐费、配送费。如公司有优惠活动，优惠那部分钱由小哥先支付，拿小票回站点报销。

这活儿本来是站长、副站长、调度三人的，副站长去了别的站点，就忙不过来了。小哥跑一天单累得半死，谁不想躺床上歇歇，攒足劲第二天跑单。对他们来说，跑一单赚一单的钱，老外卖员一个月赚一万多元，像宋增光这种菜鸟也有四五千元、五六千元好赚。

没想到，宋增光却说：“可以的，我愿意学习这些东西。”以前在小叔那儿当货车司机，他除了开车，还装卸，跑银行，帮会计出账，从不计较干多干少，分内分外。

站长觉得这小伙子不错，做事还很认真，2015年1月就让他做储备站长。我问他：“在此之前，关于自己的职业、自己的未来，有没有一个规划？”

“没有的。去我小叔那边，也是小叔找的我。我是比较听家里人话的，小叔安排什么工作，就去把那些工作都做好。我在江苏那边的收入是3000块，来上海的时候也没抱太高要求，四千块、五六千块，差不多就达到心理预期了。”

一个被动的人，对职业没有过规划和分析，当机遇出现时，自我意识突然就苏醒了。

当时正值饿了么打造品牌、全力扩张期，给小哥的补贴和优惠力度很大，别人都忙着跑单赚钱，宋增光却忙着学习调度与管理、骑手培训、处理交通事故、处理异常事件等，同时也在学习大专自考课程。

采访时，周平说：“（结婚后）我一个人学习，两个人有挺多矛盾的。他有时候也会懒惰或者怎么样的。时间久了，我看书的时候他也会看书了，慢慢就养成了习惯。总归在上海嘛，还是要保持学习的，不然特别容易被淘汰。”

储备站长每月有几千元的补贴，比跑单赚得少很多，宋增光抽空也跑点儿单，多赚点儿，回来再忙站里的事，每天都要工作到深夜十一二点。

2015 年 6 月，普陀区新增一个配送站，派宋增光过去做站长，他带着十五六个小哥就过去了。

七八月的阴雨天，午高峰后，几位小哥悄悄下线了。少了几位小哥，运力明显不足，尽管在线的小哥手忙脚乱，疲于奔命，还是濒临爆单。

“你是什么情况？”宋增光找到一位老外卖员。

通过了解，他知道这人常打游戏，经常把其他小哥拉进去，组队打对抗赛。

“你的小孩才出生，还没满月，花销很大，你不努力工作，家人怎么办？没钱了去哪儿找？”宋增光劝道。

他个性温和，加之初当站长经验不足，数据比较难看，常被上司找去训话。他渐渐变得强硬起来，找过那位打游戏的小哥几次之后，严厉地说：“今后不许你在工作时间打游戏，更不允许你带其他小哥打游戏。你把我整个站点的积极性都给带没了！”

可是，那位小哥还是难以改正，半年后，被宋增光辞退了。

宋增光做站长跟别人不同，每逢站点忙时，他就让调度管理后台，自己机动。有小哥打电话，焦急地说：“我的电瓶快没电了，手里还有四五单，要超时了！”宋增光就骑电瓶车赶过去，将自己骑的车给小哥，然后推着没电的车回去充电。

华东师范大学在宋增光他们站点配送范围之内，学校管控严格，没有门禁卡无法入内。站点只有两张门禁卡，每逢午高峰，宋增光就站在校门口，有他们的小哥过来了，他就将卡递过去。小哥出来时，再将卡交还给他。校门口只有几棵枝丫稀疏的小树，正午火辣辣的阳光泼洒下来，让宋增光无处躲藏，他还要通过手机实时监控系统派单情况。

2018 年春节，上海阴雨不断，寒冷异常，宋增光却感到有种温暖。他虽然跟往年一样在站点值班，可是不同的是有位特别的骑手陪伴，那人就是他的老爸宋广春。

“外卖这一行怎么样？”每当他回埠后村探望父母时，老爸就询问。

他知道老爸是动了送外卖的心思。父母从东北过来参加他的订婚仪式后，再没回去。奶奶病了，叔叔和姑姑或有工作，或忙于生意。母亲只好侍候奶奶，老爸去一家工厂当电焊工，一天赚 100 元。

2016 年奶奶过世了，老爸就寻思自己的去处了，留白塔埠镇吧，收入太少；回黑龙江搞养殖，市场不稳定，有个天灾就血本无归。再说大儿子宋增光在上海做外卖，小儿子在鞍山做生意，老两口回去了就成了山里的老孤雁。

“外卖可以的，比你干电焊收入高，还比较灵活，我们站点有兼职的，累了就休息休息。”宋增光说。

老爸已 53 岁了，这个年纪干专职辛苦，干兼职正合适。听儿子这么一说，老爸来到了上海，先落脚在儿子家里。当储备站长后，宋增光在宝山区租了一个一室一厅的房子，解决了夫妻同城分居的问题。家里正好有张多余的床，将老爸安顿下来。

“过来抱着瞅一瞅（的心态），瞅一瞅之后直接就伸手。”老爸说。

正巧有个小哥转行开花店，鲜花配送时效性不强，即日送到就行。“就拿鲜花练练手，配送几单，感觉一下。”宋增光对老爸说。

他把自己的电动车给了老爸。他又从站里借了一辆，陪老爸去鲜花店取了三单。第一单是上海大学宝山校区附近的，他在路上给老爸讲配送流程，周围环境，老爸听得认真，感觉很新奇。

按照导航到了客户留的地址，他停下了，示意老爸自己进去。没一会儿，老爸乐颠颠出来，问："这一单我能挣多少钱？"

住在儿子家里，有吃有喝有住，"这不是他想要的，像每一个过来跑单的外地人一样，他想的是挣钱。挣到钱了，才能立住脚，心也就定下来了。"宋增光说。

他陪着老爸跑两单后，见老爸熟悉周围的环境比较快，导航用得也挺溜儿。"他有驾照，会开车，认路对我爸来说没有任何难度。"第三单就让老爸自己跑了。

在鲜花店练过手后，老爸就进了站点。那时候人工派单，老爸是新人，单派得少，"主要是别太累，再就是不希望他着急，不要发生意外。"他说。

"您在站点第一单送的是啥？"我问。

"都是饭馆做好的，里面是啥，咱也不能打开看呀，拿着就按照他留的地址，什么路，什么街，多少号，哪室的，送去，到那儿交给客人，这单就算完成了，就这么简单，并不烦琐。"老爸的东北话说得很有趣。

"这个玩意儿（外卖）挺好，拿着又轻，就是跑跑道，比农村种地要强，比电焊轻松，所以说就在这儿待住了。"

他跑单心态挺好："我宁可超时，我按灯走，闯红灯一旦出了事，那汽车跑那么快，你跟它撞，你撞得过它？"

不痛快的事儿也有，"有些顾客排外心理还是有的，他总感觉自己是本地人，你一个外来的，也很伤人，你要是赶上他心情不好，怎么送也不对，把那个餐拿过去，眼睛还剜你一眼。我不管你，我走我的，就完了，我不跟你惹气，我也不给你犟嘴，我继续跑下一单，多挣点儿钱。"

两个月后，老爸将老妈接来，在距儿子五公里的地方租了一间农民房，一室一卫一厨，月租金 1900 元。老爸开始时一个月赚四五千元，跑熟了赚五六千元、七八千元，过万的时候也有。老妈在小区找了个保洁的工作，一个月收入 4000 多元。"老妈说，这辈子下地、侍候一家老小，没想到老了老了自己也拿工资了，她很知足。”宋增光说。

接着，老舅的儿子也过来了。他大专毕业，在山东的铝厂干了三四个月就离职了。那边的工资太少，每个月只有3000多元。他投奔宋增光做了外卖，月收入七八千元，甚至八九千元，越跑越起劲。

宋增光又接到老舅的电话，说也想到上海找个工作。那年夏天一场特大暴雨袭击了富源村，老舅养殖的几十万袋黑木耳一旦进水就全完了。他们两口子就在周圈儿筑坝。从早晨6点半忙到中午11点半，累得不行。

珍珠山乡是山区，富源村位于两山夹一沟之间。水要冲过来，他们筑的土坝哪扛得住？老舅赌气地说："不挡了，冲成啥样就啥样了。"

他们就回家了。家在山坡上，他们刚到家，下面的河水就泛滥了，水势凶猛，四五米高的民房瞬间被淹没，车辆和牲畜转眼就没了踪影。

老舅的几十万袋木耳全毁了，损失了30多万元。

养殖户伤心了，130多口人的自然屯除老人和孩子之外，都进城打工去了。养殖几十年木耳的老舅也伤心了，不想留在村里了。可是，他已经45岁了，打工没有优势，听说儿子在宋增光那干得不错，也就给宋增光打了个电话。

宋增光说："也没啥别的工作，我就在这边干外卖，要不您过来试一下？"

老舅养殖木耳累得心脏出了毛病，宋增光清楚养殖木耳有多么辛苦。有一年，他回家过年，老爸说你回来得正好，让他帮忙拌料。大概有一吨多的木料，边拌边洒水，把料拌匀了，装好，放到大锅上去蒸。他在家干了20多天，瘦了十五六斤。

宋增光想，老舅比老爸还小几岁，老爸都能跑，老舅也没啥问题。

2018年1月，老舅和舅妈来到上海，在老爸老妈住的那个小区租了一间房子安顿下来。老舅先是跑顺丰同城，每月有6000元底薪，适合新入行的人。后来，老舅也转做外卖，舅妈也在小区找了份保洁工作。

春节绝大部分餐厅都关门了，外卖系统还开着，站点不能停摆。小哥大都回家过年了。在外边奔波一年，总得让人家回家团聚一把。宋增光把老爸留下了，除他们父子之外还有一个小哥。

大年三十下起了雨，又湿又冷，爷俩坐在餐馆等单，他们还不能坐在一起，宋增光守着必胜客，老爸守着永和豆浆，相距有一段距离。有单了，离谁近谁送。过年了，不用再统计人数，后台也就不看了，对他这个站长来说也就省事了。

早晨8点上工，中午12点爷俩儿一起下班，回家吃年夜饭。

年三十、初一这两天单不多，初二开始单就多了，偏偏初二这天宋增光淋了雨，感冒了，周平回了白塔埠娘家。“他跟我说在上海冷死了，又忙着跑单什么的，感觉挺惨的。”采访中，周平说。

2018年4月，周平的弟弟也过来做外卖了。他性格内向，买台叉车在上海揽不到什么活计，周平的老爸看着着急，于是就让他卖掉叉车，过来送外卖了。

2018年10月，饿了么在调整站点布局，将这一站点取消。解散前，小哥纷纷找好了下家，可是最后几天的配送还是要做的。宋增光只好给跟他做过的老外卖员打电话，请求援助，过来十来位小哥。

“当时求人挺不容易，他原先的手下有去跑众包的，有去别的站点的，他们还真给面子，都过来了，都给顶下来了。”说起这事儿，老爸说。

宋增光跟老爸说“今天早班你得盯着”，或者说“今天人手不够，晚班你得盯着”，平时他总跟调度说“少给老爷子派单，别让他累着”，现在急了，顾不得了。

宋增光坚守到站点运营结束，系统关闭。他卸下为期三年的站长一职，成为饿了么公司的运营专员。

老爸说：“直到现在，（骑手们）看到我都叔长叔短的，非常客气。他当站长，这么说吧，下面这些跑单的骑手都非常尊重他，哪个骑手有什么问题了，缺钱了，少来少去的，他能负担得起，都拿自己的钱垫付。（骑手）家里有什么事，心情不好，他就及时过去做思想工作，把情绪给化解了。天热了，自己掏钱买个西瓜，谁赶上吃一口，凉快凉快。”

阴冷天气，跑单跑得一身大汗，停下来休息时，潮气浸到身体里，以前宋增光当骑手时每逢这种天气妻子就给他煲一杯姜茶。当站长后，他就熬上一锅红糖姜汤，顶着风雨给小哥送去。

他还特别给小哥开了上升通道：培养了三位储备站长，教他们处理突发状况、汇总数据、培训骑手等，其中一位小哥从储备站长到站长，到区域经理，最后当上了城市经理。

2018 年 10 月起，宋增光当过运营专员、培训专员，负责普陀区十几个站点、八九百名骑手的培训，从如何佩戴头盔、处理突发状况，到“送完餐后，客户门外若有垃圾，可询问是否需要帮忙带下去扔掉等”。还负责人事后勤、装备管理、保险理赔等，骑手出现交通事故，他第一时间赶到，进行事故处理，甚至垫付医药费……

2020 年疫情期间，有些骑手害怕，不敢接单，他对骑手进行心理疏导。上海口罩脱销，他奔到杭州买回 5000 只口罩和其他防疫物资，分发给站点。

生活不会辜负努力的、勤奋向上的人。

2018 年 4 月，宋增光在上海数万名外卖小哥中脱颖而出，获得了上海市五一劳动奖章。

2020 年 4 月，宋增光荣获上海市劳动模范。

2021 年 4 月的一天，宋增光正陪妻子逛街，突然收到一条短信，他激动得跳起来：“我获得了全国五一劳动奖章。”

4 月 27 日早 7 点，宋增光身着蓝色工装走进人民大会堂，代表们惊诧的目光落在他的身上。“我成了回头率最高的代表，他们可能想，外卖送进人民大会堂了。”宋增光调侃道。

他作为全国 1197 名五一劳动奖章获得者代表上台接受颁奖。全体代表合影时，他惊奇地发现，自己被安排在前排右八的位置。

他说：“这不是我一个人的荣誉，更是属于外卖骑士群体的荣誉，也是社会对‘外卖骑手’这一新兴职业群体的认可，感谢这一充满机遇的时代……”

这也是外卖骑手作为物流新业态的代表首次出现在全国五一劳动奖章的表彰中。

宋增光获得全国五一劳动奖章后，引发众多媒体报道，无数网友在报道后跟帖热议：

“酷爱”：“希望每个职业没有歧视，让劳动者得到最基本的尊重。”

“漂亮宝贝小娟”：“必须给外卖行业点赞，真心不容易，像这两年疫情期间，他们发挥着闪光的力量，生活离不开他们这群人。”

“我没女朋友呢”：“当老板的是时针！当管理的是分针！普通一线员工是秒针！能被评上特殊荣誉的起码也是分针，不可能是秒针。时针和分针也不会看着秒针爬出头的！好比人家问你几点了，你顶多会告诉人家 12 : 30 或者 12 点，不可能告诉人家 12 点 30 分 40 秒！一线普通员工秒针是无人问津的！”

“坏坏”：“有一个词叫‘争分夺秒’，有一种职业叫‘脑力劳动者’，起步不一样，格局肯定不一样！风险也不一样！但最终的目标都是一样的，脑子不健全的人不会明白一个词叫：同路人，只会怨天尤人，看不到自己的不足，总觉得自己付出了很多，却看不到走在你前面的人比你付出不知多少倍的心酸！”

如今，宋增光拿到了大专文凭，本科也快读完了。周平给宋增光报了英语口语学习班，“在国际大都市上海，不会讲英语哪行”。周平跳槽到上海另外一家公司，工资涨了，她的业务能力强，很受领导器重。

周平喜欢看话剧，宋增光陪她看了一场《两只狗的生活意见》后，也爱上了话剧，每个月都要看几场。

对上海从陌生到熟悉，如今，他已彻底融入了这个城市。

我问宋增光：“有人说外卖职业的‘天花板’低，你怎么看？”

他说："哪个岗位都有'天花板'。我就是从骑手做起来的。公司有晋升渠道，不定期地进行储备站长培训和竞聘，机会很多，若想胜任新的、更高的职位，要看你有没有这个规划，需要调整好自身的能力。"

"'天花板'是可以挑战的。"他最后说。

2 我的成功完全可以复制

从外卖小哥到调度、站长、区域经理、上海城市经理，他只用了31个月，他说："我的成功完全可以复制。"

"你哪的人？"

"上海人。"

"不要。"

"为什么不要？"

"你们上海人做不久，干一个月就走掉了，我肯定不要。"

也许这位站长认为上海人是点外卖的，不是送外卖的。李伟搞颠倒了，错位了。

李伟是上海土著，毕业于名校——华东师范大学。毕业后好不容易找到了一份体面的工作——上海市宝山区下属的一个事业单位，朝九晚五，没有压力，本以为能干到退休，谁知天有不测风云，2016年一场局部的、极小范围的风暴把他抛出原有轨道——他被裁了。李伟握着一笔为数不多的遣散费，犹如被唐三藏打发掉的孙行者，不知路在何方了。

这年李伟35岁，已踩在招聘的红线上了。人说道："夜里想了千条路，醒来依旧卖豆腐。"一个月后，上海西站附近多了一家烧烤店，店主是李伟。大学毕业后，他先在肯德基干过六年，从店员干到店长，在那儿认识的妻子，结婚后才进了事业单位。

一天，李伟跟到店取餐的外卖小哥聊天，得知他们的月收入八九千元，甚至过万。他这下不淡定了，自己开家小店，招了两个小工，起早贪黑地忙着，把老爸老妈都搭了进去，收入也不过如此。得了，我还不如送外卖呢。

“送外卖的都是什么人？都是乡下人、紧贴地皮的底层人。”

“我们上海人爱面子，你再怎么样也要装一装，哪能去送外卖呢？”

“生二胎以后，感觉压力蛮大，不能老是靠父母。父母说我们老了，我们走了以后，你怎么办？上海的独生子女都是‘妈宝’，不会做饭，不会拖地，不会洗衣，等等，家务活、做饭等什么都不会。父母也支持我出去闯一闯……”

他们是独生子女的一代，也是前所未有的“啃老”一代。万一老的走了，小的还没赚钱，岂不青黄不接了？这说明他的父母有远见，李伟有正事儿。

也许站长不相信他的“鬼话”，谁会相信一位上海人，做过六年白领之后还能做得了外卖，还能承受得了那份职业的卑微，付得起那份辛苦？

也许李伟像《红色娘子军》中的吴琼花来了犟脾气，你这儿不行，我就换一个站点，不信我就做不成外卖。他在华东师范大学站点穿上了饿了么工装，成为外卖小哥。那是 2017 年 8 月 19 日，他的二胎女儿刚出生不久，妻子还在休产假。

李伟开始跑单。节气过了立秋，可是上海的“秋老虎”生猛，街道犹如烤箱，坐惯办公室的人在外边站一会儿就会感到难熬，别说在太阳火辣辣的注视下跑单了。午高峰像打仗似的紧张，连口水都顾不上喝。两三点钟时没单了，他的饥饿感也没了，饭捧在手里吃不下去，只好买一瓶又一瓶的冰镇汽水喝。在外卖小哥的眼里这很奢侈，他们喝的是冰水——前天晚上把凉开水放在电冰箱冻上，第二天跑单时带着随化随喝。

疲惫犹如爆炸，波及全身，渴望的是躺在有空调的房间，让疲惫随时间一点点流失。李伟家离站点不远，他却不想回去，有些问题要跟老外卖员讨教。

“遇到商家不出餐，你怎么办？”

用外卖的行话说，这叫“卡餐”。做外卖又不是什么高科技，没什么可保密的，何况这小哥很虔诚，掏出烟来，一支支撒给大家。

“你不像来挣钱的。我们一天辛辛苦苦挣个三四百块钱，怎么舍得买这种烟？”老外卖员扫一眼纸烟的商标说。

他们抽的是十元的红双喜和金上海，李伟抽的是20元的玉溪。

“为什么人家一天跑四五十单，我只能跑十几单、二十几单？”他去问站长龙哥。

“别急嘛，你要熟悉周边环境，熟悉路线，大路跟小路，有些捷径还不知道，等熟悉了就好了。”

龙哥的年纪比他小两岁，做外卖经验很丰富，让新手跑远单，走外围，一是让他们熟悉路线，二是锻炼一下耐力，远单能跑了，近单自然就没问题了。让老外卖员跑近单，他们效率高，消化能力强。

“多给我一点单子，我能搞定。”

那时外卖还是人工派单，站点每次只派给他两三单。

也许龙哥喜欢他这种上进的、勇于挑战自己的小哥，那天午高峰给了他九单。他超时了，跟龙哥说：“不好意思，我今天被差评了。”

“没关系，每个人都有个成长过程。”龙哥说。

一个星期后，单量有变化，不过变化最大的是皮肤，他成了上海非洲人，手臂像黑白巧克力，黑的似炭，晒脱了皮，没晒着的是白白的。

“算了，别做了，我们在上海至少是中等水平，你就是不做也饿不着。”老妈看不下去了。

不论从哪个方面看，他都没到非送外卖不可的地步。在寸土寸金的上海滩，他家有两套房子，资产过千万。他们家住一套，出租一套，每月都有租金好收。

"既然做了就不能放弃，再试试，我想看一下自己到底能坚持多久。"

以前的老领导听说他送外卖，跟他打赌说："你要能坚持三个月，我送你三条中华烟。"

"算了，你坚持不下来的，你能坚持两个月，我们请你吃饭。"几位朋友也这么说。

一个月过去了，两个月过去了，四个月过去了。年底，上海下了一场雪，大得很罕见。几位朋友打赌："李伟今天肯定不会跑外卖！"

微信视频一下，见他在一片白茫茫的大雪中骑行着。

"这么冷的天，你还在外边送外卖？"他们吃惊地问。

"是的，我在跑。我不是吃不了这个苦，我能吃得了这个苦的。"

"算了算了，真的不要做了，到此为止，别去干了！"晚上，老妈发现他的棉毛裤都湿透了，心疼了，态度坚决地说。

"再试试，再试试，什么时候坚持不下去了就跟你说。"

做了四个月外卖，他体验到了在以前单位所没有过的成就感。过去，那是"一杯茶、一支烟，一张报纸坐一天"，三四年下来除了岁数见长，其他没变化，桌子还是那张桌子，椅子还是那把椅子，做的也还是那些事儿，似乎一眼就能看到20年后的自己是个啥样儿。做外卖不然，像激流竞舟，每天都不一样。在跑了两个半月时，他被评为站点的"明星骑手"；四个月时，参加饿了么首届上海外卖骑手技能大赛，他获得第三名。

或许龙哥发现他是个人才，大学本科毕业、中共党员，有事业单位的工作经验，在年底把他提拔为骑士长，也就是小队长。

"李伟，你不用跑单了，来站点学习后台调度。"一天下午，龙哥说。

外卖小哥的平均年龄为31岁。李伟想，自己36岁做外卖，45岁干什么？现在月收入过万了，以后呢？他为此焦虑，有了打入管理层的想法。龙哥的话正中他意。

接下来，他协助龙哥工作，学习派单、改单等后台操作，以及站点管理。

他从跑单那天起就想做管理，学得认真，不辞劳苦，不计报酬。

调度本身就相当于站长助理。做调度要有威望，在关键时刻得有人救单，否则超时像“燕山雪花大如席，片片吹落轩辕台”，受得了吗？这个他懂，做调度之前，请几位平素关系不错的老外卖员喝酒，跟他们说：“需要救单时，兄弟们要帮我顶一把。”

他做调度时仍然有人不服，不配合。他转单时，有的老外卖员叫苦：“这个单子我不顺路，我不想跑。”

李伟跟他解释说：“我认为你能行，第一，你是老外卖员；第二，你认为不合理的，先把这个订单跑完，不忙的时候，你来站点，听我给你解释，我把当时的订单截图给你看，你的位置最近。”

“李伟调度你为什么不听？谁做后台[1]谁最大，这是规矩。”龙哥力挺。

做调度要得民心，让下边的小哥服你，这样你的执行力才强，李伟对救单的小哥也表示感激，发个小红包，“给十块钱，请你喝瓶饮料”。

他做调度时对数据都盯得很紧，发现有的单要超时了，他会打电话提醒：“你的订单要超时，赶快跟客户沟通一下，别让客户投诉。”有时见小哥快超时了，他会主动与客户沟通，请求谅解。过后，他会在群里 @ 一下那位小哥：“我已跟客户沟通好，你送去就行了。”

调度跟小队长不同，是站点的大脑，要有组织能力和沟通能力，还要有胸怀，不计较得失。有些小队长被提升到调度后，没做多久就放弃了。有人觉得不划算，跑单一个月能赚一万多元，调度拿的是底薪，又没有奖金，一个月仅有七八千元；有的心理承受力和协调能力差，碰到恶劣天气爆单就被压垮，一次、两次、三次、四次以后就主动放弃了。

李伟做调度不久就到了春节，龙哥是江苏盐城人，要回家过年，李伟作为调度代理站长。这时，他对站点情况和外卖运营懂个七七八八。在代理站长期

[1] 后台：即调度台。

间，他取得了不俗的业绩。

“李伟，你能不能接一个新站点？”2018 年 4 月，区域经理找他谈话时问。

“行。”他没有犹豫。

百联中环购物广场是集购物、餐饮、休闲、娱乐为一体的超大型、现代化消费场所。这个站点仅有 15 位外卖小哥。百联中环购物广场分 A、B、C 三个区，商家分散在上部四层，地下两层，取餐难，加上“卡餐”，日单量仅五六百单。单量少，不赚钱，留不住小哥，有实力的都跑掉了。

李伟接手后，一边跟商家沟通，开拓市场；一边跟小哥沟通，帮他们出主意，想办法，单量慢慢上来了。刚开始的三个月，他特别辛苦，早上 8 点钟离家，晚上 10 点钟回家，100 来天没有休息。

“李伟，你真有心。”公司督导下来视察时感慨地说。

“没办法，不用心不行啊。”

做站长没多久，上海遭遇一场台风，订单像海啸似的涌来，电话像疯狂老鼠似的叫个不停。

“快给我转单，我真的来不及送了！”小哥叫。

“你们怎么还不来取餐，怎么回事？”商家喊。

“那时许多事来不及处理，许多单没办法救，人都崩溃了……”采访时，李伟说。

接下来由于运力不足，天天爆单。李伟动不动就在群里说：“今天又爆单了。第一个，我跟公司申请了，给大家剔除部分超时的单；第二个，手上有订单的，正常送；第三个，数据不好，不怪你们，这是客观原因造成的。”

“那些日子，晚上一睡着就梦到爆单了，不停地转单，骑手在叫在喊……”他回忆说。

还有就是借钱，有小哥说：“我还房贷，要预支 4000 块钱。”公司允许预支 2000 元，那剩下的 2000 元怎么办？这个忙不帮不行，要帮就得自己掏腰包。开始时，帮一人、两人没问题，许多人都要预支，都要借钱，他哪里承受得了？

这个说：“站长，下雨天不小心，我手机掉地上摔坏了，没钱修。”

这个得修，跑单没手机不行，再说家里万一有点啥事找不到人也不行。

新手说：“站长，我生活费没了。”

规定可以预支500元。可是，他不够，花没了。不借怎么办？总不能让他饿着肚子跑单吧？得借。结果，这个月借出去一万元，下个月借出了两万元……

有的新手说电瓶坏了，借200元，过两天又说要修手机，再借几百。接着，他手机一关，人间蒸发了。

他渐渐有了经验，你跑了1000单，赚了7000多元，借5000元，可以；借8000元，得考虑考虑。新手也是如此，你跑了30单，借50元，可以；你跑不了30单就不要开口借钱。

有人有意见，李伟解释说：“你换位思考一下，假如你是站长，我是你，我问你借那么多钱，你会借吗？我只能借你这么多，你跑单多了再借没问题。”

这个站长可比局长、处长难当。就说他原单位吧，处里的人大都是上海人，学识、学历相近，几年、十几年下来，彼此的性格、秉性，为人处世都清楚。站点的新人多，来自五湖四海，有河南的、广西的、安徽的、江苏的，文化水平和思想观念不同，每个人有自己的想法，自己的风俗习惯，哪怕吃饭都吃不到一块去，有喜欢吃辣的，有喜欢吃咸的，有喜欢吃清淡的。要把这个团队带好很不容易。

李伟将小哥分为四种：第一种，能沟通，跑单能力不是很强；第二种，跑单能力强，沟通能力差；第三种是新手，想多赚钱，能力跟不上；第四种是老外卖员，跑单很牛，有点儿刺头，在群里煽动性较强，善于诡辩，满嘴都是理，错都是别人的。

他针对不同类型采取不同措施：第一种，着力培训他的跑单能力；第二种，小哥的差评和投诉较多，吃亏较多，要培训他们怎么跟客户和商家打交道，打电话怎么说，遇到不同情况怎么沟通，如何获取客户的理解与谅解；第三种，他会以自己为例，讲自己刚开始跑单时的纠结，看别人一天跑四五十单，自己累死累活跑十几单的憋屈；对第四种，那就要下力气把他们搞定了。

李伟刚到站点时，有几位老外卖员有跑单能力，但不守规则，爱挑事儿，跟他唱反调。天气预报说明天有雨，李伟在群里告诉所有人明天要注意带雨衣和头盔，老外卖员在群里说这种天气带什么雨衣？淋淋雨没事的。有时，老外卖员见下午没单就回家了，晚上有单也不跑了。李伟找他谈话，下雨天单子会多；天气好单子会少，这不是我们能控制得了的。下午没单，也不能下线回家，晚上就不跑了。

第二天下午，那小哥又不见了，李伟就在群里找他，说如果大家都这样，万一有单了，谁去送？那小哥不服："那我不管，下午没单，我就走。"

李伟把他的账号停掉了，把他叫到站点，严厉地说："第一，你不想跑，可以跟我说，不要在群里面传播负能量；第二，你认为在我这里做得不开心，可以走，我不拦你。"

那小哥很气恼，拂袖而去。

"站长，把我那个号开一下，我要跑单。"他也许想了一晚上，第二天早上来找李伟。

"你想清楚，在我这里跑单就要按规矩来。我也是打工的，跟你没有任何恩怨，没必要为难你这个打工的。"

几天后的一个下午，有位小队长也下线了，李伟在群里 @ 他。

"没单，都在线上干吗？"小队长在群里理直气壮地怼道。

"这么多人都在线，就你特殊吗？"李伟质问道。

这位小队长是李伟提拔的，寄希望他在小哥中起到积极作用，没想到他带头挑事儿。李伟感到憋屈："你对他们好，他们认为是应该的，你想想看心里多憋屈，太憋屈了。"

把小队长的账号停掉了。他们在站点争吵起来，两人没忍住动了手。

“站点的规矩是没有毛病的，你不想干那就别干了。”他跟小队长说。

站点没有规矩怎么行，有规矩对破坏规矩的不惩罚怎么可以？最后，李伟个人给他 1000 元，让那位小队长走人了。公司知道后，对李伟表示支持，把那笔钱补给了他。

李伟说：“当站长就是又当爹，又当妈，还得当兄弟，该吵要吵，该帮要帮。”

“有时候罚款，你会怎么处理？”我问。

“罚的比较少，不舍得罚，说心里话骑手挣钱不容易，我是第一次警告、第二次警告、第三次警告，实在不行了，不得已时才罚，一般罚 50 块，最多罚 100 块。这都是屡教不改的，比如不参加晨会，或者晚上值夜班，他下线也不跟你讲，警告过三次还是这样，最后就罚了。”

三个月后，李伟站点的数据渐渐好了起来，单量从五六百上升到 1200 单，翻了一番多，超过了华东师范大学站点；小哥人数也从 15 名发展到 35 名。六个月后，这个数据最差、实力最弱的站成为区域排名第一、第二的强站。

2019 年的 3 月 1 日，公司任命李伟为区域经理。区域横跨普陀和静安两个区，下面有七个站点。李伟既欣喜也为难，跟他竞争这一职位的是龙哥，结果龙哥落选。在李伟的心目中，龙哥是他的师傅。

想当年，是龙哥把他招进站点，教他跑单。龙哥对他说的那句话：“李伟，如果超时了，客户也给你好评，你就成功了。”

他把这句话记在心上，注重与客户沟通，跑四个多月单，差评仅有一个。他也超时过许多次，每次都跟客户实话实说：“不好意思，今天拿单较多，超时了，希望您谅解一下。”不像有些小哥那么说谎，什么电动车爆胎，被交警拦截等。他用真诚换得了客户的理解。

龙哥还提拔他当队长，教他做调度和站点管理。李伟说：“兄弟们之间没有什么不能聊的，喝喝酒、聊聊天，把话聊开嘛，工作是工作，私底下是朋友。”

“他是我师傅，也是位优秀的站长，我上去了，他没上去，这就很尴尬。”

采访时，李伟说。

他认为这一“尴尬”也许跟学历有关，他大学本科毕业，龙哥是高中学历。

“这个 PPT 是不是你自己做的？”领导有一次问龙哥。

站长三个月或半年要述职一次，领导也许见他的 PPT 做得不错。

“不是。”龙哥实话实说。

采访时，李伟说：“学历对我们这行来说肯定是需要的，我们必须要通过文字形式或者是数据分析来汇报工作，肯定要有学历的支撑，这是实话。”

“实在不行让龙哥上吧，我做他的副手也是一样。”李伟跟领导说。

“已下了人事任命，那就不能改了。”

李伟请龙哥喝酒，推心置腹聊了聊。

“龙哥，不是说我想把你挤掉，自己要晋升，我跟公司也讲过，心甘情愿做你的副手……”

龙哥说：“我留在这里，第一，不方便你的管理，比方说我出了问题，你会骂我吗？你不会骂我，你怎么管我？第二，我在这里也很尴尬。有代理商请我过去做运营，我想带几个站长过去，不然运营也做不好。”

“第一个，你要走，我不会拦你；第二个，要带人，没有问题。”李伟爽快地说。

没想到第二天龙哥就不见了，还带走三位能干的站长。七个站长，一下走了四个，搞得李伟措手不及。

没了站长，站点近于崩塌，管理一片混乱。那些得力的小哥跟站长走了，50 多人的站点仅剩二三十个人，运力严重不足，超时率和订单取消率陡然暴涨。

李伟跑过单，知道派单量超过极限是什么感觉。当手里的 12 个单还没有送完，突然又来五个单，骑手就会在群里叫起来：“我的单子还没送完，还给我派，根本送不过来，这肯定会超时。”小哥最关心的是数据，数据就是钱。他一边跟公司报备，采取应急措施，对所有超时予以免罚，同时加大小哥的招聘力度；一边跟商家、客户沟通，解释缘由，表示很快就会改善，稳定情绪。

“站长临时有事，望各站点维持正常工作，有问题直接找我。”他在各站点的群里说。

他急忙从下边的小队长中选拔了四位站长，标准是：第一跑单能力强，这说明他熟悉路线，做后台后有转单和调单的能力；第二要有奉献精神；第三沟通能力强，投诉和差评少；第四学历在高中以上，年纪在30岁左右。

李伟让新站长在群里发布：“今天所有超时、差评全部剔除，大家要尽最大努力去送，要注意安全，千万不要发生交通事故。”

为什么让新站长发布？李伟说，第一，可以提高他在团队的威信；第二，让骑手跟他走近。

新提拔的站长连调度都没当过，在管理经验上还是“小白”，这怎么能行？李伟采取四个站点集中办公，所辖区域的曹杨站点较大，条件较好，有60多位外卖小哥，在那架四台电脑，每位站长一台，他亲自手把手来教。遇到问题，他讲自己是怎么做的，然后问新站长：“你能不能想出更好的解决方法？”

那段时间他很辛苦，跟他们一起上班，一起下班，每晚跟他们一起分析KPI的数据和当日的失分点在哪儿，集思广益。晚上10点钟营业结束，他会对他们说，没事找骑手喝喝酒，聊聊天，了解他们的想法。你们要跟他们走近些，下班以后就不要把他们视为下属，要当他们是兄弟。他们碰到什么困难，有什么需求，能解决的要第一时间解决，解决不了的，帮助申请一下，要做到力所能及，到时候需要他们时，他们会帮你拼的。

那两个月，李伟多出许多白头发。

四位新站长中，第一个“出站”的是上海人，他过去是李伟手下的小队长，比李伟小七岁，大专毕业。他报名做外卖时，李伟问：“你怎么想起来跑单的？你是上海人，上海人一般是不会跑单的。”

“既然选择这一行，我肯定会做好。”

自从李伟当站长后，大凡有上海人来面试，大都会找他。他问得直截了当：“第一个，你过来面试，我很欢迎；第二个，也是关键一点，能不能吃苦？能吃苦没问题，不能吃苦要学会吃苦。”

事后，李伟了解到他小时候就没了父亲，这练就他的吃苦与担当。他原来是做外贸的，那家公司倒闭了，他原想过渡一下，做几个月外卖，最后却坚持下来了。他的跑单能力超强，最高一天跑 120 单，别人休息时，他跑单；下雨天，有些小哥歇工了，他还在跑，一天至少要跑七八十单。他还会主动救单，遇到有些小哥来不及送，他会说“我来搞定”，而且不计较得失。他的沟通能力也比较突出，客户对他评价较高。也许他用上海话跟客户沟通比较容易，让对方感到亲切暖心。对此，李伟是有体会的。

他跑了三个月单时，李伟把他提为小队长。他对李伟的工作很支持，遇事主动协助，开晨会时，哪怕天气再恶劣，他也会准时来站点。他的学习与晋升的欲望都很强，夜班调度也会过来学习。

他在 3 月 5 日“进站”，月底就“出站”了，半个多月后，另外三位站长也陆续回站。

李伟那个区域的数据很快就上来了。

2020 年 3 月，公司再次下文，让李伟代行城市经理之职，这意味着他从区域经理升为掌管全上海三个区域的经理，下边有 20 多个站点，上千名小哥。

“公司对管理层的性格有过测试，我是‘老虎 + 孔雀’，老虎型就是很刚，孔雀型就是外向、沟通能力强，适合管理层岗位。”李伟说。

这近乎临危受命。2020 年 1 月 23 日武汉“封城”，全国进入紧急状态。这时，李伟已代行理城市经理之职。他自己那个区域还好，仅有一位站长回家订亲去了，其他区域有些站长回家过年了。

那个春节，李伟一天都没休息，天天下到各个站点检查工作，给小哥量体温。一次，他带领着另外两个区域经理到下边慰问，最后一站是青浦，回来时坐的地铁，整列地铁空空荡荡，那节车厢就他们三个人。他把拍下的短视频发在群里说：我们包车了！

担任城市经理后，他的担子重了，压力大了，不仅要宏观管理，微观的也不能忽略。要不停地沟通，每天从早上 8 点钟沟通到晚上 12 点多，要沟通的事实在太多，区域的问题、整体考核问题、骑手薪资方案，等等。夏季战役、冬季战役，核算整体成本，怎么奖励小哥；春节期间，让小哥留下来，要采取什么样的奖励措施……

“人家有压力，我也有压力。我的压力跟别人不一样，只要数据不好，心里就很难受。别人数据不好嘻嘻哈哈就过去了，我也嘻嘻哈哈，心理上却过不去，总在想怎么会造成这样呢，明天再碰到这种情况该怎么办，后天碰到该怎么办。”他说。

也许由于他过于要强，上海的数据做得很好，位于所在公司全国之首。

由于跑过单，做过小队长、调度和站长，在天气恶劣的情况下，他会站在骑手角度思考。这时，有些城市经理会下达保数据的指令，他不会这样，反而会下达要确保骑手人身安全，能送则送，不能送不要强送。安全第一，雨天路滑，先要确保安全，数据以后可以提升。

有时下雨天，有的站长会骂骑手，怎么还超时了，你怎么还没送达？你快点！他发现后就会跟站长说，你这种做法是不对的，应该主动帮助骑手跟客户解释今天下雨，可能会超时，敬请谅解，我相信客户都会理解的；另一方面要叮嘱骑手，小心路滑。你不能去催骑手，你越催，他越急，越容易发生交通事故。人心都是肉长的，要换位思考，假如你跑单，站长这样催你，你开心吗？

当天气过于恶劣时，他会在网上发布：各位兄弟辛苦了，由于天气的原因，今天的超时全部剔除，不予罚款。

“有人说，外卖小哥的‘天花板’很低，没前途，你赞成吗？”我问。

“我不赞成，360 行，行行都有‘天花板’。你能坚持下去，肯定会越走越远。不过，你要有晋升的欲望，要努力学习，你肯定会像我这样见到阳光的。我为什么会晋升，第一个，入这个行时，我想的就跟别人不一样，我是想做管理的。要坚持信念，不要退缩，要打胜仗，不能打败仗。第二个，饿了么有蜂鸟学院，我抓住了学习的机会。”

“你觉得你的成功是可复制的吗？”

“可以复制，完全可以复制，我们有新手骑手欢迎会、‘点将计划’等培训课程，帮助骑手一起成长。现在应聘的骑手年龄在 20—35 岁居多，基本都有高中学历，十个面试者至少有两人是大专及以上学历。”

据我了解，通过饿了么“点将计划”，2021 年已有 475 位骑手晋升为站长和队长，1402 位骑手成为储备站长和储备队长。有 45% 的骑手将晋升为站长、配送经理作为自己下一步的发展目标，有 8% 的骑手想成为物流服务商总裁。

“伟哥，我想做区域经理，你觉得怎么样？”一位站长跟他说。

李伟当年要做外卖，这位站长没要李伟。后来，李伟担任了区域经理，他成为李伟的手下。李伟跟他开玩笑说：“还好，我意志力强，不然的话就离开这个行业了。你以后面试骑手时要给人机会啊。”他听了就笑笑。

“可以啊，你毕竟做了这么长时间的站长。不过，要去学习，以后肯定有机会。”

如今，那位站长已当上区域经理。

李伟担任城市经理后，他培养的那位上海人晋升为区域经理，2021 年跳槽去了其他公司，当上了城市经理。李伟手下还有一位区域经理也是上海人，也是从小队长干起来的。

李伟很注重对下属的培养，他要求很严。他每天很早就到办公室，管理岗要 7 点半上班，他会在 8 点钟给站长打电话：“你在哪儿，在路上？你迟到了，知道吗？”

天气不好，他会给站长打电话：“今天下雨，你还回家干吗？你应该盯在站里！”

有时，他还会跟区域经理或站长视频一下：“现在骑手都在外边跑单，你还坐在家里吃饭？你好意思吗？”

一天，李伟打电话给一位区域经理："200 块钱，自己开罚单。晚上下雨了，你不跟站长们在一起？天气好无所谓，早点走也没关系，像这种恶劣天气，你还好意思回家吗？"

李伟认为自己当年选择做外卖是对的："现在我能挣四五十万，根据经营状况会得到回报。"

不仅如此，公司还给了他股份。近两年有两三家公司想挖他，以月薪五万元来诱惑他。

他说："毕竟是公司把我从一个骑手提升到今天这个岗位，这个高度，我不会做那样的事。"

后　记

2020年1月23日武汉“封城”，十几亿中国人的目光聚焦在武汉，全球76亿人的目光聚焦在武汉。世人关注的是武汉的疫情，是新冠病毒距离自己有多远。1月27日，接到朱晓军老师的电话，说《北京文学》杨晓升社长邀约创作一篇反映快递小哥的报告文学，他在美国回不来，问我能不能接下这个选题。

我随后跟杨晓升社长通了电话。他说：“快递业跟老百姓的生活息息相关，你们写过《快递中国》，可以转换一个视角再次关注快递，即快递小哥的生存现状。”

2017年，我和朱晓军老师合著的报告文学《快递中国》（中篇报告文学首发于《北京文学》，长篇报告文学由重庆出版社和浙江人民出版社联袂出版）获得成功，先后荣获第六届徐迟报告文学奖、北京文学奖、浙江省“五个一”工程奖等奖项，入选2018年中央和国家机关推荐的好书，作品改编的电视连续剧入选国家百部重点片单。

这是我第二次接受《北京文学》的约稿。2010年，杨晓升社长约写上海知青刘行军和北大荒姑娘王亚文的爱情故事，中篇报告文学《生长在心中的向日葵》在《北京文学》2010年第11期发表时，展开“当今社会到底有没有爱情”的大讨论。这部作品荣获第五届《北京文学》报告文学奖，收入《中国报告文学年选》，并被多家报刊转载。

接下选题那天是大年初三、武汉“封城”第五天。这一天，我和数亿中国人一样，隔离在家。我望着窗外广州的街道空荡寂寥，偶有身着蓝色、黄色工装的外卖小哥、快递小哥骑着电动车匆匆而过。我突然想到，大疫之下正是这些小哥在用生命为居民和医护人员搭建一条补给线。

我春节就开始了采访，写《快递中国》时，我结识近百个快递小哥，拨通电话后发现时隔五年有的仍在做快递，有的已转做了外卖。我采访了北京、浙江、广东、湖北、江西等地数十名快递小哥和外卖小哥。完成三章两万多字后，决定推翻重写，剔除快递部分，聚焦于外卖小哥。

在许多人眼里快递和外卖混淆不清。外卖是另一支即时物流的百万大军，一位物流专家认为，快递和外卖虽都是递送物品，前者递送的是包裹，后者递送的是餐食。但快递和外卖是两个体系，在运转模式、递送路线和时效上，有很大区别。快递以天或小时计时，外卖以分钟计时，对时效极其敏感，因其要保持餐食的新鲜、口味和温度。

中篇报告文学《舌尖下的中国外卖小哥》在《北京文学》2021 年第 4 期发表后，产生很大反响，《今晚报》《新民晚报》、新浪等媒体转载和连载，并入选 2021 年中国当代文学最新作品排行榜，收入中国作家协会创研部选编的《2021 年中国报告文学精选》。

2020 年 10 月，我开始了长篇报告文学《中国外卖》的采访和写作，前后采访外卖小哥百余人，多次深入外卖站点，进行田野调查，在“田野”中观察、体验、访谈、构思、创作。

这也是我写作生涯中最为艰难的采访，外卖小哥大都不愿接受采访，接受采访会耽误跑单，小哥的收入靠一单一单累积起来的，他们的日子——孩子的奶粉、父母的医药费、房贷月供，以及他在这座城市的吃喝拉撒也都靠这一单一单支撑的。非虚构文学创作的采访不同于新闻，不仅要搞清 5 个 W——when（何时）、where（何地）、what（何事）、why（何因）、who（何人）和 1

个 H——How（如何），还要有情节、有细节，如若说新闻报道的是某个时间点，非虚构文学写作就是一个点移动的轨迹，一次采访至少要两三个小时，还要有一两次，甚至十几次、几十次追踪采访或补充采访。

我曾从早 7 点追踪到晚 10 点，观察一位小哥如何取餐、送餐，他的衣食住行，感受他的苦恼、困惑、欣喜、感动与烦恼，面临的压力，接触他的家庭成员，从细微处洞察其真实的生活状态。这不知要耽误小哥少赚多少钱。有的小哥一天要跑十几个小时，留给他休息的时间极其有限，我实在不忍心再“压榨”他，有时会按时间支付一些误工补偿。尽管如此，我还深感歉疚。

我采访的一些小哥仅采访录音整理出的文字就有几万、十几万字，最后见诸书稿仅数千字。

2022 年 2 月，历经艰辛后，我完成了长篇报告文学《中国外卖》的书稿。让我欣慰的是，当下还没有一部反映中国外卖小哥的长篇报告文学，此书具有填补文学空白之意义。

感谢中共浙江省委宣传部、杭州市委宣传部的领导及专家、评委的厚爱，使得《中国外卖》入选浙江文化艺术发展基金的扶持、入选杭州市文艺精品工程扶持项目。感谢杭州市文联、余杭区委宣传部、余杭区文联领导的大力支持。

感谢浙江出版传媒股份有限公司副总经理、浙江人民出版社社长叶国斌，原副总编辑洪晓给予的鼎力扶持和精心策划，感谢责任编辑钱丛为这部作品的出版付出的艰辛劳动。

杨丽萍

2022 年 3 月